Onde os velhos não têm vez

Cormac McCarthy

Onde os velhos não têm vez

TRADUÇÃO
Adriana Lisboa

2ª edição
3ª reimpressão

ALFAGUARA

Copyright © 2006 by Cormac McCarthy

Grafia atualizada segundo o Acordo Ortográfico da Língua Portuguesa de 1990, que entrou em vigor no Brasil em 2009.

Título original
No Country for Old Men

Capa e ilustração
Casa Rex

Revisão
Carmen T. S. Costa
Luciana Baraldi

Dados Internacionais de Catalogação na Publicação (CIP)
(Câmara Brasileira do Livro, SP, Brasil)

McCarthy, Cormac, 1933-2023
Onde os velhos não têm vez / Cormac McCarthy ;
tradução de Adriana Lisboa. — 2ª ed. — Rio de Janeiro :
Alfaguara, 2023.

Título original: No Country for Old Men.

ISBN 978-85-5652-206-1

1. Ficção norte-americana. 1. Título.

23-160915   CDD: 813

Índice para catálogo sistemático:
1. Ficção : Literatura norte-americana 813
Aline Graziele Benitez – Bibliotecária – CRB-1/3129

Todos os direitos desta edição reservados à
EDITORA SCHWARCZ S.A.
Praça Floriano, 19, sala 3001 – Cinelândia
20031-050 – Rio de Janeiro – RJ
Telefone: (21) 3993-7510
www.companhiadasletras.com.br
www.blogdacompanhia.com.br
facebook.com/editora.alfaguara
instagram.com/editora_alfaguara
twitter.com/alfaguara_br

O autor gostaria de expressar sua gratidão ao Santa Fe Institute por sua longa parceria e pela residência de quatro anos. Também gostaria de agradecer a Amanda Urban.

I

Mandei um garoto para a câmara de gás em Huntsville. Foi só um. Eu prendi e testemunhei contra ele. Fui até lá conversar com ele duas ou três vezes. Três vezes. A última foi no dia da execução. Eu não tinha que ir, mas fui. Claro que não queria ir. Ele tinha matado uma garota de catorze anos e posso te dizer hoje que nunca tive muita vontade de conversar com ele, muito menos de ir à sua execução, mas fui. Os jornais diziam que tinha sido um crime passional e ele me disse que não havia paixão nenhuma naquilo. Andava saindo com essa garota, mesmo tão jovem como ela era. Ele tinha dezenove. E me disse que estava planejando matar alguém desde quando era capaz de se lembrar. Disse que se o soltassem ia fazer de novo. Disse que sabia que ia para o inferno. Disse isso para mim com sua própria boca. Não sei o que pensar disso. Não sei mesmo. Achei que nunca tinha visto uma pessoa assim e fiquei me perguntando se ele seria de uma nova espécie. Fiquei observando enquanto amarravam ele no assento e fechavam a porta. Ele talvez parecesse um pouco nervoso, mas era tudo. Eu realmente acredito que ele sabia que estaria no inferno dentro de quinze minutos. Acredito nisso. E já pensei um bocado a respeito. Não era difícil conversar com ele. Me chamava de Xerife. Mas eu não sabia o que dizer a ele. O que você diz a um cara que, segundo ele mesmo, não tem alma? Por que você diria alguma coisa? Pensei bastante sobre isso. Mas ele não era nada comparado ao que viria pela frente.

Dizem que os olhos são a janela da alma. Não sei para onde aquelas janelas davam e acho que preferiria nem saber. Mas há uma outra visão do mundo lá fora e outros olhos para enxergarem essa visão e é aí que estou querendo chegar. Me trouxe a um lugar na minha vida com que eu não teria sonhado. Em algum lugar lá fora há um profeta da destruição vivo e verdadeiro e eu não quero confrontá-lo. Sei que ele é real. Já vi sua obra. Caminhei diante desses olhos uma vez. Não vou fazer isso de novo.

Não vou me arriscar a me levantar e ir lá me encontrar com ele. Não é só por ser mais velho. Queria que fosse por isso. Não posso dizer nem que seja pelo que se está disposto a fazer. Porque eu sempre soube que você tem que estar disposto a morrer se quer fazer esse trabalho, para começo de conversa. Isso sempre foi a verdade. Não é para me gabar, mas é o que é. Se não estiver disposto, eles vão saber. Vão ver isso num piscar de olhos. Acho que se trata mais daquilo que você está disposto a se tornar. E acho que um homem teria que colocar sua alma a prêmio. E eu não vou fazer isso. Acho agora que talvez nunca viesse a fazer.

O subdelegado deixou Chigurh de pé no canto do escritório com as mãos algemadas nas costas enquanto se sentava na cadeira giratória e tirava o chapéu e colocava os pés para cima e ligava para Lamar pelo rádio.

Ele simplesmente entrou pela porta. Xerife ele levava um troço no corpo como um desses tanques de oxigênio para enfisema ou sei lá o quê. Mas tinha uma mangueira que descia pela parte de dentro da manga e levava até um daqueles aparelhos de dar choque como os que usam no matadouro. Sim senhor. Bem era isso o que parecia. Pode ver quando chegar. Sim senhor. Está tudo sob controle. Sim senhor.

Quando ele se levantou da cadeira puxou as chaves que estavam presas ao cinto e abriu a gaveta da escrivaninha para pegar as chaves da cela. Estava ligeiramente curvado quando Chigurh se agachou e passou rapidamente as mãos algemadas por baixo dele até a parte de trás dos joelhos. No mesmo movimento sentou-se e rolou para a frente e passou a corrente por baixo dos pés e então se pôs de pé no mesmo instante e sem esforço algum. Se parecia algo que ele tivesse feito muitas vezes, foi mesmo. Passou as mãos algemadas por cima da cabeça do subdelegado e deu um salto no ar e jogou os dois joelhos contra a nuca do subdelegado e puxou de volta a corrente.

Caíram no chão. O subdelegado tentava passar as mãos por dentro da corrente mas não conseguia. Chigurh não parava de puxar as algemas com os joelhos entre seus braços e a cabeça virada para fora. O subdelegado desferia golpes para todo lado e tinha começado a girar sobre o chão num círculo, chutando a lata de lixo, chutando a cadeira para o outro lado da sala. Com um chute fechou a porta e embolou o tapete ao redor deles. Sua boca gorgolejava e sangrava. Estava engasgando com seu próprio sangue. Chigurh só fez puxar com mais força. As algemas niqueladas chegaram ao osso. A carótida direita do subdelegado arrebentou e um jato de sangue esguichou pela sala e atingiu a parede e escorreu por ela. O movimento das pernas do subdelegado ficou mais lento e depois cessou. Ele foi sacudido por espasmos. Então parou de se mexer por completo. Chigurh ficou respirando bem quieto, segurando-o. Quando se levantou tirou as chaves do cinto do subdelegado e se soltou e colocou o revólver do subdelegado na cintura de sua calça e foi para o banheiro.

Deixou a água fria correr sobre seus punhos até que eles parassem de sangrar e rasgou pedaços de uma toalha de mão com os dentes e amarrou-os sobre os punhos e voltou à sala. Sentou-se na mesa e prendeu as ataduras com fita adesiva de um porta-durex, estudando o morto de boca aberta no chão. Quando terminou tirou a carteira do subdelegado do bolso e pegou o dinheiro e o colocou no bolso da camisa e jogou a carteira no chão. Então pegou seu tanque de ar e o aparelho de choque e saiu pela porta e entrou no carro do subdelegado e ligou o motor e deu ré e saiu e pegou a estrada.

Na interestadual avistou um Ford sedã modelo recente ocupado apenas pelo motorista e acendeu os faróis e fez soar brevemente a sirene. O carro parou no acostamento. Chigurh parou atrás e desligou o motor e colocou o tanque sobre o ombro e saiu. O homem o observava pelo retrovisor enquanto ele se aproximava.

Qual o problema, seu guarda? perguntou.

O senhor pode por favor sair do veículo?

O homem abriu a porta e saiu. O que foi que houve? perguntou.

Por favor se afaste do veículo.

O homem se afastou do veículo. Chigurh pôde ver a dúvida surgir em seus olhos diante daquela pessoa suja de sangue mas foi tarde demais. Pôs a mão sobre a cabeça do homem como alguém que curasse doenças com a fé em Deus. O assovio e o clique do ar comprimido do êmbolo pareciam uma porta se fechando. O homem escorregou sem fazer ruído para o chão, um buraco redondo na testa de onde o sangue borbulhava e escorria sobre seus olhos carregando consigo seu mundo visível, do qual se desprendia vagorosamente. Chigurh limpou a mão no lenço. Só não queria que você sujasse o carro de sangue, ele disse.

Moss estava sentado com os saltos das botas enterrados no cascalho da crista do monte e examinava o deserto lá embaixo com um par de binóculos alemães que aumentava doze vezes o objeto. O chapéu empurrado para trás. Os cotovelos apoiados nos joelhos. O rifle preso ao ombro por uma tira de couro era uma arma de tambor pesado calibre 270 montada numa ação Mauser '98 com a coronha folheada de bordo e nogueira. Possuía uma mira telescópica Unertl com a mesma potência dos binóculos. Os antílopes estavam a pouco mais de um quilômetro de distância. O sol havia nascido fazia menos de uma hora e a sombra da crista do monte e da datilla e das pedras se projetava bem longe sobre a planície lá embaixo. Em algum lugar adiante estava a sombra do próprio Moss. Ele baixou os binóculos e ficou sentado estudando o terreno. Bem longe ao sul as montanhas nuas do México. As curvas do rio. A oeste o terreno de terracota crestada das terras da fronteira. Ele cuspiu calmamente e secou a boca no ombro da camisa de algodão.

O rifle acertaria grupos com ângulo de meio minuto. Grupos de um pouco menos de quinze centímetros a novecentos metros de distância. O lugar que ele escolhera para atirar ficava logo abaixo de uma alta escarpa feita de seixos de lava e o situava confortavelmente dentro desse limite de distância. Exceto pelo fato de que levaria quase uma hora para chegar lá e os antílopes estavam pastando cada vez mais longe dele. A melhor coisa que ele poderia dizer sobre a situação era que não havia vento.

Quando chegou ao pé da escarpa ele se ergueu devagar e procurou os antílopes. Não tinham se afastado muito do lugar onde os tinha visto pela última vez mas seu tiro ainda teria que alcançar uns seiscentos metros. Estudou os animais com os binóculos. Entre os gráos comprimidos de poeira e a distorção causada pelo calor. Uma névoa baixa feita de terra e pólen tremeluzentes. Não havia outro esconderijo e não haveria outro tiro.

Ele desceu com dificuldade a escarpa e tirou uma das botas e a colocou sobre as pedras e baixou o antebraço do rifle sobre o couro e tirou a trava com o polegar e olhou pela mira.

Estavam com as cabeças erguidas, todos eles, olhando em sua direção.

Droga, ele sussurrou. O sol estava atrás dele, de modo que eles não poderiam ter visto a luz refletida no vidro da mira. Era ele mesmo que tinham visto, e ponto final.

O rifle tinha um gatilho Canjar com ajuste para duzentos e vinte e cinco gramas e ele puxou o rifle e a bota na sua própria direção com muito cuidado e olhou outra vez e ergueu o centro da mira ligeiramente para o ponto acima das costas do animal situado mais de lado em relação a ele. Sabia o ponto exato que a bala acertaria em distâncias de cem metros. Sobre qual era a distância é que não tinha certeza. Colocou o dedo na curva do gatilho. O dente de javali que usava numa corrente de ouro caiu sobre as pedras na parte de dentro de seu cotovelo.

Mesmo com o cano pesado e o moderador o rifle deu um coice e se levantou com força do lugar onde estava apoiado. Quando ele pôs os animais outra vez na mira pôde ver todos eles de pé como antes. A bala calibre 150 levou quase um segundo para chegar lá mas o som levou o dobro. Estavam de pé olhando para a nuvem de poeira onde a bala tinha caído. Então saíram em disparada. Chegando quase imediatamente à velocidade máxima sobre o barrial com o som comprido do tiro do rifle rolando atrás deles e ricocheteando nas pedras e ecoando sobre o descampado na solidão da manhã que começava.

Ele ficou de pé e observou-os indo embora. Ergueu os binóculos. Um dos animais tinha ficado para trás e coxeava de uma das pernas e ele pensou que a bala provavelmente havia ricocheteado no chão e o atingido no lado esquerdo do traseiro. Inclinou-se e cuspiu. Droga, ele disse.

Ficou observando até perdê-los de vista por sobre as terras rochosas ao sul. A poeira de um alaranjado-claro que se suspendia no ar parado da manhã ficou cada vez mais tênue, depois desapareceu também. O barrial estava silencioso e deserto sob o sol. Como se absolutamente nada tivesse acontecido ali. Ele se sentou e calçou a bota e apanhou o rifle e tirou a cápsula deflagrada e colocou no bolso da camisa e fechou o ferrolho. Então pendurou o rifle sobre o ombro e partiu.

Levou cerca de quarenta minutos para atravessar o barrial. Dali, subiu uma comprida encosta vulcânica e seguiu pelo topo da encosta para sudoeste a fim de examinar a região na qual os animais haviam desaparecido. Inspecionou calmamente o terreno com os binóculos. Cruzando-o estava um grande cachorro sem rabo, de cor preta. Observou-o. Tinha uma cabeça imensa e orelhas cortadas e coxeava muito. O cachorro parou e ficou imóvel de pé. Olhou para trás. Depois seguiu em frente. Ele baixou os binóculos e ficou observando-o ir embora.

Caminhou pelo topo da encosta com o polegar enfiado na alça do rifle, o chapéu puxado para trás da cabeça. As costas de sua camisa já estavam molhadas de suor. As pedras ali estavam gravadas com pictogramas de talvez mil anos atrás. Os homens que os desenharam eram caçadores como ele próprio. Deles não havia qualquer outro vestígio.

No final da encosta havia um local de deslizamento, uma trilha acidentada descendo. Candelilla e acácia. Ele se sentou nas pedras e apoiou os cotovelos nos joelhos e varreu a região com os binóculos. A um quilômetro e meio dali na planície aluvial havia três veículos.

Ele baixou os binóculos e examinou a região em toda sua extensão. Depois ergueu-os outra vez. Parecia haver homens caídos no chão. Enfiou as botas entre as pedras e ajustou o foco. Os veículos eram caminhonetes quatro por quatro ou Broncos com grandes pneus todo-terreno e guinchos e racks com faróis no teto. Os homens pareciam estar mortos. Ele baixou os binóculos. Depois ergueu-os de novo. Depois baixou-os e ficou ali sentado parado. Nada se mexia. Ficou sentado ali por um bom tempo.

Quando se aproximou das caminhonetes levava o rifle solto e apoiado na cintura, destravado. Parou. Estudou a região e em seguida estudou as picapes. Estavam todas cravadas de tiros. Algumas das fileiras de buracos que corriam pelo metal laminado eram espaçadas e lineares e ele sabia que tinham sido feitas por armas automáticas. A maioria dos vidros estava destruída e os pneus furados. Ficou ali de pé. Escutando.

No primeiro veículo havia um homem morto caído sobre o volante. Lá adiante havia mais dois corpos estendidos sobre o capim amarelado e esparso. Sangue coagulado e preto no chão. Ele parou e ficou escutando. Nada. O zumbido das moscas. Caminhou até a traseira da caminhonete. Havia um grande cachorro morto, da raça que ele vira atravessando a planície aluvial. O cachorro tinha levado um tiro na barriga. Mais adiante havia um terceiro corpo caído de bruços. Ele olhou pela janela para o homem na caminhonete. Tinha levado um tiro na cabeça. Havia sangue em toda parte. Foi até o segundo veículo mas estava vazio. Foi até onde jazia o terceiro corpo. Havia uma espingarda sobre o capim. A espingarda tinha cano curto e coronha de pistola e um pente redondo de vinte balas. Ele cutucou com o dedo do pé a bota do homem e estudou as colinas baixas ao redor.

O terceiro veículo era um Bronco levantado e com vidros fumê escuros. Ergueu o braço e abriu a porta do lado do motorista. Havia um homem sentado no banco olhando para ele.

Moss tropeçou para trás, erguendo o rifle. O rosto do homem estava ensanguentado. Ele mexeu os lábios ásperos. Agua, cuate, ele disse. Agua, por dios.

Tinha uma metralhadora de mão H&K de cano curto com uma alça de náilon preto no colo e Moss esticou o braço e apanhou-a e recuou. Agua, o homem disse. Por dios.

Não tenho água.

Agua.

Moss deixou a porta aberta e pendurou a H&K sobre o ombro e se afastou. O homem o acompanhou com os olhos. Moss deu a volta pela frente da caminhonete e abriu a porta do outro lado. Ergueu a lingueta e dobrou o assento para a frente. O espaço para carga na traseira estava coberto com uma lona metálica prateada. Puxou-a. Vários pacotes do tamanho de tijolos todos embrulhados em plástico. Ficou de olho no homem e pegou a faca e fez um corte num dos pacotes.

Um pouco de pó marrom soltou-se lá de dentro. Ele umedeceu o dedo e mergulhou-o no pó e cheirou. Depois limpou o dedo no jeans e puxou a lona de volta por cima dos pacotes e recuou e examinou a região outra vez. Nada. Afastou-se da caminhonete e ficou de pé olhando de binóculos para as colinas baixas. A encosta vulcânica. A região plana mais ao sul. Pegou o lenço e voltou e limpou tudo em que havia tocado. A maçaneta e a lingueta do assento e a lona e o pacote de plástico. Tentou pensar no que mais teria tocado. Voltou à primeira caminhonete e abriu a porta com o lenço e olhou para o interior. Abriu o porta-luvas e fechou-o de novo. Observou o homem morto sobre o volante. Deixou a porta aberta e deu a volta até o lado do motorista. A porta estava cheia de buracos de balas. O para-brisa. Calibre pequeno. Seis milímetros. Talvez chumbo número quatro. O padrão. Abriu a porta e apertou o botão que abria a janela mas a ignição não estava ligada. Fechou a porta e ficou ali, observando as colinas baixas.

Agachou-se e tirou o rifle do ombro e colocou-o sobre a grama e pegou a H&K e empurrou o transportador com a parte inferior da palma da mão. Havia uma bala na câmara, mas o pente só tinha mais duas balas. Cheirou a boca da arma. Ejetou o pente e pendurou o rifle num dos ombros e a metralhadora no outro e voltou até o Bronco e segurou o pente para que o homem visse. Otra, ele disse. Otra.

O homem fez que sim. En mi bolsa.

Você fala inglês?

Ele não respondeu. Estava tentando gesticular com o queixo. Moss podia ver dois pentes de balas saindo do bolso de lona da jaqueta que ele usava. Esticou-se para dentro da cabine e apanhou-os e recuou. Cheiro de sangue e matéria fecal. Colocou um dos pentes completos na metralhadora de mão e os outros dois no bolso. Agua, cuate, o homem disse.

Moss esquadrinhou a região ao redor. Eu já disse, ele falou. Não tenho água.

La puerta, o homem disse.

Moss olhou para ele.

La puerta. Hay lobos.

Não tem lobo nenhum.

Sí, sí. Lobos. Leones.

Moss fechou a porta com o ombro.

Voltou ao primeiro caminhão e ficou de pé olhando para a porta aberta no lado do passageiro. Não havia buracos de balas naquela porta mas havia sangue no assento. A chave ainda estava na ignição e ele estendeu a mão e girou e apertou o botão da janela. O vidro saiu da abertura estreita da porta e subiu devagar. Havia dois buracos de balas nele e um leve borrifo de sangue coagulado na parte interior do vidro. Ele ficou ali pensando naquilo. Olhou para o chão. Manchas de sangue no barro. Sangue na grama. Olhou para a trilha ao sul por sobre a caldera, para a trilha por onde a caminhonete tinha vindo. Decerto tinha havido um último homem de pé. E não era o cuate no Bronco implorando por água.

Caminhou até a planície aluvial e andou num círculo grande para ver onde o rastro dos pneus sobre a grama mirrada apareceria ao sol. Ele ficou olhando em busca de algum sinal a cerca de trinta metros ao sul. Encontrou o rastro do homem e seguiu-o até deparar com sangue na grama. E depois mais sangue.

Você não vai longe, ele disse. Pode achar que vai. Mas não.

Abandonou a trilha e caminhou até o lugar mais alto visível segurando a H&K sob o braço destravada. Observou com os binóculos a região ao sul. Nada. Ficou mexendo no dente de javali que havia na frente de sua camisa. A essa altura, ele disse, você está escondido em algum lugar de olho no seu rastro. E as chances de eu ver você antes que você me veja são praticamente nulas.

Ele se agachou e apoiou os cotovelos nos joelhos e com os binóculos varreu as rochas no começo do vale. Sentou-se e cruzou as pernas e observou a região mais devagar e depois baixou os binóculos e ficou sentado parado. Vê se não leva um tiro nesse traseiro idiota, ele disse. Vê se não faz isso.

Virou-se e olhou para o sol. Eram cerca de onze horas. A gente nem sabe se tudo isso aconteceu na noite passada. Pode ter acontecido há duas noites. Ou mesmo há três.

Ou pode ter acontecido na noite passada.

Um vento brando tinha começado a soprar. Ele empurrou para trás o chapéu e enxugou a testa com a bandana e colocou a bandana de volta no bolso do jeans. Olhou através da caldera na direção da extensão baixa de rochas no perímetro oriental.

Um ferido não tem como subir as encostas, ele disse. Simplesmente isso não acontece.

Era uma subida difícil até o alto da encosta e já era quase meio-dia quando chegou lá. Na distância ao norte ele pôde ver o vulto de um caminhão imenso rodando pela paisagem tremeluzente. Quinze quilômetros. Talvez vinte. Rodovia 90. Sentou-se e esquadrinhou a nova região com os binóculos. Então parou.

Ao pé de um local onde as pedras haviam deslizado nas bordas da bajada havia um pequeno pedaço de algo azul. Ele o observou durante um longo tempo com os binóculos. Nada se movia. Examinou a região ao redor. Depois observou um pouco mais. Já havia se passado quase uma hora quando se levantou e começou a descer.

O homem morto estava caído encostado numa pedra com uma automática niquelada calibre 45 do governo enfiada entre suas pernas no capim. Ele tinha ficado sentado e depois escorregara para o lado. Seus olhos estavam abertos. Dava a impressão de que estudava algo pequenino no capim. Havia sangue no chão e sangue na pedra atrás dele. O sangue ainda era de um vermelho-escuro mas ainda estava fora do alcance do sol. Moss apanhou a pistola e apertou a trava da coronha com o polegar e baixou o cão. Agachou-se e tentou limpar o sangue da coronha na calça do homem mas o sangue já tinha coagulado demais. Ficou de pé e enfiou a arma no cinto na altura das costas e empurrou para trás o chapéu e enxugou o suor da testa com a manga da camisa. Virou-se e ficou estudando a região. Havia uma pesada valise de couro junto ao joelho do homem morto e Moss sabia com certeza absoluta o que havia dentro da valise e estava com medo de uma forma que não chegava sequer a compreender.

Quando finalmente a apanhou se afastou um pouco e se sentou no capim e deslizou o rifle pelo ombro abaixo e colocou-o ao lado. Sentou-se com as pernas abertas e a H&K no colo e a valise entre os joelhos. Então estendeu a mão e desafivelou as duas correias e desatou o fecho de metal e levantou a aba e dobrou-a para trás.

Estava abarrotada de notas de cem dólares. As notas estavam em pacotes atados com fitas do banco, cada uma delas carimbada com a designação $10.000. Ele não sabia qual o total mas fazia uma boa ideia. Ficou sentado ali olhando para as notas e depois fechou a aba e ficou sentado com a cabeça baixa. Toda sua vida estava ali diante dele. Dia após dia desde a alvorada até o escurecer, até o dia em que ele estivesse morto. Tudo resumido a vinte quilos de papel numa bolsa.

Ergueu a cabeça e olhou na direção da bajada. Um vento leve vindo do norte. Fresco. Ensolarado. Uma da tarde. Olhou para o homem morto caído sobre o capim. Suas botas de couro de crocodilo de boa qualidade que estavam empapadas de sangue e ficando pretas. O fim da sua vida. Ali naquele lugar. As montanhas distantes ao sul. O vento sobre o capim. A quietude. Ele travou o fecho da valise e apertou as correias e afivelou-as e se levantou e colocou o rifle no ombro e então pegou a valise e a metralhadora e se orientou pela própria sombra e partiu.

Pensou que sabia como voltar para a sua picape e também pensou sobre ficar errando pelo deserto no escuro. Havia cobras cascavéis do Mojave naquela região e se ele fosse mordido ali à noite era bem provável que fosse se reunir aos outros membros do grupo e a valise e seu conteúdo iam então passar para as mãos de outro dono. Em oposição a essas considerações havia o problema de atravessar um território aberto em plena luz do dia a pé com uma arma automática pendurada no ombro e carregando uma sacola contendo vários milhões de dólares. Além de tudo isso estava a certeza absoluta de que alguém viria buscar o dinheiro. Talvez vários alguéns.

Pensou em voltar e pegar a espingarda com o pente de balas. Era um grande fã de espingardas. Chegou mesmo a pensar em deixar a metralhadora para trás. Era um crime sujeito a prisão possuir uma.

Não deixou nada para trás e não voltou ao lugar em que estavam as caminhonetes. Seguiu pela região descampada, atravessando as falhas nos espinhaços vulcânicos e cruzando o terreno plano ou ondulado entre elas. Já era tarde avançada quando chegou à estrada de fazenda pela qual tinha vindo naquela manhã no escuro fazia tanto tempo. Então cerca de um quilômetro e meio adiante chegou à picape.

Abriu a porta e colocou o rifle no chão na vertical. Deu a volta e abriu a porta do motorista e pressionou a alavanca e deslizou o assento para a frente e colocou a valise e a metralhadora atrás dele. Pôs a pistola calibre 45 e os binóculos sobre o assento e subiu e empurrou o assento para trás ao máximo e colocou a chave na ignição. Então tirou o chapéu e se inclinou para trás e ficou ali com a cabeça apoiada sobre o vidro frio atrás dele e fechou os olhos.

Quando chegou à estrada diminuiu a velocidade e trepidou sobre as barras do mata-burro e então seguiu até o pavimento asfaltado e acendeu os faróis. Dirigiu para oeste na direção de Sanderson e manteve o limite de velocidade a cada quilômetro do caminho. Parou no posto de gasolina a leste da cidade para comprar cigarros e beber uma boa quantidade de água e depois continuou dirigindo até o Desert Aire e parou em frente ao trailer e desligou o motor. As luzes estavam acesas lá dentro. Mesmo que você viva até os cem anos, ele disse, não vai haver outro dia como este. Logo que disse isso se arrependeu.

Pegou a lanterna no porta-luvas e desceu e pegou a metralhadora de mão e a valise de trás do assento e se arrastou para baixo do trailer. Ficou ali sobre a terra olhando para a parte inferior dele. Canos baratos de plástico e compensado. Pedaços de material isolante. Enfiou a metralhadora num canto e puxou o material isolante por cima dela e ficou ali pensando. Então se arrastou para fora outra vez carregando a valise e se limpou e subiu os degraus e entrou.

Ela estava estirada no sofá assistindo tevê e tomando uma Coca. Nem mesmo levantou os olhos. Três horas, ela disse.

Posso voltar mais tarde.

Ela olhou para ele por cima das costas do sofá e olhou de novo para a televisão. O que é que tem nessa sacola?

Está cheia de dinheiro.

Certo. Conta outra.

Ele foi até a cozinha e pegou uma cerveja na geladeira.

Pode me dar as chaves? ela disse.

Onde é que você vai.

Comprar cigarro.

Cigarro.

É, Llewelyn. Cigarro. Estou sentada aqui o dia inteiro.

E cianureto? A gente tem bastante?

Me dá as chaves. Eu vou lá para a droga do quintal fumar.

Ele bebeu um gole da cerveja e foi para o quarto e se agachou sobre um dos joelhos e empurrou a valise para baixo da cama. Então voltou. Comprei cigarro pra você, ele disse. Deixa eu ir buscar.

Deixou a cerveja sobre a bancada e saiu e pegou os dois maços de cigarros e os binóculos e a pistola e pendurou a calibre 270 no ombro e fechou a porta da picape e voltou lá para dentro. Entregou a ela os cigarros e voltou para o quarto.

Onde é que você arranjou essa pistola? ela gritou.

No lugar de arranjar coisas.

Você comprou esse troço?

Não. Achei.

Ela se sentou no sofá. Llewelyn?

Ele voltou lá para dentro. O quê? ele perguntou. Para de gritar.

Quanto foi que você pagou por esse troço?

Você não precisa saber de tudo.

Quanto.

Já disse. Eu achei.

Não você não achou coisa nenhuma.

Ele se sentou no sofá e colocou as pernas sobre a mesinha e bebeu um gole da cerveja. Não é minha, ele disse. Não comprei pistola nenhuma.

É melhor mesmo.

Ela abriu um dos maços e tirou um cigarro e o acendeu com um isqueiro. Onde foi que você esteve o dia todo?

Fui comprar cigarro para você.

Eu nem quero saber. Nem quero saber o que você andou aprontando.

Ele bebeu a cerveja e fez que sim. Assim está bem.

Acho que é melhor nem saber.

Se você não fechar essa boca vou te levar lá para trás e te comer.

Grande coisa.

Pode acreditar que é.

Foi o que ela disse.

Deixa só eu acabar esta cerveja. Vamos ver o que ela disse e o que ela não disse.

* * *

Quando ele acordou era 1:06 pelo relógio digital na mesa de cabeceira. Ele ficou ali olhando para o teto, o lume cru da lâmpada incandescente lá fora banhando o quarto numa luz azulada e fria. Como a lua de inverno. Ou algum outro tipo de lua. Algo de estelar e alienígena naquela luz com que ele passara a se sentir confortável. Qualquer coisa exceto dormir no escuro.

Girou os pés para fora da coberta e se sentou. Olhou para as costas nuas dela. Seu cabelo no travesseiro. Estendeu o braço e puxou o cobertor sobre o seu ombro e se levantou e foi para a cozinha.

Pegou a jarra de água na geladeira e desatarraxou a tampa e ficou ali bebendo à luz da porta aberta da geladeira. Então simplesmente ficou ali segurando a jarra com a água gelada suando no vidro, olhando pela janela para a estrada na direção das luzes. Ficou ali por bastante tempo.

Quando voltou para o quarto pegou o short no chão e vestiu e foi até o banheiro e fechou a porta. Então foi até o segundo quarto e tirou a valise de baixo da cama e abriu.

Sentou-se no chão com a valise entre as pernas e mergulhou as mãos nas notas e puxou-as para fora. As pilhas tinham vinte pacotes. Enfiou-as outra vez na valise e balançou-a no chão para ajeitar o dinheiro. Vezes doze. Podia fazer a conta de cabeça. Dois milhões e quatrocentos mil. Tudo em notas usadas. Ficou sentado olhando para o dinheiro. Você precisa levar isso a sério, ele disse. Não pode achar que foi sorte.

Fechou a bolsa e atou as fivelas e empurrou-a para baixo da cama e se levantou e ficou olhando pela janela para as estrelas acima do escarpamento rochoso ao norte da cidade. Silêncio completo. Nem sequer um cachorro. Mas não foi o dinheiro que fez com que ele acordasse. Você aí fora está morto? disse. Diabos, não, você não está morto.

Ela se levantou enquanto ele se vestia e se virou na cama para observá-lo.

Llewelyn?

O quê.

O que você está fazendo?

Me vestindo.

Aonde você vai?

Sair.

Aonde você vai, meu bem?

Tem uma coisa que esqueci de fazer. Vou voltar.

O que é que você vai fazer?

Ele abriu a gaveta e pegou a 45 e tirou o pente de balas e conferiu e colocou de volta e pôs a pistola no cinto. Virou-se e olhou para ela.

Vou fazer uma coisa agora totalmente idiota mas vou fazer assim mesmo. Se eu não voltar diz à minha mãe que eu a amo.

Sua mãe morreu Llewelyn.

Então eu mesmo digo.

Ela se sentou na cama. Você está me deixando apavorada, Llewelyn. Você se meteu em alguma encrenca?

Não. Vai dormir.

Ir dormir?

Daqui a pouco eu estou de volta.

Droga, Llewelyn.

Ele foi até a porta e olhou para ela. E se eu não fosse voltar? Essas são suas últimas palavras?

Ela o seguiu pelo corredor até a cozinha vestindo o robe. Ele pegou uma garrafa plástica d'água de cinco litros embaixo da pia e começou a enchê-la na torneira.

Você sabe que horas são? ela disse.

Sei. Sei que horas são.

Meu bem eu não quero que você vá. Aonde você vai? Não quero que você vá.

Bem querida estamos pau a pau nessa questão eu também não quero ir. Vou voltar. Não fique me esperando acordada.

Ele parou no posto de gasolina sob as luzes e desligou o motor e pegou o mapa no porta-luvas e desdobrou-o em cima do assento e ficou estudando. Por fim marcou onde as caminhonetes deviam estar e então traçou uma rota fora da estrada até a porteira de Harkle. Tinha um bom jogo de pneus todo-terreno na picape e dois estepes na caçamba mas o terreno ali era bem acidentado. Ficou olhando para a linha que havia traçado. Então se curvou e estudou o terreno e desenhou outra. Então ficou sentado ali olhando para o mapa. Quando ligou o motor e saiu para a rodovia eram duas e quinze da manhã, a estrada deserta, o rádio da picape naquela região distante mudo sem nem mesmo o som da estática de uma ponta da banda à outra.

Parou na porteira e saiu e abriu-a e passou com a picape e saiu e fechou-a e ficou ali escutando o silêncio. Então voltou para a picape e dirigiu para o sul pela estrada do rancho.

Mantinha a picape com tração nas duas rodas e dirigia em segunda. Diante dele a luz da lua que ainda não nascera aparecia como as luzes do teatro atrás de um pano e se espalhava atrás dos morros que pareciam um cartaz escuro. Virando lá embaixo onde tinha parado naquela manhã e pegando o que poderia ter sido uma velha estrada de carroças que seguia para leste através das terras de Harkle. Quando a lua por fim se ergueu apareceu inchada e pálida e deformada entre os morros iluminando toda a região ao redor e ele apagou os faróis da picape.

Meia hora depois parou e seguiu caminhando pelo topo de uma encosta e ficou observando a região a leste e ao sul. A lua alta. Um mundo azul. Sombras visíveis de nuvens atravessando a planície. Correndo pelos declives. Ele se sentou na parte elevada da terra rochosa com as botas cruzadas à sua frente. Nenhum coiote. Nada. Para um traficante mexicano. É. Bem. Todo mundo é alguma coisa.

Quando voltou para a picape ele deixou de lado o mapa e seguiu dirigindo orientado pela lua. Passou por baixo de um promontório vulcânico na extremidade superior do vale e rumou ao sul outra vez. Tinha boa memória para as paisagens. Estava atravessando um terreno que havia observado da encosta mais cedo naquele dia e parou outra vez e saiu para escutar. Quando voltou à picape ele abriu a tampa de plástico da luz do teto e tirou a lâmpada e colocou no cinzeiro. Sentou-se com a lanterna e estudou o mapa outra vez. Quando voltou a parar apenas desligou o motor e ficou sentado com a janela aberta. Ficou sentado ali por um bom tempo.

Parou a picape a menos de um quilômetro acima da extremidade superior da caldera e pegou a jarra de plástico cheia d'água e colocou no chão e colocou a lanterna no bolso da calça. Então pegou a 45 do assento e fechou a porta sem fazer barulho com o polegar na tranca e se virou e seguiu na direção das caminhonetes.

Lá estavam elas como as havia deixado, afundadas em seus pneus esvaziados a tiros. Aproximou-se com a 45 engatilhada. Silêncio absoluto. Podia ser por causa da lua. Sua própria sombra era mais companhia do que ele teria desejado. Uma sensação ruim naquele lugar. Um invasor. Entre os mortos. Não me venha com histórias, ele disse. Você não é um deles. Ainda não.

A porta do Bronco estava aberta. Quando viu isso ele se abaixou apoiado num dos joelhos. Deixou a jarra d'água no chão. Seu idiota, ele disse. Aqui está você. Idiota demais para viver.

Virou-se devagar, esquadrinhando a região. A única coisa que podia ouvir era o seu coração. Avançou até a caminhonete e se agachou junto à porta aberta. O homem tinha caído de lado sobre o console. Ainda preso pelo cinto de segurança. Sangue novo em toda parte. Moss tirou a lanterna do bolso e cobriu a lente dentro do punho fechado e acendeu-a. Ele tinha levado um tiro na cabeça. Nada de lobos. Nada de leones. Projetou a luz encoberta no espaço de carga atrás dos assentos. Tudo tinha desaparecido. Desligou a luz e ficou parado. Caminhou devagar até onde estavam os outros corpos. A espingarda tinha desaparecido. A lua já tinha avançado um quarto no céu. Era quase como se fosse dia claro. Ele se sentia como alguma coisa dentro de uma jarra.

Estava a meio caminho de volta na caldera até sua picape quando algo o fez parar. Ele se agachou, segurando a pistola engatilhada sobre o joelho. Podia ver a picape à luz da lua no alto da encosta. Ele desviou o olhar para o lado da picape para ver melhor. Havia alguém de pé ao lado dela. Depois sumiram. Não há uma única descrição de tolo, ele disse, em que você não se encaixe. Agora você vai morrer.

Meteu a 45 na parte de trás do cinto e saiu num passo rápido para o cume da encosta de lava. À distância ouviu o motor de uma caminhonete sendo ligado. Surgiram luzes no topo da colina. Ele começou a correr.

Quando chegou às pedras a caminhonete estava a meio caminho da descida da caldera, as luzes oscilando sobre o terreno acidentado. Ele procurou alguma coisa atrás da qual pudesse se esconder. Não havia tempo. Ficou deitado com o rosto para baixo e a cabeça entre os antebraços no capim e esperou. Ou o tinham visto ou não tinham. Esperou. A caminhonete passou. Quando se foi ele levantou e começou a subir a encosta com dificuldade.

Na metade da subida parou e ficou ali ofegante tentando escutar. As luzes estavam em algum lugar abaixo dele. Não conseguia vê-las. Continuou subindo. Depois de algum tempo conseguiu ver os vultos dos veículos lá embaixo. Então a caminhonete voltou subindo a caldera com os faróis apagados.

Ele ficou grudado às pedras. Um facho de luz passou pela superfície da encosta vulcânica para um lado e para o outro. A caminhonete diminuiu a velocidade. Ele podia ouvir o motor em ponto morto. O passo vagaroso do comando de válvulas. Motor potente. O facho de luz percorreu as rochas outra vez. Está tudo bem, ele disse. Alguém precisa acabar com o seu sofrimento. Vai ser a melhor coisa para todo mundo.

O motor acelerou ligeiramente e voltou a ficar lento. Um tom profundo e gutural no cano de descarga. Comando de válvulas e cano de descarga aberto e sabe Deus o que mais. Depois de algum tempo moveu-se na escuridão.

Quando chegou ao topo da encosta ele se agachou e tirou a 45 do cinto e desengatilhou-a e colocou-a de volta e olhou para a distância a norte e a leste. Nenhum sinal da caminhonete.

Que tal se você estivesse lá naquela sua velha picape tentando correr mais rápido do que aquela coisa? ele disse. Então se deu conta de que jamais voltaria a ver sua picape. Bem, ele disse. Há uma porção de coisas que você jamais vai voltar a ver.

O holofote voltou ao alto da caldera e se moveu sobre o cume. Moss ficou deitado de barriga para baixo observando. A luz voltou mais uma vez.

Se você soubesse que há alguém em algum lugar por aí a pé com dois milhões de dólares seus, em que momento pararia de procurar?

Isso mesmo. Esse momento não existe.

Ele ficou escutando. Podia ouvir a caminhonete. Depois de algum tempo levantou-se e desceu pela extremidade mais afastada do cume. Estudando a região. A planície lá embaixo extensa e silenciosa à luz da lua. Nenhum jeito de atravessar e nenhum outro lugar aonde ir. Bem, meu chapa, quais são os seus planos agora?

São quatro da manhã. Você sabe onde o seu filhinho querido está?

Vou te dizer uma coisa. Por que você não entra na sua picape e vai até lá e leva para o filho da puta um pouco d'água?

A lua estava alta e pequena. Ele manteve os olhos na planície lá embaixo enquanto subia a encosta. Quão motivado você está? ele disse.

Bastante motivado.

É melhor estar.

Ele podia ouvir a caminhonete. Vinha circundando a região anterior ao começo da encosta com os faróis apagados e começou a descer a borda da planície à luz da lua. Ele grudou nas pedras. Em adição às outras coisas ruins seu pensamento foi para escorpiões e cascavéis. O holofote continuava passando de um lado a outro sobre a fachada do cume. Metodicamente. Lançadeira brilhante, tear escuro. Ele não se mexia.

A caminhonete foi até o outro lado e voltou. Rodando em segunda, parando, o motor funcionando em ponto morto. Ele se moveu para a frente para um ponto de onde pudesse ver melhor. O sangue continuava escorrendo para o seu olho de um corte na testa. Ele não sabia nem mesmo onde tinha feito aquele corte. Limpou o olho com as costas da mão e limpou a mão no jeans. Pegou o lenço e apertou-o sobre a cabeça.

Você podia ir para o sul até o rio.

É. Podia.

Menos terreno descoberto.

Menos não é nenhum.

Ele se virou, ainda segurando o lenço sobre a testa. Nenhuma nuvem à vista.

Você precisa estar em algum lugar quando raiar o dia.

Em casa na cama seria bom.

Ele estudou a planície azulada lá embaixo em silêncio. Um vasto e imóvel anfiteatro. Esperando. Ele tinha tido essa sensação antes. Em outro país. Nunca imaginou que fosse voltar a tê-la.

Esperou por um longo tempo. O caminhão não voltou. Ele seguiu caminho para o sul ao longo do cume. Parou e ficou escutando. Nem um coiote, nada.

Quando desceu até a planície do rio o céu a leste mostrava seu primeiro e fraco sinal de luz. A noite não escureceria mais do que aquilo. A planície seguia até as curvas do rio e ele ficou escutando uma última vez e então se pôs em movimento com passos rápidos.

Era um longo trajeto e ele ainda estava a quase duzentos metros do rio quando ouviu a caminhonete. Uma luz fria e cinzenta assomava entre as colinas. Quando ele olhou para trás pôde ver a poeira contra a nova linha do horizonte. Ainda a mais de um quilômetro de distância. Na quietude da aurora o som não era mais sinistro do que um barco num lago. Então ele ouviu-a reduzir a marcha. Tirou a 45 do cinto para não perdê-la e começou a correr feito louco.

Quando voltou a olhar para trás a caminhonete tinha vencido boa parte da distância. Ele ainda estava a uns cem metros do rio e não sabia o que ia encontrar quando chegasse lá. Um desfiladeiro de rocha escarpada. Os primeiros longos fachos de luz erguiam-se através de uma fenda nas montanhas a leste e se abriam sobre a região diante dele. A caminhonete estava toda acesa, faróis no teto e no para-choque. O motor continuava funcionando num uivo quando as rodas deixavam de tocar o chão.

Eles não vão atirar em você, ele disse. Não podem se dar a esse luxo.

O longo estampido de um rifle veio ricocheteando sobre a terra. Deu-se conta de que o que ele ouviu assobiar sobre sua cabeça era a bala passando e desaparecendo na direção do rio. Olhou para trás e percebeu que havia um homem de pé para fora do teto solar, uma das mãos no alto da cabine, a outra segurando um rifle na vertical.

No lugar onde ele alcançou o rio este fazia uma curva ampla saindo de um desfiladeiro e seguia em meio a grandes moitas de caniço. Mais abaixo fluía de encontro a uma ribanceira rochosa e depois continuava rumo ao sul. Escuridão profunda no desfiladeiro. A água escura. Ele entrou por uma abertura e caiu e rolou e se ergueu e começou a descer por uma longa crista arenosa na direção do rio. Não tinha avançado dez metros quando se deu conta de que não tinha tempo para fazer isso. Deu uma olhada para trás uma vez na direção da terra plana e então se agachou e se jogou encosta abaixo, segurando a 45 à sua frente com as duas mãos.

Rolou e deslizou por um bom pedaço, os olhos quase fechados devido à poeira e à areia que levantava, a pistola agarrada de encontro ao peito. Então tudo aquilo cessou e ele estava simplesmente caindo. Abriu os olhos. O mundo fresco da manhã acima dele, girando devagar.

Ele bateu sobre uma margem de cascalho e deixou escapar um gemido. Em seguida estava rolando sobre algum tipo de grama áspera. Quando parou ficou deitado de barriga para baixo, ofegante.

A pistola tinha desaparecido. Ele rastejou de volta sobre a grama achatada até que a encontrou e apanhou e se virou para observar as margens das curvas do rio lá em cima, batendo a coronha da pistola no antebraço para tirar a poeira. Sua boca estava cheia de areia. Seus olhos. Viu dois homens aparecerem contra o céu e engatilhou a pistola e atirou na direção deles e eles se afastaram outra vez.

Sabia que não tinha tempo para se arrastar até o rio e simplesmente se levantou e saiu correndo, chapinhando sobre riachos em meio ao cascalho e na descida de uma comprida margem de areia até chegar ao leito principal do rio. Pegou suas chaves e sua carteira e abotoou-as dentro do bolso da camisa. O vento frio soprando da água cheirava a ferro. Ele podia sentir seu gosto. Jogou fora a lanterna e baixou o cão da 45 e enfiou-a no gancho do jeans. Então tirou as botas e colocou-as presas no cinto de sola para cima uma de cada lado e apertou o cinto o máximo que conseguiu e se virou e saltou no rio.

O frio lhe tirou o fôlego. Ele se virou e olhou lá para trás para a margem, ofegante e nadando de frente para trás na água cor de ardósia. Ninguém ali. Ele se virou e nadou.

A corrente o carregou para baixo na direção da curva do rio e puxou-o com força contra as pedras. Ele deu um empurrão nelas e se afastou. O penhasco acima dele erguia-se escuro e profundamente côncavo e a água nas sombras era negra e encapelada. Quando ele finalmente caiu na corrente e olhou para trás pôde ver a caminhonete parada no alto da ribanceira mas não conseguiu ver ninguém. Certificou-se de que ainda estava com as botas e a arma e então se virou e começou a nadar até a margem oposta.

Quando se arrastou tremendo para fora do rio já estava a mais de um quilômetro do lugar onde entrara. Tinha perdido as meias e começou a correr descalço na direção do caniçal. Concavidades redondas na rocha em prateleiras onde os antigos tinham moído seus grãos. Quando ele olhou para trás outra vez a caminhonete tinha desaparecido. Dois homens andavam rapidamente ao longo do alto penhasco recortados contra o céu. Ele já tinha quase alcançado o caniçal quando ao seu redor soou aquela série de estrépitos e houve um baque pesado e em seguida o seu eco vindo do outro lado do rio.

Ele foi atingido no braço pelo chumbo grosso e a pontada era como uma ferroada de vespa. Pôs a mão sobre o local e mergulhou em meio aos caniços, a bala de chumbo parcialmente enterrada na parte de trás do braço. Sua perna esquerda insistia em querer falhar e ele estava sentindo dificuldade para respirar.

Depois que avançou bem para o meio da vegetação ele caiu de joelhos e ficou ali ofegante. Desatou o cinto e deixou as botas caírem na areia e estendeu o braço e pegou a 45 e colocou-a de lado e tocou a parte de trás do braço. O chumbo não estava mais ali. Desabotoou a camisa e tirou-a e puxou o braço para ver a ferida. Tinha o mesmo tamanho da bala, sangrava de leve, pedaços do tecido da camisa presos lá dentro. Toda a parte de trás de seu braço já estava se tornando um hematoma arroxeado e feio. Ele torceu a camisa para tirar a água e vestiu-a novamente e abotoou-a e calçou as botas e se levantou e afivelou o cinto. Pegou a pistola e tirou o pente de balas e lançou a bala para fora da câmara e depois sacudiu a pistola e soprou pelo cano e juntou novamente as peças. Não sabia se a pistola ia funcionar ou não mas achava que provavelmente sim.

Quando saiu do meio do caniçal do outro lado parou e olhou para trás mas os caniços tinham quase dez metros de altura e ele não conseguia ver nada. Rio abaixo havia um extenso banco de areia e uma moita de choupo. Quando chegou lá já havia bolhas começando a se formar em seus pés por andar usando botas molhadas sem meias. Seu braço estava inchado e latejando mas o sangramento parecia ter parado e ele saiu para o sol caminhando sobre uma faixa de cascalho e sentou-se ali e tirou as botas e olhou para as feridas vermelhas nos calcanhares. Assim que se sentou sua perna começou a doer outra vez.

Abriu o pequeno coldre de couro em seu cinto e pegou a faca e em seguida se levantou e tirou novamente a camisa. Cortou as mangas na altura dos ombros e se sentou e envolveu os pés com elas e calçou as botas. Colocou a faca de volta no coldre e fechou-o e pegou a pistola e se levantou e ficou escutando. Um melro de asa vermelha. Nada.

Quando se virou para seguir ouviu a caminhonete muito ao longe do outro lado do rio. Procurou-a mas não conseguiu ver. Pensou que a essa altura provavelmente os dois homens tinham atravessado o rio e estavam em algum lugar atrás dele.

Seguiu em frente em meio às árvores. Os troncos com sedimentos grudados de quando o rio enchia e as raízes se emaranhavam em meio às pedras. Ele tirou outra vez as botas e tentou atravessar o terreno de cascalho sem deixar pegadas e subiu um comprido e rochoso rincon na direção da margem esquerda do desfiladeiro do rio carregando as botas e os pedaços de pano e a pistola e ficando de olho no terreno lá embaixo. O sol estava sobre o desfiladeiro e as pedras por onde ele tinha andado iam secar em dez minutos. Num banco perto da margem ele parou e ficou deitado de barriga para baixo com as botas na grama ao seu lado. Eram só mais dez minutos até o topo mas ele não achava que tivesse dez minutos. Na margem oposta do rio um falcão levantou voo do penhasco dando um pio fraco. Ele esperou. Depois de algum tempo um homem saiu do meio do caniçal rio acima e se deteve. Levava uma metralhadora. Um outro homem apareceu logo abaixo dele. Os dois se entreolharam rapidamente e então vieram.

Passaram abaixo dele e ele os observou até que saíssem de vista rio abaixo. Não estava na verdade sequer pensando neles. Estava pensando em sua picape. Quando a sede do condado abrisse às nove horas da manhã de segunda-feira alguém ia dar um telefonema com a placa do veículo e conseguiria seu nome e endereço. Isso dali a cerca de vinte e quatro horas. A essa altura saberiam quem ele era e nunca mais iam parar de procurá-lo. Nunca mais, mas nunca mais mesmo.

Ele tinha um irmão na Califórnia a quem devia dizer o quê? Arthur tem uns caras a caminho eles vão te propor apertar seu saco com um torno mecânico de seis polegadas e girar a manivela um quarto da volta a cada vez que te perguntarem se você sabe onde eu estou ou não. Pode ser que você queira considerar a hipótese de se mudar para a China.

Ele se sentou e envolveu os pés com os pedaços de pano e calçou as botas e começou a subir o último pedaço do desfiladeiro até a margem. Quando chegou até o final da subida a região era absolutamente plana, estendendo-se para o sul e para leste. Terra vermelha e creosoto. Montanhas ao longe e a meia distância. Nada por lá. O calor distorcendo a visão. Enfiou a pistola no cinto e olhou para baixo na direção do rio mais uma vez e então seguiu rumo a leste. Langtry no Texas estava a uns trinta quilômetros em linha reta. Talvez menos. Dez horas. Doze. Seus pés já estavam doendo. Sua perna doía. Seu peito. Seu braço. O rio se afastava lá atrás. Ele não tinha sequer bebido um pouco d'água.

II

Não sei se o trabalho com a segurança pública é mais perigoso hoje do que costumava ser ou o quê. Sei que quando comecei a trabalhar nesta área você ia resolver uma briga em algum lugar e eles propunham brigar com você. E às vezes você tinha que atender. Eles não aceitavam que fosse de outro jeito. E também era melhor não perder. Isso já não se vê tanto, mas talvez você veja coisas piores. Uma vez um cara apontou uma arma para mim e aconteceu que eu agarrei a arma no instante exato em que ele ia atirar e a agulha do cão passou pelo meio da parte carnuda do meu polegar. Dá para ver a marca. Mas aquele homem teve toda a intenção de me matar. Há alguns anos e também não são tantos assim eu estava passando por uma dessas estradinhas de asfalto de mão dupla de noite e dei com uma picape com dois caras sentados na caçamba. Eles piscaram um pouco sob a luz dos meus faróis e eu recuei um pouco mas a picape tinha placa de Coahuila e eu pensei, bem, preciso mandar esses caras pararem e dar uma espiada. Então liguei o farol alto e quando fiz isso vi a janela deslizar na parte de trás da cabine e eis que alguém passa uma espingarda pela janela para o cara sentado na caçamba da picape. Vou te dizer, pisei no freio com os dois pés. Isso fez com que a viatura derrapasse e virasse de lado até os faróis ficarem apontando para o mato mas a última coisa que eu vi na caçamba da picape foi o cara colocando aquela espingarda apoiada no ombro. Me joguei no assento e tinha acabado de me deitar quando o para-brisa caiu em cima de mim em mil pedacinhos. Eu ainda estava com um pé no freio e podia sentir o carro deslizando na direção da barra da vala e achei que ia capotar mas não capotou. A viatura ficou cheia de terra. O cara atirou em mim mais duas vezes e quebrou todo o vidro das janelas de um dos lados do carro que a essa altura já tinha parado e eu estava deitado ali no assento, tinha apanhado minha pistola, e ouvi aquela picape ir embora aceleran-

do e me levantei e disparei vários tiros nas lanternas traseiras mas eles já tinham dado o fora.

A questão é que você não sabe o que é que está parando quando para alguém. Você sai na estrada. Vai andando até um carro e não sabe o que pode encontrar. Fiquei sentado naquela patrulha por um bom tempo. O motor tinha morrido mas os faróis ainda estavam acesos. A cabine cheia de vidro e terra. Saí e me limpei um pouco e entrei outra vez e fiquei sentado ali. Apenas colocando as ideias em ordem. Limpadores de para--brisa pendurados sobre o painel. Desliguei os faróis e fiquei ali sentado. Se você pega alguém que tem a coragem de enfrentar um policial e abre fogo, trata-se de gente bastante perigosa. Nunca mais vi aquela picape. Ninguém mais viu. Ou pelo menos a placa. Talvez eu devesse ter ido atrás deles. Ou ter tentado. Não sei. Dirigi de volta a Sanderson e parei no café e vou te dizer, veio gente de todo canto para ver a patrulha. Estava cravada de tiros. Parecia o carro de Bonnie e Clyde. Eu não tinha nem um arranhão. Nem mesmo com todo aquele vidro. Também fui criticado por isso. Estacionar ali daquele jeito. Disseram que eu estava me exibindo. Bem, talvez estivesse. Mas eu também precisava de um café, ah como precisava.

Leio os jornais todas as manhãs. Principalmente acho para tentar descobrir o que é que possa estar vindo na minha direção. Não que eu tenha tido muito sucesso em evitar que viesse. Fica cada vez mais difícil. Um tempo atrás dois garotos se encontraram um deles era da Califórnia e o outro da Flórida. E eles se conheceram em algum lugar no meio do caminho. E então saíram juntos viajando pelo país matando gente. Eu esqueci quantos eles mataram. Agora quais são as chances de uma coisa dessas acontecer? Os dois nunca tinham posto os olhos um no outro. Não pode haver tantos deles assim. Acho que não. Bem, a gente não sabe. Outro dia uma mulher colocou o bebê num compactador de lixo. Quem poderia pensar numa coisa dessas? Minha mulher não lê mais os jornais. Provavelmente ela está certa. Em geral está.

Bell subiu a escada dos fundos da sede do condado e seguiu pelo corredor até seu escritório. Girou a cadeira e se sentou e ficou olhando para o telefone. Vá em frente, ele disse. Estou aqui.

O telefone tocou. Ele estendeu a mão e o apanhou. Xerife Bell, disse.

Ficou escutando. Fez que sim.

Mrs. Downie acho que ele vai descer logo. Por que a senhora não me liga de volta daqui a pouco. Sim senhora.

Ele tirou o chapéu e colocou sobre a mesa e ficou sentado com os olhos fechados, beliscando o cavalete do nariz. Sim senhora, ele disse. Sim senhora.

Mrs. Downie eu não vi muitos gatos mortos em árvores. Acho que ele vai descer logo se a senhora deixar ele em paz. Me liga de volta daqui a pouquinho, está bem?

Ele desligou o telefone e ficou observando-o. É o dinheiro, ele disse. Se você tem dinheiro o bastante não precisa falar com as pessoas sobre gatos em árvores.

Bem. Talvez precise.

O rádio fez um barulho estridente. Ele pegou o aparelho receptor e apertou o botão e colocou os pés em cima da mesa. Bell, ele disse.

Ficou escutando. Baixou os pés até o chão e se sentou.

Pegue as chaves e olhe no porta-malas. Está tudo bem. Eu estou bem aqui.

Tamborilou com os dedos na mesa.

Tudo bem. Fique com os faróis acesos. Chego aí em cinquenta minutos. E Torbert? Feche o porta-malas.

Ele e Wendell saíram para o acostamento pavimentado diante da patrulha e pararam e saíram. Torbert saiu e estava de pé em frente à porta de seu carro. O xerife concordou com a cabeça. Caminhou pela beira da estrada estudando as marcas de pneu. Você viu isso aqui, eu imagino, ele disse.

Sim senhor.

Bem, vamos dar uma olhada.

Torbert abriu o porta-malas e eles ficaram olhando para o corpo. A parte da frente da camisa do sujeito estava coberta de sangue, parcialmente seco. Seu rosto todo estava ensanguentado. Bell se inclinou e esticou a mão para dentro do caminhão e tirou alguma coisa do bolso da camisa do sujeito e desdobrou. Era o recibo sujo de sangue de um posto de gasolina em Junction Texas. Bem, ele disse. Este foi o fim da linha para Bill Wyrick.

Eu não procurei ver se ele estava levando uma carteira.

Está tudo bem. Não está levando. Isto aqui foi pura sorte.

Ele examinou o buraco na testa do sujeito. Parece uma 45. Certinho. Quase como se fosse bala com a ponta chata.

Que bala é essa?

É um tipo de bala usada para tiro ao alvo. Você está com as chaves?

Sim senhor.

Bell fechou o porta-malas. Olhou ao redor. Caminhões que passavam na interestadual estavam diminuindo a velocidade ao se aproximar. Já falei com Lamar. Disse a ele que pode pegar sua viatura de volta em três dias. Liguei para Austin e eles vão estar esperando você amanhã cedo. Não vou colocá-lo numa das nossas patrulhas e ele com certeza não precisa de um helicóptero. Você leva a patrulha de Lamar de volta a Sonora quando terminar e liga para mim ou para Wendell, um de nós dois vem te buscar. Tem algum dinheiro?

Sim senhor.

Preencha o relatório do mesmo jeito que qualquer outro relatório.

Sim senhor.

Homem branco, trinta e muitos anos, estatura média.

Como é que se escreve Wyrick?

Não se escreve. Não sabemos qual o nome dele.

Sim senhor.

Talvez ele tenha uma família em algum lugar.

Sim senhor. Xerife?

Sim.

O que é que nós temos do perpetrador?

Nada. Dê as suas chaves ao Wendell antes que se esqueça.

Estão na patrulha.

Bem, não vamos ficar deixando chaves nas patrulhas.

Sim senhor.

Vejo você em dois dias.

Sim senhor.

Espero que esse filho da puta esteja na Califórnia.

Sim senhor. Sei o que quer dizer.

Tenho a sensação de que ele não está.

Sim senhor. Eu também.

Wendell, está pronto?

Wendell se inclinou e cuspiu. Sim senhor, ele disse. Estou pronto. Olhou para Torbert. Se te pararem com esse cara no porta-malas diga a eles que não sabe nada a respeito. Diga a eles que alguém deve ter colocado o cara aí enquanto você tomava café.

Torbert fez que sim. Você e o xerife vão vir me tirar do corredor da morte?

Se não conseguirmos te tirar a gente entra junto com você.

Vocês dois não fiquem fazendo pouco dos mortos desse jeito, Bell disse.

Wendell concordou. Sim senhor, ele disse. O senhor tem razão. Eu talvez seja um deles algum dia.

Seguindo pela rodovia 90 na direção da saída em Dryden ele deparou com um gavião morto na estrada. Viu as penas oscilarem ao vento. Parou e saiu do carro e foi andando até lá e se agachou sobre os saltos das botas e o examinou. Levantou uma asa e deixou-a cair novamente. Olho amarelo e frio cego para a abóbada azul lá em cima.

Era um grande gavião de rabo vermelho. Ele o apanhou pela ponta de uma asa e o levou até a vala de drenagem e o colocou sobre a grama. Eles caçavam no asfalto, empoleirados nos postes compridos de alta-tensão e observando a estrada em ambas as direções por quilômetros. Qualquer coisinha que se aventurasse a atravessar. Cercando sua presa contra o sol. Sem sombra. Perdidos na concentração do caçador. Ele não queria que os caminhões passassem por cima.

Ficou ali olhando para o deserto. Tão silencioso. O zumbido baixo do vento na fiação. O mato alto sobre a estrada. Capim duro. Adiante nos arroios de pedra os rastros dos lagartos. As áridas montanhas rochosas cobertas de sombras ao sol do final da tarde e a leste a abscissa tremeluzente das planícies desérticas sob um céu em que cortinas de chuva pendiam escuras como fuligem por todo o quadrante. Vive em silêncio o deus que lavou aquela terra com sal e cinza. Ele voltou à patrulha e entrou e seguiu caminho.

Quando parou diante do escritório do xerife em Sonora a primeira coisa que viu foi a fita amarela esticada no estacionamento. Uma pequena multidão na sede do condado. Ele saiu e atravessou a rua.

O que aconteceu, Xerife?

Não sei, disse Bell. Acabo de chegar.

Ele se enfiou por baixo da fita e subiu a escada. Lamar ergueu os olhos quando ele bateu à porta. Entre, Ed Tom, ele disse. Estamos numa encrenca e tanto aqui.

Saíram para o gramado da sede do condado. Alguns dos homens os acompanharam.

Vocês todos podem seguir adiante, disse Lamar. Eu e o xerife aqui precisamos conversar.

Ele parecia abatido. Olhou para Bell e olhou para o chão. Balançou a cabeça e olhou para a distância. Eu costumava brincar de jogar faca no gramado aqui quando era garoto. Bem aqui. Esses jovens de hoje em dia acho que nem sabem que jogo é esse. Ed Tom esse cara é um completo lunático.

Entendo.

Você tem alguma pista?

Para dizer a verdade não.

Lamar desviou os olhos. Enxugou os olhos com as costas da manga. Vou te dizer uma coisa. Esse filho da puta não vai chegar a ver um dia no tribunal. Não se eu pegar ele.

Bem, precisamos pegar ele primeiro.

Aquele garoto era casado.

Eu não sabia disso.

Vinte e três anos. Boa aparência. Muito direito. Agora eu tenho que ir até a casa dele antes que sua mulher escute na droga do rádio.

Não te invejo. Nem um pouco.

Acho que eu vou pedir demissão, Ed Tom.

Você quer que eu vá até lá contigo?

Não. Obrigado. Eu preciso ir.

Tudo bem.

É só que estou com essa sensação de estarmos vendo alguma coisa que na verdade nunca vimos antes.

Estou com a mesma sensação. Vou te ligar hoje à noite.

Obrigado.

Ele ficou vendo Lamar atravessar o gramado e subir a escada até seu escritório. Espero que você não peça demissão, ele disse. Acho que vamos precisar de todos os que pudermos conseguir.

Quando pararam em frente ao café era uma e vinte da manhã. Só havia três pessoas no ônibus.

Sanderson, o motorista disse.

Moss foi para a frente do ônibus. Tinha visto o motorista espiando-o pelo retrovisor. Escuta, ele disse. Acha que dá para me deixar descer no Desert Aire? Tenho uma perna ruim e moro ali mas não tenho ninguém para me buscar.

O motorista fechou a porta. Tá, ele disse. Dá para fazer isso sim.

Quando ele entrou em casa ela se levantou do sofá e correu e passou os braços em torno do seu pescoço. Achei que você estava morto, ela disse.

Bem eu não estou então não comece a choramingar.

Não estou choramingando.

Por que você não prepara uns ovos com bacon para mim enquanto eu tomo um banho.

Deixa eu ver esse corte na sua cabeça. O que aconteceu com você? Onde é que está a sua picape?

Preciso tomar um banho. Prepara alguma coisa para eu comer. Meu estômago acha que tem um corte na minha garganta.

Quando ele saiu do banho usava um short e quando se sentou à mesinha de fórmica na cozinha a primeira coisa que ela disse foi O que é isso atrás do seu braço?

Quantos ovos você fez?

Quatro.

Tem mais torrada?

Estou fazendo mais duas. O que é isso, Llewelyn?

O que você quer ouvir?

A verdade.

Ele bebeu um gole do café e começou a colocar sal nos ovos.

Você não vai me contar, vai?

Não.

O que aconteceu com a sua perna?

Apareceu uma erupção.

Ela passou manteiga na torrada que acabava de ficar pronta e colocou-a no prato e se sentou na cadeira oposta. Gosto de tomar café da manhã à noite, ele disse. Isso me lembra meus dias de solteiro.

O que está acontecendo, Llewelyn?

Vou te dizer o que está acontecendo, Carla Jean. Você precisa arrumar as suas coisas e estar pronta para se mandar daqui quando raiar o dia. O que quer que deixe para trás não vai voltar a ver, então se for algo que você queira mesmo não deixe. Sai um ônibus daqui às sete e quinze da manhã. Quero que você vá para Odessa e espere lá até que eu possa te telefonar.

Ela se recostou na cadeira e ficou observando-o. Você quer que eu vá para Odessa, ela disse.

Correto.

Você não está brincando, está?

Eu? Não. Não estou brincando nem um pouco. Ainda tem geleia?

Ela se levantou e pegou a geleia na geladeira e colocou sobre a mesa e se sentou outra vez. Ele desatarraxou a tampa e pôs um pouco sobre a torrada com uma colher e espalhou com a faca.

O que é que tem naquela sacola que você trouxe?

Eu já te disse o que tem na sacola.

Você disse que estava cheia de dinheiro.

Bem então eu suponho que seja isso o que tem nela.

Onde é que ela está?

Debaixo da cama no quarto dos fundos.

Debaixo da cama.

Sim senhora.

Posso ir até lá olhar?

Você é uma mulher livre branca de vinte e um anos então eu suponho que você possa fazer o que quiser.

Não tenho vinte e um anos.

Bem seja lá quantos anos tiver.

E você quer que eu entre num ônibus e vá para Odessa.

Você vai entrar num ônibus e vai para Odessa.

O que eu digo à mamãe?

Bem, tente ficar de pé diante da porta e gritar: Mamãe, estou em casa.

Onde é que está a sua picape?

Teve o destino de todas as coisas. Nada é para sempre.

Como a gente vai chegar lá de manhã?

Liga para Miss Rosa aqui perto. Ela não tem nada para fazer.

O que você fez, Llewelyn?

Assaltei o banco em Fort Stockton.

Você é um monte mentiroso sabe do quê.

Se você não quer acreditar em mim por que pergunta? Você precisa ir lá para dentro e aprontar suas coisas. Temos umas quatro horas até raiar o dia.

Deixa eu ver essa coisa no seu braço.

Você já viu.

Deixa eu colocar alguma coisa.

Tá, acho que tem um pouco de pomada para ferimento de chumbo no armário do banheiro se ainda não acabou. Será que dá para ir lá para dentro e parar de me irritar? Estou tentando comer.

Você levou um tiro?

Não. Só disse isso para você ficar toda agitada. Agora vai.

Ele atravessou o rio Pecos logo ao norte de Sheffield Texas e tomou a rodovia 349 indo na direção sul. Quando parou no posto de gasolina em Sheffield estava quase escuro. Um longo e avermelhado crepúsculo com pombas atravessando a estrada rumo ao sul na direção de alguns tanques nos ranchos. Ele conseguiu umas moedas com o proprietário e deu um telefonema e encheu o tanque e voltou lá para dentro e pagou.

Tem tido chuva lá no lugar de onde você vem? o proprietário disse.

E qual seria esse lugar?

Vi que você é de Dallas.

Chigurh pegou o troco sobre o balcão. E por acaso é da sua conta o lugar de onde eu venho, meu amigo?

Eu não quis dizer nada com isso.

Você não quis dizer nada com isso.

Só estava passando tempo.

Acho que isso passa por um substituto das boas maneiras na sua visão pobre e sulista das coisas.

Bem meu senhor, eu pedi desculpas. Se o senhor não quer aceitar as minhas desculpas não sei o que mais posso fazer.

Quanto custa isto aqui?

Perdão?

Eu perguntei quanto custa isto aqui.

Sessenta e nove centavos.

Chigurh estendeu um dólar sobre o balcão. O homem abriu a caixa registradora e empilhou o troco diante dele do modo como um carteador de cassino coloca as fichas. Chigurh não tinha tirado os olhos dele. O homem desviou o olhar. Tossiu. Chigurh abriu o pacote plástico de castanhas-de-caju com os dentes e despejou um terço do pacote na palma da mão e começou a comer.

Mais alguma coisa? o homem disse.

Não sei. Será?

Tem algo errado?

Com o quê?

Com alguma coisa.

É isso o que você está me perguntando? Se tem algo errado com alguma coisa?

O homem se virou e colocou o punho fechado sobre a boca e tossiu outra vez. Olhou para Chigurh e ele desviou o olhar. Olhou pela janela para a frente da loja. As bombas de gasolina e o carro parado lá. Chigurh comeu mais um punhadinho de castanhas-de-caju.

Mais alguma coisa?

Você já me perguntou isso.

Bem é que eu preciso fechar.

Fechar.

Sim senhor.

A que horas você fecha?

Agora. Fechamos agora.

Agora não é um horário. A que horas você fecha?

Normalmente ao escurecer. Quando escurece.

Chigurh ficou ali mastigando devagar. Você não sabe o que está dizendo, não é mesmo?

Perdão?

Eu disse você não sabe o que está dizendo não é mesmo.

Estou dizendo que é hora de fechar. Isso é o que eu estou dizendo.

A que horas você vai para a cama.

Perdão?

Você é meio surdo, não? Eu disse a que horas você vai para a cama.

Bem. Eu diria que por volta das nove e meia. Mais ou menos por volta das nove e meia.

Chigurh despejou mais castanhas na palma da mão. Eu poderia voltar a essa hora, ele disse.

Nós vamos estar fechados.

É verdade.

Bem por que então o senhor ia voltar? Vamos estar fechados.

Você já disse isso.

Bem vamos mesmo.

Você mora naquela casa atrás da loja?

Moro sim.

Morou ali a vida toda?

O proprietário levou um tempo para responder. Essa era a casa do pai da minha mulher, ele disse. Originalmente.

Você se casou só para poder ficar com a casa.

Nós moramos em Temple Texas durante vários anos. Criamos uma família ali. Em Temple. Viemos para cá há uns quatro anos.

Você se casou só para poder ficar com a casa.

Se é o que o senhor acha.

Não é assim que eu acho. É assim que é.

Bem agora eu preciso fechar.

Chigurh despejou o restante das castanhas na palma da mão e amassou o pacote de plástico e colocou em cima do balcão. Estava de pé de forma estranhamente ereta, mastigando.

O senhor parece ter uma porção de perguntas, o proprietário disse. Para alguém que não quer dizer de onde veio.

Qual foi o máximo que você já perdeu jogando cara ou coroa?

Perdão?

Eu disse qual foi o máximo que você já perdeu jogando cara ou coroa.

Cara ou coroa?

Cara ou coroa.

Não sei. As pessoas normalmente não fazem apostas com cara ou coroa. Habitualmente é mais só para resolver alguma coisa.

Qual a maior coisa que você já viu ser resolvida?

Não sei.

Chigurh pegou uma moeda de vinte e cinco centavos no bolso e jogou-a para cima fazendo com que ela rodopiasse em meio ao brilho azulado das luzes fluorescentes lá no alto. Apanhou-a e prendeu-a de encontro à parte de trás de seu antebraço logo acima da atadura ensanguentada. Escolha, ele disse.

Escolher?

Sim.

Por quê?

Só escolha.

Bem eu preciso saber o que é que nós estamos decidindo aqui.

Isso iria mudar alguma coisa?

O homem olhou para os olhos de Chigurh pela primeira vez. Azuis como lápis-lazúli. Ao mesmo tempo brilhantes e totalmente opacos. Como pedras molhadas. Você precisa escolher, Chigurh disse. Não posso escolher por você. Não seria justo. Não seria nem mesmo correto. Só escolha.

Eu não apostei nada.

Apostou sim. Está apostando a vida inteira. Você apenas não sabia. Sabe qual a data que está na moeda?

Não.

É 1958. Ela viajou durante vinte e dois anos para chegar aqui. E agora está aqui. E eu estou aqui. E estou com a mão sobre ela. E vai ser cara ou coroa. E você tem que dizer. Escolha.

Não sei o que posso ganhar.

À luz azulada o rosto do homem estava coberto por uma camada fina de suor. Ele lambeu o lábio superior.

Você pode ganhar tudo, Chigurh disse. Tudo.

Isso não está fazendo sentido, senhor.

Escolha.

Cara então.

Chigurh destapou a moeda. Virou o braço ligeiramente para que o homem visse. Muito bem, ele disse.

Pegou a moeda do pulso e entregou-a.

O que é que eu faço com isso?

Pegue. É a sua moeda de sorte.

Não preciso dela.

Precisa sim. Pegue.

O homem pegou a moeda. Tenho que fechar agora, ele disse.

Não coloque no bolso.

Perdão?

Não coloque no bolso.

Onde o senhor quer que eu coloque?

Não coloque no bolso. Você não vai saber qual é.

Está bem.

Tudo pode ser um instrumento, Chigurh disse. Pequenas coisas. Coisas que você nem mesmo notaria. Passam de mão em mão. As pessoas não prestam atenção. E então um dia faz-se o acerto de contas. E depois disso nada mais é igual. Bem, você diz. É só uma moeda. Por exemplo. Nada de especial nisso. Do que ela poderia ser um instrumento? Você entende o problema. Separar o ato da coisa. Como se partes de um certo momento na história pudessem ser trocadas com partes de outro momento. Como seria possível? Bem, é só uma moeda. Sim. É verdade. É mesmo?

Chigurh fechou a mão em concha e puxou o troco de cima do balcão para a palma da mão e colocou o troco no bolso e se virou e saiu pela porta. O proprietário observou-o ir. Observou-o entrar no carro. O carro começou a funcionar e saiu do pátio de cascalho para a estrada na direção sul. Os faróis não foram acesos. Ele colocou a moeda sobre o balcão e olhou para ela. Colocou as duas mãos sobre o balcão e ficou de pé ali inclinado com a cabeça baixa.

Quando ele chegou em Dryden eram cerca de oito horas. Parou no cruzamento em frente ao Condra's Feed Store com os faróis apagados e o motor ligado. Então acendeu os faróis e tomou a rodovia 90 direção leste.

As marcas brancas ao lado da estrada quando ele as avistou pareciam marcas de agrimensor mas não havia números, só as divisas. Ele marcou a quilometragem no odômetro e dirigiu mais um quilômetro e meio e diminuiu a velocidade e saiu da estrada. Apagou os faróis e deixou o motor ligado e saiu e caminhou até a porteira e abriu e voltou. Atravessou de carro o mata-burro e saiu e fechou o portão outra vez e ficou ali escutando. Então entrou no carro e seguiu pela trilha esburacada.

Acompanhou uma cerca que corria na direção sul, o Ford trepidando sobre o terreno acidentado. A cerca era só um antigo vestígio, três fios de arame enfiados em postes de algarobeira. Uns dois quilômetros depois ele chegou a uma planície coberta de pedregulhos onde um Dodge Ramcharger estava estacionado de frente para ele. Encostou devagar ao lado e desligou o motor.

As janelas do Ramcharger eram tão escuras que pareciam pretas. Chigurh abriu a porta e saiu. Um homem saiu do Dodge pelo lado do passageiro e baixou o assento e passou para o banco de trás. Chigurh deu a volta no veículo e entrou e fechou a porta. Vamos, ele disse.

Você falou com ele? o motorista disse.

Não.

Ele não sabe o que aconteceu?

Não. Vamos.

Seguiram pelo deserto na escuridão.

Quando você pretende contar a ele? o motorista disse.

Quando eu souber o que é que estou contando a ele.

Quando chegaram à picape de Moss Chigurh se inclinou para a frente a fim de examiná-la.

Essa é a picape dele?

É. As placas sumiram.

Encosta aqui. Você tem uma chave de fenda?

Olha no porta-luvas.

Chigurh saiu com a chave de fenda e foi até a picape e abriu a porta. Arrancou a placa de inspeção de alumínio dos rebites na parte de dentro da porta e pôs no bolso e voltou e colocou a chave de fenda de novo no porta-luvas. Quem cortou os pneus? ele disse.

Não fomos nós.

Chigurh fez que sim. Vamos, ele disse.

Pararam a alguma distância das caminhonetes e foram andando até elas para dar uma olhada. Chigurh ficou ali um bom tempo. Estava frio no barrial e ele não estava de casaco mas não parecia notar. Os dois outros homens ficaram esperando. Ele tinha uma lanterna na mão e ligou-a e andou entre as caminhonetes e olhou para os corpos. Os dois homens seguiam a uma pequena distância.

De quem era o cachorro? Chigurh disse.

Não sabemos.

Ele ficou olhando para o homem morto curvado sobre o console do Bronco. Iluminou o espaço para carga atrás dos assentos.

Onde está a caixa? ele disse.

No caminhão. Você quer?

Você consegue algum sinal com ela?

Não.

Nada?

Nem um bipe.

Chigurh examinou o homem morto. Empurrou-o com a lanterna.

Umas petúnias bem maduras, um dos homens disse.

Chigurh não respondeu. Afastou-se da caminhonete e ficou olhando para a bajada à luz da lua. Silêncio absoluto. O homem no Bronco estava morto não havia três dias ou coisa assim. Tirou a pistola da cintura e se virou para onde os dois homens estavam e atirou uma vez em cada um na cabeça em sucessão rápida e colocou a arma de volta no cinto. O segundo homem tinha chegado a se virar um pouco para olhar para o primeiro enquanto este caía. Chigurh passou entre os dois e tirou o coldre de sob os braços do segundo e pegou a Glock nove milímetros que ele levava e voltou para o veículo e entrou e ligou o motor e deu ré e saiu da caldera e voltou para a estrada.

III

Não sei se o trabalho de manter a lei se beneficia tanto assim da nova tecnologia. Os instrumentos que chegam às nossas mãos chegam às deles também. Não que você possa retroceder. Ou mesmo que você queira fazer isso. Antes tínhamos aqueles aparelhos de rádio emissor-receptor Motorola. Agora já faz vários anos que temos a banda larga. Algumas coisas não mudaram. O senso comum não mudou. Às vezes digo aos meus assistentes que simplesmente sigam as migalhas de pão. Ainda gosto dos velhos Colts. Calibre 44-40. Se isso não puder detê-lo é melhor jogar longe e começar a correr. Gosto da velha Winchester modelo 97. Gosto do fato de ela não ter um cão. Não gosto de ter que ficar procurando a trava de segurança numa arma. É claro que com algumas coisas é pior. Aquela minha patrulha tem sete anos de idade. Usa o 454. Você não encontra mais esse motor. Dirigi numa das novas. Não conseguiria ultrapassar um homem gordo. Disse ao homem que achava que ia ficar com a que já tinha. Isso nem sempre é uma boa política. Mas também não é sempre uma política ruim.

Essa outra coisa eu não sei. As pessoas sempre me perguntam tanto a respeito. Não posso dizer que de todo não consideraria. Não é algo que eu gostaria de voltar a ver. De presenciar. Aqueles que realmente deveriam estar no corredor da morte nunca vão parar lá. Acredito nisso. Você se lembra de certas coisas quando se trata de uma coisa dessas. As pessoas não sabiam que roupa usar. Um ou dois vieram vestidos de preto, o que acho que estava bem. Alguns dos homens vieram simplesmente em mangas de camisa e isso me incomodou um pouco. Não tenho certeza de poder te dizer por quê.

Mesmo assim eles pareciam saber o que fazer e isso me surpreendeu. A maioria deles eu sei que nunca tinha estado numa execução antes. Quando terminou eles puxaram uma cortina por volta da câmara de gás com ele lá dentro curvado no assento e as pessoas simplesmente se levantaram e foram embora. Como se estivessem saindo da igreja ou algo assim. Parecia peculiar. Bem era peculiar. Eu diria que foi o dia mais incomum que já tive.

Várias pessoas não acreditavam na pena capital. Mesmo aquelas que trabalhavam no corredor da morte. Você ficaria surpreso. Algumas eu acho que acreditaram em algum momento. Você vê alguém todo dia às vezes durante anos e então um dia você leva esse homem pelo corredor e acaba com a vida dele. Bem. Isso tira a alegria de praticamente qualquer um. Não me importa quem seja. E é claro que alguns dos garotos não eram lá muito inteligentes. O capelão Pickett me falou de um que ele acompanhou e disse que ele comeu sua última refeição e tinha pedido sobremesa, fosse lá qual fosse. E então chegou o momento de ir e Pickett perguntou a ele se não queria a sobremesa e o sujeito disse a ele que ia guardar para quando voltasse. Não sei o que dizer sobre isso. Pickett também não sabia.

Nunca tive que matar ninguém e fico muito feliz com esse fato. Alguns dos xerifes dos velhos tempos nem chegavam a levar armas de fogo. Um bocado de gente acha difícil acreditar nisso mas é um fato. Jim Scarborough jamais carregou uma arma. O Jim mais novo. Gaston Boykins não levava. Lá no norte em terra comanche. Sempre gostei de ouvir histórias sobre os caras das antigas. Nunca perdi uma oportunidade. A preocupação que os xerifes tinham nos velhos tempos com o seu povo já está meio diluída. Não dá para evitar sentir isso. Nigger Hoskins lá de Bastrop sabia o telefone de todos no condado inteiro de cor.

É estranho quando você para e pensa nisso. As oportunidades para abuso do poder estão praticamente em toda parte. Não há nenhum pré-requisito na Constituição do estado do Texas para ser xerife. Nem uma única. Nenhum condado tem leis. Pense num trabalho em que você tem mais ou menos a mesma autoridade que Deus e em que não existe nenhum pré-requisito que precise cumprir e em que tem o dever de preservar leis inexistentes e me diga se é ou não é peculiar. Porque eu digo que é. Funciona? Sim. Noventa por cento das vezes. É preciso muito pouco para governar gente de bem. Muito pouco. E as pessoas ruins não podem ser governadas em absoluto. Ou se podem eu nunca fiquei sabendo.

O ônibus parou em Fort Stockton às quinze para as nove e Moss se levantou e tirou a bolsa do bagageiro e puxou a valise que estava sob o assento e ficou olhando para ela.

Não entre num avião com essa coisa, ela disse. Vão te colocar na cadeia.

Minha mãe não criou filhos burros.

Quando é que você vai me ligar.

Dentro de alguns dias.

Está bem.

Se cuida.

Estou com um mau pressentimento, Llewelyn.

Bem, eu estou com um bom pressentimento. Então empatamos.

Espero que sim.

Só posso te ligar de um telefone público.

Eu sei. Me liga.

Vou ligar. Para de se preocupar com tudo.

Llewelyn?

O quê.

Nada.

O que é.

Nada. Eu só queria dizer isso.

Se cuida.

Llewelyn?

O quê.

Não machuque ninguém. Está ouvindo?

Ele ficou ali com a sacola pendurada no ombro. Não vou prometer nada, ele disse. É assim que você se machuca.

Bell tinha erguido a primeira garfada do jantar para levá-la à boca quando o telefone tocou. Baixou o garfo outra vez. Ela começou a afastar a cadeira da mesa mas ele limpou a boca com o guardanapo e se levantou. Eu atendo, disse.

Está bem.

Como diabos eles sabem quando a gente está comendo? Nós nunca comemos tão tarde.

Não fique praguejando, ela disse.

Ele pegou o telefone. Xerife Bell, disse.

Ficou ouvindo por algum tempo. Então disse: vou terminar o jantar. Te encontro em mais ou menos quarenta minutos. Deixe os faróis da sua patrulha acesos.

Desligou o telefone e voltou para a sua cadeira e se sentou e pegou o guardanapo e colocou sobre o colo e pegou o garfo. Alguém ligou para avisar que tem um carro pegando fogo, ele disse. Logo ali deste lado do Lozier Canyon.

O que você acha disso?

Ele meneou a cabeça.

Comeu. Bebeu o resto do café. Vem comigo, ele disse.

Deixa eu pegar o casaco.

Saíram da estrada na porteira e passaram pelo mata-burro e pararam atrás da patrulha de Wendell. Wendell veio na direção deles e Bell abaixou o vidro.

É mais ou menos uns oitocentos metros adiante, Wendell disse. Pode me seguir.

Posso ver daqui.

Sim senhor. Estava pegando fogo para valer há uma hora. As pessoas que ligaram tinham visto o carro da estrada.

Pararam um pouco afastados e saíram e ficaram de pé olhando para o carro. Dava para sentir o calor no rosto. Bell deu a volta e abriu a porta e segurou a mão da mulher. Ela saiu e ficou com os braços cruzados. Havia uma picape parada um pouco adiante e dois homens estavam de pé ali sob a luz avermelhada e opaca. Concordaram com a cabeça um de cada vez e disseram Xerife.

Podíamos ter trazido salchichas, ela disse.

É. Marshmallow.

A gente não imagina que um carro pode pegar fogo desse jeito.

Não, não imagina. Vocês viram alguma coisa?

Não senhor. Só o fogo.

Não cruzaram com ninguém ou com nada?

Não senhor.

Isso te parece ser um Ford 77, Wendell?

Poderia ser.

Eu diria que é.

Era isso que aquele sujeito estava dirigindo?

Era. Placa de Dallas.

Não era o dia dele, Xerife.

Com certeza não.

Por que você acha que puseram fogo no carro?

Não sei.

Wendell se virou e cuspiu. Não era isso que o sujeito tinha em mente quando saiu de Dallas, eu acho, não é mesmo?

Bell meneou a cabeça. Não, ele disse. Acho que era a coisa mais distante dos seus pensamentos.

Pela manhã quando chegou ao escritório o telefone estava tocando. Torbert ainda não tinha voltado. Finalmente ligou às nove e meia e Bell mandou Wendell buscá-lo. Então ficou sentado com os pés sobre a mesa olhando para suas botas. Ficou ali por algum tempo. Então pegou o rádio e ligou para Wendell.

Onde é que você está?

Acabei de passar por Sanderson Canyon.

Dê a volta e venha para cá.

Está bem. E Torbert?

Ligue para ele e diga que espere. Vou buscar ele hoje à tarde.

Sim senhor.

Vá até minha casa e pegue as chaves da picape de Loretta e apronte o trailer dos cavalos. Sele o meu cavalo e o de Loretta e coloque ali e eu te encontro por lá dentro de mais ou menos uma hora.

Sim senhor.

Desligou e se levantou e foi verificar o xadrez.

Passaram de carro pelo portão e fecharam-no e seguiram rente à cerca por aproximadamente trinta metros e pararam. Wendell abriu as portas do trailer e deixou os cavalos saírem. Bell pegou as rédeas do cavalo de sua mulher. Você monta o Winston, ele disse.

Tem certeza?

Oh certeza absoluta. Se alguma coisa acontecer com o cavalo de Loretta eu te asseguro que você não vai querer ser a pessoa que estava montando.

Ele entregou a Wendell um dos rifles com alavanca que tinha trazido e saltou para a sela e puxou o chapéu para baixo. Está pronto? ele disse.

Seguiram lado a lado. Passamos de carro por cima das marcas de pneus mas ainda dá para ver o que era, Bell disse. Pneus off-road grandes.

Quando chegaram ao carro ele era só uma carcaça enegrecida.

O senhor tinha razão quanto à placa, Wendell disse.

Mas errei quanto aos pneus.

Como assim.

Disse que ainda estariam queimando.

O carro estava sobre o que pareciam quatro poças de alcatrão, as rodas envolvidas por meadas de fios de arame enegrecidos. Continuaram avançando. Bell apontava para o chão de tempos em tempos. Dá para diferenciar as marcas de pneus feitas de dia das feitas de noite, ele disse. Estavam dirigindo aqui com os faróis apagados. Está vendo como a trilha está torta? Como se você só conseguisse ver o bastante para se desviar dos arbustos à sua frente. Ou talvez deixasse alguma pintura na pedra como naquela ali adiante.

Num riacho seco ele desceu e andou um pouco depois voltou e ficou olhando na direção sul. São marcas dos mesmos pneus indo e voltando. Feitas mais ou menos na mesma hora. Dá para ver bem claramente os cortes. Para onde vão. Fizeram duas ou mais voltas em ambas as direções, eu diria.

Wendell ficou sentado no cavalo parado, as mãos cruzadas sobre a parte mais alta da sela. Curvou-se e cuspiu. Olhou na direção sul junto com o xerife. O que o senhor acha que vamos descobrir aqui?

Não sei, Bell disse. Colocou o pé no estribo e subiu com facilidade na sela e fez o cavalinho andar. Não sei, disse outra vez. Mas não posso dizer que estou ansioso para saber.

Quando chegaram à picape de Moss o xerife ficou sentado estudando-a e depois circundou-a devagar a cavalo. As duas portas estavam abertas.

Alguém tirou a placa de inspeção da porta, ele disse.

Os números estão na carroceria.

É. Não acho que tenha sido por isso que tiraram.

Conheço essa picape.

Eu também.

Wendell se curvou e deu uns tapinhas afetuosos no pescoço do cavalo. O nome do sujeito é Moss.

É.

Bell voltou passando pela traseira da picape e fez o cavalo seguir na direção sul e olhou para Wendell. Você sabe onde ele mora?

Não senhor.

Ele é casado, não é.

Acho que é.

O xerife ficou sentado olhando para a picape. Eu estava pensando que seria bem estranho se ele estivesse desaparecido há dois ou três dias e ninguém tivesse dito nada a respeito.

Bastante estranho.

Bell olhou lá para baixo para a caldera. Acho que temos algo bem sério por aqui.

Entendo, Xerife.

Você acha que esse rapaz é traficante?

Não sei. Não diria que sim.

Eu também não. Vamos descer e ver o resto da bagunça.

Desceram para a caldera levando as Winchesters em pé diante deles sobre o arção anterior da sela. Espero que esse sujeito não esteja morto aqui embaixo, Bell disse. Eu o vi uma ou duas vezes e ele me pareceu bastante decente. Mulher bonita também.

Passaram pelos corpos no chão e pararam e saíram e soltaram as rédeas. Os cavalos moviam as patas de um jeito nervoso.

Vamos levar os cavalos um pouco mais para longe, Bell disse. Eles não precisam ver isto.

Sim senhor.

Quando ele voltou Bell lhe entregou duas carteiras de notas que tinha retirado dos corpos. Olhou na direção das caminhonetes.

Esses dois estão mortos não faz tanto tempo assim, ele disse.

De onde são?

Dallas.

Ele entregou a Wendell uma pistola que tinha apanhado e então se agachou e se inclinou sobre o rifle que estava carregando. Esses dois foram executados, ele disse. Por um deles, eu diria. Este cara nem chegou a tirar o dispositivo de segurança daquela pistola. Os dois levaram um tiro entre os olhos.

O outro não estava armado?

Quem matou pode ter levado. Ou talvez ele não estivesse.

Péssimo jeito de ir a um duelo.

Péssimo jeito.

Andaram por entre os caminhões. Esses filhos da puta estão parecendo porcos de tanto sangue, Wendell disse.

Bell olhou para ele de relance.

É, Wendell disse. Acho que a gente deve tomar cuidado para não xingar os mortos.

Eu diria que no mínimo não traz sorte.

Estes são só um bando de traficantes mexicanos.

Eram. Agora não são mais.

Não sei muito bem o que o senhor quer dizer.

Só estou dizendo que o que quer que eles fossem a única coisa que são agora é um monte de cadáveres.

Vou ter que pensar sobre isso.

O xerife inclinou para a frente o assento do Bronco e olhou na parte traseira. Molhou o dedo e apertou-o sobre o carpete e segurou-o sob a luz. Havia um pouco daquela velha droga mexicana marrom na traseira deste carro.

Mas sumiu daí faz tempo, não é.

Faz tempo.

Wendell se agachou e examinou o chão sob a porta. Parece que tem mais um pouco aqui no chão. Talvez alguém tenha cortado um dos pacotes. Para ver o que havia dentro.

Pode ter sido para conferir a qualidade. Preparando-se para fechar negócio.

Eles não fecharam negócio. Eles se mataram uns aos outros.

Bell fez que sim.

Talvez nem tenha havido dinheiro na jogada.

É possível.

Mas o senhor não acredita nisso.

Bell pensou a respeito. Não, ele disse. Provavelmente não acredito.

Houve uma segunda confusão aqui.

Sim, Bell disse. No mínimo.

Ele se ergueu e endireitou o assento. Este cidadão também levou um tiro entre os olhos.

É.

Andaram ao redor do caminhão. Bell apontou.

Foi uma metralhadora, as marcas continuam até ali.

Eu diria que sim. Então para onde acha que o motorista foi?

Provavelmente é um daqueles caídos na grama lá adiante.

Bell tinha apanhado o lenço e o segurou sobre o nariz e estendeu o braço lá para dentro e pegou alguns cartuchos de metal que estavam caídos no chão e viu quais os números impressos na base.

Quais são os calibres que o senhor tem aí, Xerife?

Nove milímetros. Alguns calibre 45 ACP.

Largou os cartuchos outra vez no chão e recuou e pegou seu rifle do lugar onde o encostara sobre o veículo. Alguém disparou nesta coisa com uma espingarda, ao que parece.

O senhor acha que os buracos são grandes o bastante?

Não acho que sejam 8,4 milímetros. Parecem mais calibre seis milímetros.

Mais chumbo por tiro.

Dá para dizer que sim. Se quiser limpar uma área grande é um bom modo de fazer isso.

Wendell olhou para a caldera. Bem, ele disse. Alguém foi embora daqui vivo.

Eu diria que sim.

Por que o senhor acha que os coiotes não vieram comer?

Bell meneou a cabeça. Não sei, ele falou. Dizem que não comem mexicanos.

Aqueles ali adiante não são mexicanos.

Bem, é verdade.

Deve ter sido um barulho igual ao do Vietnã por aqui.

Vietnã, o xerife disse.

Passaram por entre as caminhonetes. Bell pegou mais alguns cartuchos vazios e examinou-os e largou-os outra vez. Pegou um *speedloader* de plástico azul. Vou te dizer uma coisa, ele falou.

Diga.

Não faz muito sentido que o último homem não tenha sequer ficado ferido.

Concordo com o senhor.

Por que nós não pegamos os cavalos e saímos por aí para dar uma olhada. Talvez ver se encontramos alguma coisa.

Podemos fazer isso.

Você pode me dizer o que eles faziam com um cachorro por aqui?

Não tenho ideia.

Quando acharam o morto nas rochas a um quilômetro e meio a nordeste Bell ficou sentado imóvel sobre o cavalo da sua mulher. Ficou sentado ali por um bom tempo.

No que o senhor está pensando, Xerife?

O xerife meneou a cabeça. Desceu e foi andando até onde o morto estava curvado. Caminhou pela área, o rifle atravessado sobre os ombros. Agachou-se e examinou a grama.

Temos outra execução aqui Xerife?

Não, acho que este aqui morreu de causas naturais.

Causas naturais?

Naturais ao tipo de trabalho em que se meteu.

Ele não está armado.

Não.

Wendell se inclinou e cuspiu. Alguém esteve aqui antes de nós.

Eu diria que sim.

O senhor acha que ele estava levando o dinheiro?

Diria que há uma boa chance de que estivesse.

Então ainda não encontramos o último homem, não é?

Bell não respondeu. Levantou-se e ficou olhando para a região ao redor.

Uma bela confusão, não é Xerife?

Se não for serve até que uma confusão de verdade chegue.

Voltaram a cavalo à extremidade mais alta da caldera. Montados olharam lá para baixo para a picape de Moss.

Então onde o senhor acha que esse cara está? Wendell disse.

Não sei.

Eu diria que descobrir o paradeiro dele é uma coisa bastante importante na sua lista.

O xerife assentiu. Bem importante, ele disse.

Voltaram para a cidade de carro e o xerife mandou Wendell à sua casa com a picape e os cavalos.

Não se esqueça de bater na porta dos fundos e agradecer a Loretta.

Pode deixar. Tenho que entregar as chaves a ela de todo modo.

O condado não paga para usar o cavalo dela.

Eu sei.

Ele chamou Torbert pelo rádio. Estou indo te buscar, ele disse. Espere mais um pouco.

Quando parou diante do escritório de Lamar a fita da polícia ainda estava esticada pelo gramado da sede do condado. Torbert estava sentado na escada. Levantou-se e foi até o carro.

Tudo bem com você? Bell disse.

Sim senhor.

Onde está o Xerife Lamar?

Foi atender a um chamado.

Seguiram até a estrada. Bell contou ao assistente sobre a caldera. Torbert ouviu em silêncio. Olhava para fora pela janela. Depois de um tempo disse: recebi o relatório de Austin.

O que eles dizem.

Não muita coisa.

Com o que atiraram nele?

Não sabem.

Não sabem?

Não senhor.

Como é que eles podem não saber? Não havia nenhum ferimento mostrando que a bala saiu.

Sim senhor. Eles admitiram abertamente isso.

Admitiram abertamente?

Sim senhor.

Bem o que diabos foi que eles disseram, Torbert?

Disseram que ele tinha o que parecia ser um ferimento feito por uma bala de calibre grande na testa e esse dito ferimento penetrara por uma profundidade de aproximadamente seis centímetros no crânio e no lobo frontal do cérebro mas que não encontraram bala nenhuma.

Dito ferimento.

Sim senhor.

Bell tomou a rodovia interestadual. Tamborilava com os dedos sobre o volante. Olhou para seu auxiliar.

O que você está dizendo não faz sentido, Torbert.

Eu disse isso a eles.

E eles responderam?

Não responderam nada. Vão mandar o relatório por FedEx. Raios X e tudo mais. Disseram que você vai estar com ele em sua mesa pela manhã.

Continuaram em silêncio. Depois de algum tempo Torbert disse: Essa coisa toda é o inferno na terra, não é mesmo Xerife.

É sim.

Quantos corpos ao todo?

Boa pergunta. Não tenho nem mesmo certeza de ter contado. Oito. Nove com o subdelegado Haskins.

Torbert estudou a paisagem lá fora. As sombras alongadas sobre a estrada. Quem diabos são essas pessoas? ele disse.

Não sei. Costumava dizer que eram aqueles com quem sempre tivéramos que lidar. Os mesmos com quem meu bisavô teve que lidar. Naquela época eles roubavam gado. Agora traficam drogas. Mas já não sei se isso é verdade. Sou como você. Não tenho certeza de que já vimos essas pessoas antes. Esse tipo de gente. Também não sei o que fazer com elas. Se você matasse todas, teriam que construir um anexo no inferno.

Chigurh chegou de carro e entrou na área do Desert Aire pouco antes do meio-dia e parou perto do trailer de Moss e desligou o motor. Saiu e atravessou a pé o quintal de terra e subiu a escada e bateu de leve na porta de alumínio. Esperou. Então bateu outra vez. Virou-se e de costas para o trailer estudou as imediações. Nada se movia. Nem um cachorro. Ele se virou e colocou o punho junto à tranca da porta e disparou e destruiu o cilindro da fechadura com a vareta de aço-cobalto da pistola pneumática e abriu a porta e entrou e fechou a porta em seguida.

Ficou ali, o revólver do subdelegado nas mãos. Olhou dentro da cozinha. Foi até o quarto. Atravessou-o e abriu com um empurrão a porta do banheiro e entrou no segundo quarto. Roupas no chão. A porta do armário aberta. Ele abriu a gaveta de cima da cômoda e fechou novamente. Colocou a arma de volta no cinto e puxou a camisa para cobri-la e voltou à cozinha.

Abriu a geladeira e tirou dali uma caixa de leite e abriu e cheirou-a e bebeu. Ficou ali parado segurando a caixa de leite com uma das mãos e olhando pela janela. Bebeu outra vez e então colocou a caixa de volta na geladeira e fechou a porta.

Foi até a sala de estar e sentou-se no sofá. Havia uma televisão de vinte e uma polegadas em perfeitas condições sobre a mesa. Ele olhou para si mesmo na tela cinzenta apagada.

Levantou-se e pegou a correspondência no chão e sentou-se outra vez e examinou-a. Dobrou três dos envelopes e os colocou no bolso da camisa e depois se levantou e saiu.

Dirigiu até o escritório da gerência e parou diante dele e entrou. Sim senhor, a mulher disse.

Estou procurando por Llewelyn Moss.

Ela o examinou. O senhor foi até o trailer?

Fui sim.

Bem, diria que ele está no trabalho. Quer deixar recado?

Onde é que ele trabalha?

Senhor não tenho autorização para dar informações sobre os nossos moradores.

Chigurh olhou ao redor para o pequeno escritório de compensado. Olhou para a mulher.

Onde é que ele trabalha.

Senhor?

Eu disse onde é que ele trabalha.

O senhor não me ouviu? Não podemos dar informações.

Alguém deu descarga em algum lugar. O trinco de uma porta estalou. Chigurh olhou para a mulher novamente. Depois saiu e entrou no Ramcharger e foi embora.

Parou diante do café e tirou os envelopes do bolso da camisa e desdobrou-os e os abriu e leu as cartas lá dentro. Abriu a conta de telefone e leu as cobranças. Havia ligações para Del Rio e Odessa.

Entrou e trocou dinheiro e foi até o telefone público e discou o número de Del Rio mas ninguém atendeu. Ligou para o número de Odessa e uma mulher atendeu e ele pediu para falar com Llewelyn. A mulher disse que ele não estava.

Tentei falar com ele em Sanderson mas acho que ele não está mais lá.

Fez-se silêncio. Então a mulher disse: Não sei onde ele está. Quem é?

Chigurh desligou o telefone e foi até o balcão e se sentou e pediu um café. Llewelyn tem aparecido? ele perguntou.

Quando parou em frente à garagem havia dois homens sentados com as costas apoiadas na parede do prédio almoçando. Ele entrou. Havia um homem à mesa bebendo café e ouvindo rádio. Sim senhor, ele disse.

Estava procurando por Llewelyn.

Ele não está.

A que horas ele deve chegar?

Não sei. Ele não telefonou nem nada então eu sei tanto quanto o senhor. Inclinou de leve a cabeça. Como se quisesse ter um outro ângulo de visão de Chigurh. Posso ajudar em alguma coisa?

Acho que não.

Do lado de fora ele ficou parado de pé no pavimento manchado de óleo. Olhou para os dois homens sentados na extremidade do prédio.

Vocês sabem onde Llewelyn está?

Eles fizeram que não com a cabeça. Chigurh entrou no Ramcharger e partiu e voltou na direção da cidade.

O ônibus chegou a Del Rio no começo da tarde e Moss pegou as malas e desceu. Caminhou até o ponto de táxi e abriu a porta de trás do táxi parado ali e entrou. Me leva a um motel, ele disse.

O motorista olhou para ele pelo retrovisor. Tem algum em mente?

Não. Basta ser um lugar barato.

Foram até um lugar chamado Trail Motel e Moss saiu com sua mala e a pasta e pagou o motorista e foi até o escritório. Uma mulher estava sentada vendo TV. Ela se levantou e deu a volta até o outro lado do balcão.

Você tem um quarto?

Mais de um. Quantas noites?

Não sei.

Estou perguntando porque temos uma tarifa semanal. Trinta e cinco dólares mais um dólar e setenta e cinco de taxas. Trinta e seis e setenta e cinco.

Trinta e seis e setenta e cinco.

Sim senhor.

Por uma semana.

Sim senhor. Por uma semana.

É a sua melhor tarifa?

Sim senhor. Não fazemos descontos na tarifa semanal.

Bem então vamos acertar um dia de cada vez.

Sim senhor.

Ele pegou a chave e foi até o quarto e entrou e fechou a porta e colocou as malas em cima da cama. Fechou as cortinas e ficou olhando lá para fora através delas para o pequeno pátio miserável. Silêncio absoluto. Passou a corrente na porta e se sentou na cama. Abriu o zíper da mochila e tirou a metralhadora de mão e colocou sobre a colcha e deitou ao lado.

Quando acordou a tarde já ia avançada. Ficou deitado ali olhando para o teto feito de abesto manchado. Sentou-se e tirou as botas e as meias e examinou as ataduras nos calcanhares. Foi até o banheiro e se olhou no espelho e tirou a camisa e examinou a parte de trás do braço. Estava roxo do ombro até o cotovelo. Voltou ao quarto e sentou-se na cama outra vez. Olhou para a arma que estava ali. Depois de algum tempo subiu na mesa de madeira barata e com a lâmina de seu canivete começou a desaparafusar a grade do duto de ventilação, colocando os parafusos na boca um a um. Então puxou a grade até soltá-la e colocou-a sobre a mesa e ficou na ponta dos pés e olhou dentro do duto.

Cortou um pedaço da corda da veneziana na janela e amarrou a ponta da corda à valise. Então abriu a valise e tirou mil dólares e dobrou o dinheiro e colocou no bolso e fechou a valise e afivelou-a.

Tirou a vara de pendurar cabides do armário, deixando os cabides de metal deslizarem para o chão, e subiu outra vez na mesa e enfiou a valise o mais fundo que conseguiu dentro do duto. Ficou bem apertada. Ele pegou a vara e empurrou outra vez até só conseguir alcançar a ponta da corda. Colocou a grade de volta com sua armação de poeira e apertou os parafusos e desceu e foi para o banheiro e tomou um banho. Quando saiu deitou-se na cama de short e puxou a colcha de chenile sobre o corpo e sobre a submetralhadora ao seu lado. Tirou a trava de segurança. Em seguida voltou a dormir.

Quando acordou estava escuro. Passou as pernas por cima da beirada da cama e ficou sentado escutando. Levantou-se e foi até a janela e afastou um pouco a cortina e olhou lá para fora. Sombras profundas. Silêncio. Nada.

Vestiu-se e colocou a arma debaixo do colchão com a segurança ainda destravada e alisou a colcha comprida e se sentou na cama e pegou o telefone e chamou um táxi.

Teve que pagar ao motorista dez dólares a mais para atravessar a ponte até Ciudad Acuña. Caminhou pelas ruas, vendo as vitrines das lojas. A tarde estava agradável e quente e os estorninhos pousavam nas árvores e cantavam uns para os outros. Ele entrou numa loja que vendia botas e viu as exóticas – crocodilo e avestruz e elefante – mas a qualidade das botas não era como a das Larry Mahans que ele usava. Entrou numa farmácia e comprou uma lata de ataduras e sentou-se no parque e colocou-as nos pés em carne viva. Suas meias já estavam manchadas de sangue. Na esquina um taxista lhe perguntou se ele queria ir ver as garotas e Moss levantou a mão para que ele visse a aliança que estava usando e continuou andando.

Comeu num restaurante com toalhas nas mesas e garçons com paletós brancos. Pediu uma taça de vinho tinto e um bife de lombo de vaca. Era cedo e o restaurante estava vazio à exceção dele. Bebericou o vinho e quando o bife chegou ele cortou e começou a comer mastigando devagar e pensando na vida.

Voltou ao hotel um pouco depois das dez e ficou sentado no táxi com o motor ligado enquanto contava o dinheiro para pagar a corrida. Estendeu as notas sobre o assento e começou a sair mas não saiu. Ficou sentado ali com a mão na maçaneta da porta. Me leve até o lado, ele disse.

O motorista engrenou a marcha. Qual quarto? ele disse.

Basta me levar até o lado. Quero ver se alguém está aqui.

Passaram devagar diante do quarto dele. Havia uma abertura nas cortinas que Moss tinha quase certeza de não ter deixado. Difícil dizer. Não tão difícil assim. O táxi passou devagar. Não havia no estacionamento carros que já não estivessem lá antes. Siga em frente, ele disse.

O motorista olhou para ele pelo retrovisor.

Siga em frente, disse Moss. Não pare.

Não quero me meter em nenhuma encrenca, amigo.

Só siga em frente.

Por que eu não te deixo aqui e a gente não discute mais o assunto.

Quero que você me leve para um outro motel.

Vamos dizer que estamos quites.

Moss se inclinou para a frente e estendeu uma nota de cem dólares sobre o assento. Você já está numa encrenca, ele disse. Estou querendo te tirar dela. Agora me leve a um motel.

O motorista pegou a nota e meteu no bolso da camisa e saiu do estacionamento voltando para a rua.

Ele passou a noite no Ramada Inn na estrada e pela manhã desceu e tomou café da manhã no restaurante e leu o jornal. Então ficou simplesmente sentado ali.

Não estariam no quarto quando as arrumadeiras fossem limpar.

O check-out é às onze horas.

Podiam ter encontrado o dinheiro e ido embora.

A não ser é claro pelo fato de que havia pelo menos dois grupos procurando por ele e qualquer um dos dois que fosse este não era o outro e o outro também não iria embora.

Quando ele se levantou já sabia que provavelmente teria que matar alguém. Apenas não sabia quem seria.

Pegou um táxi e foi até a cidade e entrou numa loja de artigos esportivos e comprou uma espingarda Winchester pump calibre doze e uma caixa de cartuchos calibre 8,4 milímetros. A caixa de munição continha quase exatamente o poder de fogo de uma mina *claymore*. Pediu que embrulhassem a arma e saiu com ela debaixo do braço e seguiu caminhando pela Pecan Street até uma loja de ferragens. Comprou ali uma serra para metal e uma lixa e outros itens variados. Um alicate e um torquês. Uma chave de fenda. Lanterna. Um rolo de fita isolante.

Ficou parado na calçada com suas compras. Então se virou e desceu a rua.

Na loja de artigos esportivos outra vez perguntou ao mesmo vendedor se tinha traves de alumínio para barracas. Tentou explicar que não lhe importava qual o tipo de barraca, apenas precisava das traves.

O vendedor examinou-o. Qualquer que seja o tipo de barraca, ele disse, ainda temos que fazer um pedido especial de traves para ela. O senhor precisa saber o fabricante e o número do modelo.

Vocês vendem barracas, certo?

Temos três modelos diferentes.

Qual deles tem o maior número de traves?

Bem, acho que é a nossa barraca de três metros. Dá para ficar em pé lá dentro. Bem, daria para algumas pessoas ficarem em pé lá dentro. O vão é de um metro e oitenta na parte mais alta.

Vou levar uma.

Sim senhor.

Ele trouxe a barraca do depósito e colocou-a sobre o balcão. Vinha numa bolsa de náilon laranja. Moss colocou a espingarda e a sacola com as ferragens sobre o balcão e desatou as cordas e tirou a barraca da bolsa com as traves e cordões.

Está tudo aí, o vendedor disse.

Quanto eu te devo.

Cento e setenta e nove mais as taxas.

Ele colocou duas das notas de cem dólares sobre o balcão. As traves da barraca estavam numa bolsa separada e ele tirou-a de lá e colocou junto com suas outras coisas. O vendedor lhe deu o troco e o recibo e Moss pegou a espingarda e suas compras na loja de ferragens junto com as traves da barraca e agradeceu a ele e se virou e saiu. E a barraca? o vendedor gritou.

No quarto ele desembrulhou a espingarda e firmou-a numa gaveta aberta e segurou-a e serrou o cano logo depois do carregador. Aplainou o corte com a lixa e alisou-o e limpou a boca do cano com um lenço úmido e colocou-o de lado. Depois serrou a coronha numa linha que a deixou com uma empunhadura de pistola e se sentou na cama e alisou a empunhadura com a lixa. Quando ficou do jeito que ele queria correu a bomba para trás e depois outra vez para a frente e baixou o cão com o polegar e virou a arma de lado e olhou para ela. Parecia um trabalho bastante bom. Virou-a de cabeça para baixo e abriu a caixa de munição e colocou os pesados cartuchos encerados no carregador um a um. Ele correu a bomba para trás e colocou um cartucho e baixou o cão e depois colocou mais uma bala no carregador e deitou a arma no colo. Tinha uns sessenta centímetros de comprimento.

Ligou para o Trail Motel e disse à mulher que segurasse o quarto para ele. Então empurrou a arma e as balas e as ferramentas para baixo do colchão e saiu outra vez.

Foi até o Wal-Mart e comprou algumas roupas e uma pequena bolsa de náilon com zíper onde colocá-las. Um par de jeans e duas camisas e algumas meias. À tarde ele saiu para uma longa caminhada junto ao lago, levando o cano cortado da arma e a coronha consigo na bolsa. Jogou o cano o mais longe que pôde na água e enterrou a coronha debaixo de uma saliência de xisto. Havia cervos passando pela vegetação rasteira do deserto. Ele os ouviu resfolegar e pôde ver quando chegaram ao topo de um morro cerca de cem metros adiante e pararam para olhar para ele lá atrás. Sentou-se numa praia de pedregulhos com a bolsa vazia dobrada sobre o colo e ficou vendo o sol se pôr. Vendo a terra ficar azul e fria. Uma águia-pescadora sobrevoou num rasante o lago. Então restou apenas a escuridão.

IV

Fui xerife deste condado quando tinha vinte e cinco anos. Difícil de acreditar. Meu pai não era um homem da lei. Jack era meu avô. Ele e eu éramos xerifes na mesma época, ele em Plano e eu aqui. Acho que ele sentia muito orgulho disso. Sei que eu sentia. Eu acabava de voltar da guerra. Tinha algumas medalhas e essas coisas e é claro que as pessoas tinham ouvido falar disso. Eu dei duro na campanha. Você tinha que fazer isso. Tentei ser justo. Jack costumava dizer que sempre que você fala mal do outro está andando para trás mas eu acho que ele simplesmente não conseguia. Falar mal de alguém. E eu nunca me incomodei em ser como ele. Eu e minha mulher estamos casados há trinta e um anos. Sem filhos. Perdemos uma menina mas não vou falar sobre isso. Servi por dois mandatos e então nos mudamos para Denton Texas. Jack costumava dizer que ser xerife era um dos melhores empregos que você podia ter e ser um ex-xerife um dos piores. Talvez muitas coisas sejam assim. Ficamos longe por um bom tempo. Fiz coisas diferentes. Fui detetive na ferrovia por algum tempo. Nessa época minha mulher já não estava tão certa quanto a voltarmos para cá. Sobre eu me candidatar. Mas ela viu que eu queria então foi o que fizemos. Ela é uma pessoa melhor do que eu, o que admito para qualquer um que quiser ouvir. Não que isso seja dizer muito. Ela é uma pessoa melhor do que qualquer um que eu conheça. Ponto.

As pessoas acham que sabem o que querem mas em geral não sabem. Às vezes se têm sorte conseguem do mesmo jeito. Quanto a mim eu sempre tive sorte. Minha vida toda. Do contrário não estaria aqui. Encrencas em que estive metido. Mas no dia em que eu a vi sair do Kerr's Mercantile e atravessar a rua e ela passou por mim e eu toquei a ponta do chapéu para ela e recebi em resposta apenas quase um sorriso, esse foi o dia de mais sorte.

As pessoas reclamam das coisas ruins que acontecem a elas e que elas não merecem mas raramente mencionam as boas. O que fizeram para merecer essas coisas. Não me lembro de ter dado ao bom Senhor tantos motivos para sorrir para mim. Mas ele sorriu.

Quando Bell entrou na cafeteria na manhã de terça o dia acabava de raiar. Comprou seu jornal e foi para a sua mesa no canto. Os homens com que cruzou na mesa grande lhe fizeram um sinal com a cabeça e disseram Xerife. A garçonete lhe trouxe seu café e voltou para a cozinha e pediu os ovos. Ele ficou sentado mexendo o café com a colher embora não houvesse nada para misturar porque ele tomava café puro. A foto do jovem Haskins estava na primeira página do jornal de Austin. Bell leu, balançando a cabeça. A mulher dele tinha vinte anos. Sabe o que você poderia fazer por ela? Absolutamente nada. Lamar nunca havia perdido um homem em vinte e tantos anos. Era disso que ele se lembraria. Era por isso que ele seria lembrado.

Ela veio com os ovos e ele dobrou o jornal e colocou de lado.

Levou Wendell consigo e dirigiram até o Desert Aire e ficaram à porta enquanto Wendell batia.

Veja a fechadura, Bell disse.

Wendell sacou a pistola e abriu a porta. Departamento do Xerife, ele gritou.

Não tem ninguém aqui.

Não há motivo para não tomar cuidado.

É verdade. Nenhum motivo no mundo.

Entraram e pararam ali de pé. Wendell teria colocado a pistola de volta no coldre mas Bell o deteve. Vamos continuar com essa rotina cuidadosa, ele disse.

Sim senhor.

Ele se adiantou e pegou um pequeno pedaço sólido de metal do carpete e ergueu-o.

O que é? disse Wendell.

Um cilindro que caiu da fechadura.

Bell passou a mão sobre o compensado da divisória entre os quartos. Foi aqui que atingiu, ele disse. Pesou o pedaço de metal na palma da mão e olhou na direção da porta. Seria possível avaliar o peso desta coisa e medir a distância e a queda e calcular a velocidade.

Acho que sim.

Uma boa velocidade.

Sim senhor. Uma boa velocidade.

Eles passaram pelos quartos. O que o senhor acha, Xerife?

Acho que eles se mandaram.

Também acho.

Um tanto quanto apressadamente, também.

É.

Ele foi até a cozinha e abriu a geladeira e olhou lá dentro e fechou de novo. Olhou dentro do freezer.

Então quando foi que ele esteve aqui, Xerife?

Difícil dizer. Talvez pouco antes de nós.

O senhor acha que esse rapaz tem alguma noção do tipo de filhos da puta que estão no encalço dele?

Não sei. Ele deve ter. Viu as mesmas coisas que eu vi e fiquei impressionado.

Eles estão com problemas graves, não estão?

Estão sim.

Bell voltou à sala de estar. Sentou-se no sofá. Wendell ficou de pé junto à porta. Ainda segurava o revólver na mão. Em que o senhor está pensando? ele disse.

Bell balançou a cabeça. Não levantou os olhos.

Lá pela quarta-feira metade do estado do Texas já estava a caminho de Sanderson. Bell estava sentado à sua mesa na cafeteria e lia as notícias. Baixou o jornal e levantou o rosto. Um homem de aproximadamente trinta anos de idade que ele nunca tinha visto antes estava de pé ali. Apresentou-se como repórter do San Antonio Light. O que está acontecendo, Xerife?

Parece um acidente numa caçada.

Acidente numa caçada?

Sim senhor.

Ora como poderia ser um acidente numa caçada? O senhor está brincando comigo.

Deixe eu te perguntar uma coisa.

Certo.

No ano passado dezenove acusações de crimes foram feitas no Tribunal do condado de Terrell. Quantas delas o senhor acha que não estavam relacionadas a drogas?

Não sei.

Duas. Enquanto isso tenho um condado do tamanho de Delaware cheio de gente que precisa da minha ajuda. O que o senhor pensa disso?

Não sei.

Eu também não. Agora eu preciso tomar o meu café da manhã. Tenho um dia bastante cheio pela frente.

Ele e Torbert saíram na picape com tração nas quatro rodas de Torbert. Tudo estava como tinham deixado. Pararam a certa distância da picape de Moss e esperaram. São dez, Torbert disse.

O quê?

São dez. Mortos. Esquecemos do velho Wyrick. São dez.

Bell fez que sim. De que temos conhecimento, ele disse.

Sim senhor. De que temos conhecimento.

O helicóptero chegou e circundou a área e pousou num redemoinho de poeira na bajada. Ninguém saiu. Estavam esperando que a poeira baixasse. Bell e Torbert ficaram observando o rotor diminuir de velocidade.

O nome do agente da Drug Enforcement Agency* era McIntyre. Bell o conhecia superficialmente e gostava dele o suficiente para acenar com a cabeça. Ele saiu com uma prancheta na mão e caminhou na direção deles. Usava botas e um chapéu e uma jaqueta de lona Carhartt e parecia uma boa pessoa até abrir a boca.

Xerife Bell, ele disse.

Agente McIntyre.

---

* DEA: a agência federal norte-americana de combate ao tráfico de narcóticos. (N. T.)

Que veículo é esse?

É uma picape Ford 72.

McIntyre ficou de pé olhando para a bajada. Tamborilou com a prancheta na perna. Olhou para Bell. Fico feliz em saber disso, ele disse. É branco.

Eu diria branco. Sim.

Um jogo novo de pneus não faria mal.

Ele se adiantou e caminhou ao redor da picape. Escreveu na prancheta. Olhou lá dentro. Baixou o banco para a frente e olhou na traseira.

Quem cortou os pneus?

Bell estava de pé com as mãos nos bolsos de trás. Inclinou-se e cuspiu. O subdelegado Hays aqui acredita que isso foi feito por uma facção rival.

Facção rival.

Sim senhor.

Achei que todos esses veículos tivessem levado tiros.

Levaram.

Mas não este.

Não este.

McIntyre olhou para o helicóptero e olhou para mais abaixo na bajada onde estavam os outros veículos. Pode me dar uma carona até lá?

Claro que sim.

Caminharam até a picape de Torbert. O agente olhou para Bell e tamborilou com a prancheta na perna. Não está pretendendo facilitar as coisas, certo?

Diabos, McIntyre. Só estou brincando.

Andaram pela bajada observando os caminhões que tinham levado tiros. McIntyre levou um lenço ao nariz. Os corpos estavam inchados dentro de suas roupas. Essa deve ser a coisa mais incrível que eu já vi, ele disse.

Ficou ali tomando notas na prancheta. Mediu distâncias com os passos e fez um esboço tosco do cenário e copiou os números das placas.

Não havia armas aqui? ele disse.

Não tantas quanto deveria haver. Temos duas como provas.

Há quanto tempo acha que eles estão mortos?

Quatro ou cinco dias.

Alguém deve ter escapado.

Bell fez que sim. Há um outro corpo a cerca de um quilômetro e meio a norte daqui.

Há heroína derramada na traseira daquele Bronco.

Certo.

A heroína escura e grudenta do México.

Bell olhou para Torbert. Torbert se inclinou e cuspiu.

Se está faltando a heroína e está faltando o dinheiro meu palpite é que está faltando alguém.

Eu diria que é um palpite razoável.

McIntyre continuou a escrever. Não se preocupe, ele disse. Sei que você não percebeu isso.

Não estou preocupado.

McIntyre ajeitou o chapéu e ficou olhando para os caminhões. Os Texas Rangers vão vir?

Os Rangers vão vir. Ou pelo menos um. A unidade de narcóticos do Departamento de Segurança Pública.

Temos 380, 45, nove milímetros parabellum, calibre doze e 38 especial. Acharam mais alguma coisa?

Acho que isso é tudo.

McIntyre fez que sim. Acho que as pessoas que estavam esperando pela droga a essa altura já se deram conta de que ela não vai chegar. E quanto à Patrulha da Fronteira?

Todo mundo vem até onde eu sei. Achamos que vai ficar bem animado. Poderia atrair mais gente do que a enchente em 65.

É.

Precisamos é tirar esses corpos daqui.

McIntyre tamborilou com a prancheta na perna. Uma grande verdade, ele disse.

Nove milímetros parabellum, disse Torbert.

Bell fez que sim. Você tem que colocar isso nos seus arquivos.

Chigurh interceptou o sinal do transmissor ao chegar à parte mais alta da ponte sobre o rio Devil's a oeste de Del Rio. Era quase meia-noite e não havia carros na estrada. Ele esticou o braço sobre o assento do carona e girou o botão de sintonização devagar para um lado e para o outro, escutando.

Os faróis mostraram algum tipo de pássaro grande pousado no parapeito de alumínio da ponte lá adiante e Chigurh apertou o botão para descer o vidro da janela. Ar fresco vindo do lago. Tirou a pistola de onde estava ao lado da caixa e a empunhou na altura da janela, descansando o cano no espelho retrovisor. A pistola tinha sido equipada com um silenciador soldado na ponta do cano. O silenciador era feito com cano de solda a gás de metal ajustado dentro de uma embalagem de spray para cabelo e a coisa toda preenchida com material isolante de fibra de vidro e pintada de preto. Ele atirou no instante em que o pássaro se abaixou e abriu as asas.

O pássaro surgiu com um brilho intenso sob a luz dos faróis, muito branco, virando-se e sumindo lá no alto na escuridão. O tiro havia atingido o parapeito e ricocheteado no meio da noite e o parapeito emitiu um zumbido surdo no ar e cessou. Chigurh deixou a pistola no assento e levantou o vidro da janela outra vez.

Moss pagou o motorista e avançou para as luzes diante da recepção do hotel e jogou a bolsa sobre o ombro e fechou a porta do táxi e se virou e entrou. A mulher já estava atrás do balcão. Ele colocou a bolsa no chão e se inclinou sobre o balcão. Ela pareceu um pouco perturbada. Oi, ela disse. Resolveu ficar por um tempo?

Preciso de outro quarto.

Quer trocar de quarto ou quer um outro quarto além do seu?

Quero ficar com o meu e mais um.

Tudo bem.

Você tem um mapa do hotel?

Ela olhou embaixo do balcão. Tinha uma espécie de mapa. Espere um minuto. Acho que é isto aqui.

Ela colocou um folheto sobre o balcão. Mostrava um carro dos anos cinquenta parado em frente. Ele desdobrou-o e o abriu e estudou.

Que tal o 142?

Pode ficar com um ao lado do seu, se quiser. O 120 não está ocupado.

Não precisa. Que tal o 142?

Ela estendeu o braço e pegou a chave no quadro às suas costas. Vai ter que pagar por duas noites, ela disse.

Ele pagou e pegou a bolsa e saiu da recepção e seguiu pela passagem nos fundos do hotel. Ela se curvou sobre o balcão e ficou observando ele se afastar.

No quarto ele se sentou na cama com o mapa estendido. Levantou-se e foi até o banheiro e ficou de pé na banheira com o ouvido colado à parede. Uma TV estava ligada em algum lugar. Ele voltou e se sentou e abriu o zíper da bolsa e tirou a espingarda e colocou do lado e então esvaziou a bolsa em cima da cama.

Pegou a chave de fenda e puxou a cadeira que estava em frente à mesa e ficou de pé sobre ela e desaparafusou a grade do duto de ventilação e desceu e colocou-a com o lado empoeirado voltado para cima sobre a colcha barata de chenile. Depois subiu e colocou o ouvido junto ao duto. Escutou. Desceu e pegou a lanterna e subiu outra vez.

Havia uma junção nos dutos do sistema de ventilação a cerca de três metros adiante e ele podia ver a ponta da valise aparecendo. Desligou a lanterna e ficou escutando. Tentou escutar com os olhos fechados.

Desceu e pegou a espingarda e foi até a porta e apagou a luz no interruptor que havia ali e ficou no escuro olhando através da cortina para o pátio. Então voltou e colocou a espingarda sobre a cama e acendeu a lanterna.

Desamarrou a pequena bolsa de náilon e tirou de lá as traves. Eram tubos de alumínio leve com cerca de um metro de comprimento e ele juntou os três e atou as pontas com fita isolante para que não se soltassem. Foi até o armário e voltou com três cabides de metal e sentou-se na cama e cortou os ganchos com o alicate e os uniu num único gancho com a fita isolante. Então prendeu-os com a fita isolante à ponta da trave e se levantou e deslizou a trave para dentro do duto de ventilação.

Apagou a lanterna e jogou-a sobre a cama e voltou até a janela e olhou para fora. O ronco de um caminhão passando na estrada.

Esperou até que se fosse. Um gato que atravessava o pátio parou. Depois continuou caminhando.

Ele ficou de pé na cadeira com a lanterna na mão. Acendeu a luz e colocou a lente bem perto das paredes galvanizadas do duto para diminuir a intensidade do clarão e deslizou o gancho até depois da valise e virou-o e puxou de volta. O gancho agarrou-se à valise e a virou ligeiramente e depois se soltou outra vez. Depois de algumas tentativas ele conseguiu prendê-lo numa das correias e a puxou silenciosamente pelo duto alternando as mãos através da poeira até poder soltar a trave e alcançar a valise.

Desceu e se sentou na cama e limpou a sujeira da valise e abriu o fecho e as correias e abriu-a e olhou para os pacotes de notas. Pegou um deles da valise e virou as notas rapidamente. Então guardou-o novamente e desamarrou a corda que havia atado à correia e apagou a lanterna e ficou sentado escutando. Levantou-se e estendeu o braço e enfiou as traves dentro do duto e depois colocou de volta a grade e juntou suas ferramentas. Colocou a chave na mesa e pôs a espingarda e as ferramentas na bolsa e pegou a bolsa e a valise e saiu do quarto deixando tudo exatamente como estava.

Chigurh passava dirigindo devagar pela fileira de janelas do motel com a janela abaixada e o receiver no colo. Fez a volta no fim da fileira e retornou. Diminuiu a velocidade até parar e deu marcha a ré na Ramcharger e recuou um pouco no pavimento e parou de novo. Por fim deu a volta até a recepção e estacionou e entrou.

O relógio na recepção do motel marcava doze e vinte e dois. A televisão estava ligada e a mulher parecia estar acordando de um cochilo. Sim senhor, ela disse. Posso ajudar?

Ele deixou a recepção com a chave no bolso da camisa e entrou na Ramcharger e seguiu até a lateral do hotel e saiu e foi andando até o quarto levando a bolsa com o receiver e as armas dentro dela. No quarto largou a bolsa sobre a cama e tirou as botas e saiu outra vez com o receiver e a parte das baterias e a espingarda que estava na picape. A espingarda era uma Remington calibre doze automática com uma coronha de plástico em estampa militar e acabamento fosfatizado. Estava equipada com um silenciador feito numa oficina com uns trinta centímetros de comprimento e com o diâmetro de uma lata de cerveja. Foi caminhando pelo corredor externo de meias passando pelos quartos e ouvindo o sinal.

Voltou ao quarto e ficou de pé junto à porta aberta sob a luz branca e lúgubre da lâmpada do estacionamento. Foi até o banheiro e acendeu a luz ali. Avaliou o cômodo e olhou para ver onde cada coisa estava. Guardou onde estavam os interruptores de luz. Depois ficou de pé no quarto observando tudo com cuidado outra vez. Sentou-se e calçou as botas e pegou o tanque de ar e jogou-o por cima do ombro e pegou a pistola pneumática de onde pendia da mangueira de borracha e saiu e foi para o quarto.

Ficou escutando à porta. Então quebrou o cilindro da tranca com a arma de ar comprimido e abriu a porta com um chute.

Um mexicano numa guayabera verde tinha se sentado na cama e estava tentando pegar uma pequena metralhadora ao lado. Chigurh atirou nele três vezes tão rápido que mais pareceu um único tiro comprido e deixou quase toda a parte superior do corpo dele espalhada na cabeceira da cama e na parede atrás dela. A espingarda fez um estranho som explosivo. Como alguém tossindo dentro de um barril. Ele apertou depressa o interruptor e saiu da porta e ficou com as costas contra a parede externa. Olhou outra vez lá para dentro rapidamente. A porta do banheiro antes estava fechada. Agora estava aberta. Ele entrou no quarto e disparou duas vezes pela porta aberta e mais uma através da parede e saiu outra vez. Lá adiante na ponta do motel uma luz tinha se acendido. Chigurh esperou. Então olhou mais uma vez para dentro do quarto. A porta tinha explodido e era agora um monte de compensado destruído pendendo das dobradiças e um filete de sangue começara a correr sobre os azulejos cor-de-rosa do banheiro.

Ele passou pela porta e atirou mais duas vezes na parede do banheiro e em seguida entrou ali com a espingarda na altura da cintura. O homem estava caído sobre a banheira segurando uma AK-47. Tinha levado um tiro no peito e no pescoço e sangrava muito. No me mate, ele disse ofegante. No me mate. Chigurh recuou para evitar a chuva de cacos de cerâmica da banheira e atirou no rosto dele.

Saiu e ficou parado na calçada. Ninguém ali. Voltou e revistou o quarto. Olhou dentro do armário e olhou debaixo da cama e puxou as gavetas derrubando-as no chão. Olhou no banheiro. A metralhadora H&K de Moss estava dentro da pia. Deixou-a ali. Passou os pés sobre o carpete para um lado e para o outro a fim de limpar o sangue das solas de suas botas e ficou ali olhando para o quarto. Então seu olhar encontrou o duto de ventilação.

Pegou o abajur que havia do lado da cama e puxou o fio para fora e subiu na cômoda e afundou no duto a base de metal do abajur e soltou-o e olhou lá dentro. Podia ver sobre a poeira as marcas de alguma coisa que tinha sido arrastada. Desceu e ficou ali parado. Tinha sangue e outras substâncias na camisa por ter encostado na parede e tirou a camisa e voltou ao banheiro e se lavou e se enxugou com uma das toalhas de banho. Depois molhou a toalha e limpou suas botas e dobrou a toalha novamente e limpou as pernas de seus jeans. Pegou a espingarda e voltou ao quarto nu até a cintura, segurando a camisa numa bola com uma das mãos. Limpou as solas das botas no carpete outra vez e olhou ao redor do quarto uma última vez e saiu.

Quando Bell entrou no escritório Torbert ergueu os olhos da mesa e então se levantou e se aproximou e colocou uma folha de papel diante dele.

É isto? Bell disse.

Sim senhor.

Bell recostou-se na cadeira para ler, tamborilando devagar sobre o lábio inferior com o dedo indicador. Depois de algum tempo colocou o relatório sobre a mesa. Não olhou para Torbert. Sei o que aconteceu aqui, ele disse.

Certo.

Você já esteve num matadouro?

Sim senhor. Acho que sim.

Você saberia se tivesse.

Acho que fui uma vez quando era criança.

Lugar curioso para se levar uma criança.

Acho que fui sozinho. Entrei escondido.

Como é que eles matavam o boi?

Havia um sujeito sentado numa baia estreita e eles faziam os bois passarem um de cada vez e esse sujeito os acertava na cabeça com uma marreta. Ele fez isso o dia inteiro.

Isso mesmo. Já não fazem mais desse jeito. Usam uma arma de ar comprimido que dispara um pino de aço. Dispara até uma certa distância. Colocam essa coisa entre os olhos do boi e apertam o gatilho e pronto. É rápido assim.

Torbert estava de pé junto à quina da mesa de Bell. Esperou um instante para que o xerife continuasse mas o xerife não continuou. Torbert ficou ali parado. Então desviou o olhar. Gostaria que o senhor nem tivesse me contado.

Eu sei, Bell disse. Eu sabia o que você ia dizer antes que dissesse.

Moss entrou em Eagle Pass às quinze para as duas da manhã. Tinha dormido boa parte do trajeto no banco traseiro do táxi e só acordou quando diminuíram saindo da autoestrada e descendo a Main Street. Observou os globos brancos e pálidos dos lampiões da rua passarem pela parte superior da janela. Então se endireitou no assento.

Vai atravessar o rio? o motorista disse.

Não. É só me levar ao centro da cidade.

O senhor está no centro da cidade.

Moss se inclinou para a frente com os cotovelos apoiados no encosto do banco.

O que é aquilo ali adiante.

É a sede do condado de Maverick.

Não. Logo ali onde está a placa.

É o Hotel Eagle.

Me deixe ali.

Ele pagou ao motorista os cinquenta dólares que tinham acertado e pegou as bolsas de cima do meio-fio e subiu a escada até a porta e entrou. O funcionário estava de pé junto ao balcão como se esperasse por ele.

Pagou e colocou a chave no bolso e subiu a escada e seguiu pelo corredor do velho hotel. Silêncio absoluto. Nenhuma luz nas bandeiras das portas. Ele encontrou o quarto e colocou a chave na porta e abriu-a e entrou e fechou a porta em seguida. Luz dos lampiões da rua passando pelas cortinas de renda na janela. Colocou as bolsas na cama e voltou à porta e acendeu a luz do teto. Interruptor de botão antiquado. Móveis de carvalho da virada do século. Paredes marrons. A mesma colcha de chenile.

Ele ficou sentado na cama refletindo sobre as coisas. Levantou-se e olhou pela janela para o estacionamento e entrou no banheiro e pegou um copo d'água e voltou e se sentou na cama outra vez. Bebeu um gole e colocou a água sobre o tampo de vidro da mesa de cabeceira de madeira. Não tem como de jeito nenhum, ele disse.

Abriu o fecho de metal e as fivelas da valise e começou a tirar os pacotes de dinheiro e empilhá-los na cama. Quando a valise ficou vazia ele verificou se havia um fundo falso e examinou a parte de trás e as laterais e então colocou-a de lado e começou a examinar as pilhas de notas, passando rapidamente pelos dedos cada um dos pacotes e colocando-os de volta na valise. Tinha guardado um terço quando encontrou o transmissor.

O meio do pacote tinha sido preenchido com notas de um dólar com o centro cortado fora e o transmissor guardado ali tinha mais ou menos o tamanho de um isqueiro Zippo. Ele puxou a fita e tirou-o dali e pesou-o na mão. Então colocou-o na gaveta e se levantou e levou as notas de um dólar cortadas e a fita do banco para o banheiro e jogou-as no vaso e puxou a descarga e voltou. Dobrou as notas soltas de cem dólares e colocou no bolso e em seguida guardou o restante na valise outra vez e colocou a valise na cadeira e ficou ali sentado olhando para ela. Pensou sobre um monte de coisas mas o que ficou em sua mente foi que em algum momento ele teria que deixar de contar com a sorte.

Tirou a espingarda da bolsa e colocou-a sobre a cama e acendeu o abajur da mesa de cabeceira. Foi até a porta e apagou a luz do teto e voltou e se esticou na cama e ficou olhando para o teto. Sabia o que ia acontecer. Só não sabia quando. Levantou-se e entrou no banheiro e puxou a corrente da luz que ficava acima da pia e se olhou no espelho. Pegou um pano para lavar o rosto no toalheiro de vidro e ligou a água quente e molhou o pano e torceu-o e limpou o rosto e a nuca. Urinou depois apagou a luz e voltou e se sentou na cama. Já tinha lhe ocorrido que ele provavelmente nunca mais estaria a salvo outra vez na vida e se perguntou se isso era algo com que você se acostumava. E se por acaso se acostumasse?

Esvaziou a bolsa e colocou a espingarda ali dentro e fechou o zíper e levou-a junto com a valise para a mesa da recepção. O mexicano que havia feito seu *check-in* já não estava mais ali e no lugar dele havia um outro funcionário, magro e acinzentado. Uma camisa branca rala e uma gravata-borboleta preta. Fumava um cigarro e lia a revista *Ring* e levantou os olhos para Moss sem grande entusiasmo, apertando os olhos em meio à fumaça. Sim senhor, ele disse.

Você acabou de chegar?

Sim senhor. Fico aqui até as dez da manhã.

Moss colocou uma nota de cem sobre o balcão. O funcionário abaixou a revista.

Não vou te pedir nada ilegal, Moss disse.

Só estou esperando para ouvir sua descrição, o funcionário disse.

Tem alguém procurando por mim. Tudo que eu te peço é que me avise se alguém chegar no hotel. Isto é qualquer um que seja. Pode fazer isso?

O funcionário noturno tirou o cigarro da boca e segurou-o sobre um pequeno cinzeiro de vidro e bateu a cinza da ponta com o dedinho e olhou para Moss. Sim senhor, ele disse. Posso fazer isso.

Moss fez que sim e voltou para cima.

O telefone não chegou a tocar. Alguma coisa o acordou. Ele se sentou e olhou para o relógio na mesa. Quatro e trinta e sete. Ele passou as pernas por cima da lateral da cama e estendeu os braços e pegou as botas e calçou-as e ficou escutando.

Foi até a porta e encostou ali o ouvido, a espingarda numa das mãos. Foi até o banheiro e puxou a cortina de plástico nas argolas sobre a banheira e abriu a torneira e puxou o êmbolo para acionar o chuveiro. Então puxou a cortina de volta em torno da banheira e saiu e fechou a porta do banheiro em seguida.

Ficou junto à porta escutando novamente. Arrastou a bolsa de náilon para fora do lugar onde a enfiara debaixo da cama e colocou-a sobre a cadeira no canto. Foi até a mesinha de cabeceira e acendeu a luz e ficou ali tentando pensar. Deu-se conta de que o telefone poderia tocar e tirou o fone do gancho e colocou-o sobre a mesa. Puxou as cobertas para trás e amarrotou os travesseiros na cama. Olhou para o relógio. Quatro e quarenta e três. Olhou para o fone sobre a mesa. Apanhou-o e arrancou o fio e colocou-o de volta no gancho. Então foi até a porta e ficou ali parado, o polegar no cão da espingarda. Ficou de barriga para baixo no chão e colou o ouvido ao espaço sob a porta. Um vento fresco. Como se uma porta tivesse se aberto em algum lugar. O que você fez. O que você não conseguiu fazer.

Foi até o outro lado da cama e se abaixou e se meteu ali e ficou deitado de barriga para baixo com a espingarda apontada para a porta. O espaço era apenas o suficiente sob o estrado de madeira. Coração batendo forte de encontro ao carpete empoeirado. Ele esperou. Duas colunas escuras atravessaram a barra luminosa sob a porta e pararam ali. Em seguida ele ouviu o barulho da chave na fechadura. Muito suavemente. Então a porta se abriu. Ele podia ver o corredor. Não havia ninguém lá fora. Esperou. Tentou ficar sem nem mesmo piscar mas piscou. Então surgiu um par de botas caras de avestruz de pé à porta. Jeans passados a ferro. O homem ficou parado ali. Depois entrou. Atravessou o quarto devagar na direção do banheiro.

Naquele momento Moss se deu conta de que ele não ia abrir a porta do banheiro. Ia se virar. E quando fizesse isso seria tarde demais. Tarde demais para cometer outros erros ou para fazer o que quer que fosse e ele iria morrer. Faça o que tem que fazer, ele disse. Faça logo e pronto.

Não se vire, ele disse. Se você se virar arrebento com você.

O homem não se mexeu. Moss avançava apoiado nos cotovelos segurando a espingarda. Não conseguia ver o homem da cintura para cima e não sabia que tipo de arma ele levava. Largue a arma, ele disse. Agora.

Uma espingarda caiu no chão com estrondo. Moss se pôs de pé. Levante as mãos, ele disse. Se afaste da porta.

O homem deu dois passos para trás e parou, as mãos na altura do ombro. Moss contornou o pé da cama. O quarto inteiro pulsava lentamente. Havia um cheiro estranho no ar. Como uma colônia estrangeira. Com um quê de remédio. Tudo zumbia. Moss ficou segurando a espingarda à altura do cós com o cão engatilhado. Nada do que pudesse acontecer seria capaz de surpreendê-lo. Sentia-se como se não pesasse nada. Sentia-se como se estivesse flutuando. O homem nem sequer olhou para ele. Parecia estranhamente calmo. Como se tudo aquilo fizesse parte do seu dia.

Para trás. Mais um pouco.

Ele obedeceu. Moss pegou a espingarda do sujeito e jogou-a em cima da cama. Acendeu a luz do teto e fechou a porta. Olhe para cá, ele disse.

O homem virou a cabeça e olhou para Moss. Olhos azuis. Sereno. Cabelos pretos. Alguma coisa ligeiramente exótica nele. Ultrapassava a experiência de Moss.

O que você quer?

Ele não respondeu.

Moss atravessou o quarto e segurou o pé da cama e afastou a cama para o lado com uma das mãos. A valise estava ali em meio à poeira. Ele a apanhou. O homem nem pareceu notar. Seus pensamentos pareciam estar em outra parte.

Ele pegou a bolsa de náilon que estava na cadeira e jogou-a sobre o ombro e pegou a espingarda com seu enorme silenciador em formato de lata de cima da cama e colocou debaixo do braço e pegou a valise novamente. Vamos, ele disse. O homem abaixou as mãos e saiu para o corredor.

A caixinha que continha o receiver do comunicador estava no chão bem junto à porta do lado de fora. Moss deixou-a ali. Tinha a sensação de que já correra mais riscos do que tinha direito. Recuou pelo corredor com a espingarda apontada para o cinto do outro homem, segurando-a como se fosse uma pistola. Começou a lhe dizer para levantar as mãos mas alguma coisa lhe disse que não fazia a menor diferença onde as mãos dele estavam. A porta do quarto ainda estava aberta, o chuveiro ainda ligado.

Se a sua cara aparecer no alto da escada eu atiro.

O homem não respondeu. Até onde Moss sabia podia ser mudo.

Bem aqui, Moss disse. Não dê mais nenhum passo.

Ele parou. Moss recuou até a escada e deu uma última olhada nele de pé ali à luz opaca e amarela dos candelabros da parede e depois se virou e desceu às pressas a escada dois degraus de cada vez. Não sabia para onde ia. Seu pensamento não tinha ido tão longe assim.

No saguão os pés do funcionário noturno apontavam por baixo da mesa. Moss não parou. Saiu pela porta da frente e avançou escada abaixo. Quando atravessou a rua Chigurh já estava na sacada do hotel acima dele. Moss sentiu alguma coisa dar um puxão na sacola em seu ombro. O tiro de pistola foi apenas um espocar abafado, fraco e débil no silêncio escuro da cidade. Ele se virou a tempo de ver o clarão do segundo tiro que mal chegava a ser visível sob o brilho cor-de-rosa do letreiro de néon de cinco metros do hotel. Ele não sentiu nada. A bala atingiu sua camisa e o sangue começou a escorrer pelo seu braço e ele já corria como louco. Com o tiro seguinte sentiu uma dor aguda no lado do corpo. Caiu e se levantou outra vez deixando a espingarda de Chigurh no meio da rua. Droga, ele disse. Que mira.

Com passos largos mas demonstrando dor ele seguiu pela calçada passando pelo Aztec Theatre. Quando passou pelo pequeno quiosque redondo de venda de ingressos todo o vidro caiu. Ele nem tinha chegado a ouvir o tiro. Virou-se com a espingarda e puxou para trás o cão com o polegar e atirou. O tiro ricocheteou na balaustrada do segundo andar e destruiu o vidro de algumas janelas. Quando ele se virou outra vez um carro que vinha pela Main Street viu-o sob a luz dos faróis e diminuiu a velocidade depois acelerou de novo. Ele entrou na Adams Street e o carro derrapou no cruzamento numa nuvem de fumaça de borracha queimada e parou. O motor tinha morrido e o motorista estava tentando ligá-lo. Moss se virou com as costas para a parede de tijolos do prédio. Dois homens tinham saído do carro e atravessavam correndo a rua a pé. Um deles abriu fogo com uma metralhadora de calibre pequeno e ele atirou neles duas vezes com a espingarda e em seguida avançou a passos largos com sangue quente escorregando devagar pela virilha. Na rua ouviu o motor do carro ser ligado outra vez.

Quando chegou à Grande Street um pandemônio de artilharia irrompera atrás dele. Não achava que fosse conseguir continuar correndo. Viu-se mancando na vitrine de uma loja, do outro lado da rua, segurando o cotovelo junto ao corpo, a bolsa por cima do ombro e carregando a espingarda e a valise de couro, escura no vidro e totalmente enigmática. Quando olhou outra vez estava sentado na calçada. Levanta daí seu filho da puta, ele disse. Não fique sentado aí para morrer. Levanta daí agora mesmo.

Atravessou a Ryan Street patinando no sangue que havia dentro das suas botas. Puxou a bolsa e abriu o zíper e enfiou a espingarda lá dentro e fechou o zíper novamente. Ficou ali parado cambaleante. Depois atravessou a rua na direção da ponte. Estava com frio e tremendo e achava que ia vomitar.

Havia um local para trocar dinheiro e uma roleta no lado americano da ponte e ele colocou uma moeda de dez centavos na fenda e empurrou a roleta e cambaleou até o vão da ponte e deu uma olhada no caminho estreito à sua frente. O dia começava a raiar. Cinzento e sombrio sobre a planície ao longo da margem oriental do rio. A distância até a outra margem pertencendo a Deus.

Na metade do caminho ele encontrou um grupo voltando. Quatro deles, rapazes jovens, talvez com dezoito anos, meio bêbados. Ele colocou a valise na calçada e tirou um maço de notas de cem do bolso. O dinheiro estava brilhante de sangue. Ele limpou-o na perna da calça e tirou cinco notas e colocou o resto no bolso de trás.

Com licença, ele disse. Apoiado sobre a cerca metálica. Suas pegadas ensanguentadas no caminho atrás dele como pistas num salão de jogos.

Com licença.

Eles estavam saindo do meio-fio e indo para o meio da rua para se desviar dele.

Com licença eu estava pensando se vocês poderiam me vender um casaco.

Eles não pararam até terem passado por ele. Então um deles se virou. Quanto você paga? ele disse.

O cara atrás de você. Com o casaco longo.

O que estava com o casaco longo parou junto com os outros.

Quanto?

Te dou quinhentos dólares.

Porra nenhuma.

Vamos Brian.

Vamos embora, Brian. Ele está bêbado.

Brian olhou para eles e olhou para Moss. Deixa eu ver o dinheiro, ele disse.

Está bem aqui.

Deixa eu ver.

Deixa eu pegar o casaco.

Vamos, Brian.

Fica com estes cem e deixa eu pegar o casaco. Depois te dou o resto.

Tudo bem.

Ele tirou o casaco e entregou-o e Moss lhe estendeu a nota.

O que é isto aqui?

Sangue.

Sangue?

Sangue.

Ele ficou parado segurando a nota numa das mãos. Olhou para o sangue em seus dedos. O que aconteceu com você?

Levei alguns tiros.

Vamos, Brian. Porra.

Me dá o dinheiro.

Moss entregou a ele as notas e tirou a bolsa do ombro e colocou sobre a calçada e vestiu com dificuldade o casaco. O rapaz dobrou as notas e as colocou no bolso e se afastou.

Juntou-se aos outros e seguiram em frente. Depois pararam. Estavam conversando entre si e olhando lá para trás para ele. Ele abotoou o casaco e colocou o dinheiro no bolso interno e passou a bolsa por cima do ombro e pegou a valise de couro. Vocês todos têm que continuar andando, ele disse. Não vou falar duas vezes.

Eles se viraram e seguiram em frente. Havia só três deles. Ele esfregou os olhos com a parte inferior da palma da mão. Tentou ver para onde tinha ido o quarto garoto. Então se deu conta de que não havia um quarto garoto. Está tudo bem, ele disse. É só continuar colocando um pé na frente do outro.

Quando chegou ao local onde o rio efetivamente passava por baixo da ponte ele parou e ficou olhando lá para baixo. A cabine com o portão do lado mexicano ficava logo adiante. Ele olhou para trás mas os três tinham sumido. Uma luz granulosa a leste. Sobre as colinas baixas e escuras para além da cidade. A água corria por baixo dele devagar e escura. Um cachorro em algum lugar. Silêncio. Nada.

Havia um caniçal alto crescendo junto à margem americana do rio abaixo dele e ele colocou a bolsa com o zíper no chão e segurou a valise pelas alças e girou-a para trás e depois lançou-a por cima do parapeito no espaço.

Dor intensa. Ele segurou a parte lateral do corpo e observou a valise se virar devagar sob a luz dos postes da ponte cada vez mais fraca e cair sem fazer ruído no meio dos caniços e desaparecer. Então ele escorregou até o pavimento e ficou sentado ali no sangue que formava uma poça, o rosto apoiado na cerca. Levante, ele disse. Droga, levante.

Quando chegou à cabine não havia ninguém por lá. Ele empurrou e passou e entrou na cidade de Piedras Negras, estado de Coahuila.

Seguiu caminho rua acima até um pequeno parque ou zocalo onde as gralhas nos eucaliptos estavam acordando e piando. As árvores eram pintadas de branco até a altura de um lambril e a certa distância o parque parecia coberto por postes brancos distribuídos ao acaso. No centro um mirante ou coreto de ferro batido. Ele desabou sobre um dos bancos de ferro com a bolsa no banco ao lado dele e se inclinou para a frente abraçando o próprio corpo. Globos de luz cor de laranja pendiam dos postes. O mundo retrocedendo. Do outro lado do parque havia uma igreja. Parecia muito longe. As gralhas crocitavam e oscilavam nos galhos lá em cima e o dia se aproximava.

Ele colocou uma das mãos no banco ao seu lado. Náusea. Não se deite.

Não havia sol. Apenas a aurora de luz cinzenta. As ruas molhadas. As lojas fechadas. Grades de ferro. Um velho se aproximava empurrando uma vassoura. Parou. Depois seguiu em frente.

Señor, Moss disse.

Bueno, o velho disse.

O senhor fala inglês?

Ele examinou Moss, segurando o cabo da vassoura com as duas mãos. Encolheu os ombros.

Preciso de um médico.

O velho esperou que ele falasse mais. Moss se pôs de pé. O banco estava ensanguentado. Levei um tiro, ele disse.

O homem olhou para ele de cima a baixo. Estalou a língua. Afastou o olhar na direção do sol nascente. As árvores e edifícios ganhando contornos nítidos. Ele olhou para Moss e fez um gesto com o queixo. Puede andar? ele disse.

O quê?

Puede caminar? Fez movimentos de andar com os dedos, a mão pendendo solta do punho.

Moss fez que sim. Uma onda de escuridão baixou sobre ele. Esperou que passasse.

Tiene dinero? O varredor esfregou o polegar contra os dedos.

Sí, Moss disse. Sí. Levantou-se e ficou de pé oscilando. Pegou o pacote de notas sujas de sangue do bolso do sobretudo e separou uma nota de cem dólares e entregou ao homem. O velho apanhou-a com grande reverência. Olhou para Moss e em seguida apoiou a vassoura no banco.

Quando Chigurh desceu a escada e saiu pela porta da frente do hotel estava com uma toalha envolvendo a coxa direita atada com pedaços de corda da veneziana. A toalha já estava molhada de sangue. Ele levava uma pequena bolsa numa das mãos e uma pistola na outra.

O Cadillac estava atravessado no cruzamento e havia um tiroteio na rua. Ele recuou e ficou na porta de entrada da barbearia. O estrépito dos tiros de um rifle automático e o baque pesado e forte de uma espingarda retinindo contra as fachadas dos edifícios. Os homens na rua usavam capas de chuva e tênis. Não se pareciam com o tipo de gente que você esperaria encontrar naquela região do país. Ele subiu mancando os degraus até a porta e apoiou a pistola sobre a balaustrada e abriu fogo neles.

Quando conseguiram descobrir de onde vinham os tiros ele já tinha matado um deles e ferido o outro. O homem ferido foi para trás do carro e abriu fogo no hotel. Chigurh ficou ali com as costas junto à parede de tijolos e colocou um novo pente na pistola. Os disparos estavam destruindo o vidro das portas e despedaçando a madeira. A luz do vestíbulo se apagou. Ainda estava bem escuro na rua para que se conseguisse ver os clarões dos disparos. Houve uma pausa no tiroteio e Chigurh se virou e empurrou a porta entrando no saguão do hotel, os pedaços de vidro estalando sob suas botas. Ele seguiu mancando pelo corredor e desceu a escada nos fundos do hotel e saiu para o estacionamento.

Atravessou a rua e subiu a Jefferson margeando a parede norte dos edifícios, tentando se apressar e jogando a perna enfaixada para o lado. Tudo isso acontecia a um quarteirão da sede do condado de Maverick e ele imaginava ter alguns minutos na melhor das hipóteses antes que outras pessoas começassem a chegar.

Quando chegou à esquina só havia um homem de pé na rua. Estava junto à traseira do carro e o carro estava cravado de tiros. Todo o vidro tinha caído ou estava estilhaçado. Havia pelo menos um corpo dentro dele. O homem vigiava o hotel e Chigurh levantou a pistola e atirou nele duas vezes e ele caiu na rua. Chigurh recuou para trás do ângulo do edifício e ficou com a pistola empunhada junto ao ombro, esperando. Um cheiro intenso de pólvora no ar fresco da manhã. Como o cheiro de fogos de artifício. Nenhum som em parte alguma.

Quando ele saiu mancando para o meio da rua um dos homens em quem tinha atirado da varanda do hotel estava se arrastando na direção do meio-fio. Chigurh observou-o. Então atirou em suas costas. O outro estava caído junto ao para-lama dianteiro do carro. Tinha sido atingido na cabeça e havia uma poça de sangue escuro ao seu redor. Sua arma estava caída ali mas Chigurh não deu a menor atenção. Foi até a traseira do carro e empurrou o homem que estava ali com a bota e pegou a metralhadora com que ele estava atirando. Era uma Uzi de cano curto com pente para 25 balas. Chigurh vasculhou os bolsos da capa de chuva do homem morto e encontrou mais três pentes, um deles cheio. Colocou-os no bolso da jaqueta e enfiou a pistola na parte da frente do cinto e verificou as balas no pente que estava na Uzi. Então passou a arma por cima do ombro e voltou mancando para o meio-fio. O homem em quem ele tinha atirado nas costas estava caído ali observando-o. Chigurh olhou para a rua que dava no hotel e na sede do condado. As palmeiras altas. Olhou para o homem. O homem estava caído sobre uma poça crescente de sangue. Me ajude, ele disse. Chigurh tirou a pistola da cintura. Olhou o homem nos olhos. O homem desviou o olhar.

Olhe para mim, Chigurh disse.

O homem olhou e desviou o olhar outra vez.

Você fala inglês?

Falo.

Não desvie os olhos. Quero que você olhe para mim.

Ele olhou para Chigurh. Olhou para o novo dia empalidecendo o céu em toda parte. Chigurh atirou nele na testa e depois ficou observando. Observando os capilares se rompendo em seus olhos. A luz diminuindo. Observando sua própria imagem se desfazer naquele mundo gasto. Meteu a pistola no cinto e olhou na direção da rua outra vez. Então pegou a bolsa e passou a Uzi por cima do ombro e atravessou a rua e foi mancando na direção do estacionamento do hotel onde havia deixado seu carro.

V

Viemos da Geórgia. Nossa família veio. De carroça e cavalo. Sei que isso é um fato. Estou ciente de que muitas coisas na história de uma família não são. Qualquer família. Quem conta um conto aumenta um ponto. Como diz o ditado. Acho que alguns deduziriam daí que a verdade não tem como competir. Mas não acredito nisso. Acho que quando as mentiras já forem todas contadas e esquecidas a verdade ainda estará lá. Não se move de um lugar para o outro e não muda de tempos em tempos. Você não pode corrompê-la assim como não pode salgar o sal. Não pode corrompê-la porque é o que ela é. É sobre ela que você está falando. Ouvi compararem a verdade à pedra – talvez na bíblia – e não discordo disso. Mas ela vai estar aqui mesmo quando a pedra se for. Tenho certeza de que algumas pessoas discordariam disso. Uma boa quantidade, para ser honesto. Mas eu nunca consegui descobrir no que é que qualquer uma delas acreditava.

A gente sempre tenta estar disponível para os nossos eventos sociais e eu sempre ia a coisas como limpeza de cemitério é claro. Era uma coisa boa. As mulheres serviam o jantar no chão e é claro que era um modo de fazer campanha mas você estava fazendo algo por pessoas que não conseguiriam fazer por si mesmas. Bem, você poderia ser cínico diante disso eu suponho e dizer apenas que não queria eles por perto à noite. Mas acho que a coisa vai mais além. Trata-se de comunidade e de respeito, é claro, mas os mortos têm mais requisições a fazer a você do que você aceitaria admitir ou mesmo do que saiba e as requisições deles são de fato muito sérias. Muito sérias. Você fica com a sensação de que eles simplesmente não querem se desligar completamente. Então qualquer coisa ajuda, nesse particular.

O que eu dizia outro dia sobre os jornais. Na semana passada eles encontraram esse casal da Califórnia que alugava quartos para pessoas de idade e depois as matava e enterrava no quintal e descontava seus cheques da aposentadoria. Torturavam as pessoas antes, não sei por quê. Talvez sua televisão estivesse quebrada. Agora isto é o que os jornais têm a dizer sobre isso. Estou citando dos jornais. Disseram: Vizinhos foram alertados quando um homem fugiu do local usando apenas uma coleira de cachorro. Não dá para inventar uma coisa dessas. Não dá nem para tentar.

Mas é o que foi necessário, como você percebe. Todos os gritos e as escavações no quintal não despertaram suspeitas.

Tudo bem. Eu mesmo ri quando li sobre isso. Não há muito mais que você possa fazer.

Eram quase três horas de carro até Odessa e estava escuro quando ele chegou. Estava ouvindo os caminhoneiros pelo rádio. Ele tem autoridade por aqui? Vamos lá. Não tenho a menor ideia. Acho que se ele te vir cometendo um crime tem sim. Bem então eu sou um criminoso reabilitado. É isso mesmo meu amigo.

Comprou um mapa da cidade na loja de conveniência e abriu-o sobre o banco da patrulha enquanto bebia café num copinho de isopor. Traçou sua rota no mapa com um marcador de texto amarelo que havia no porta-luvas e dobrou o mapa outra vez e colocou-o no assento ao seu lado e desligou a luz do capô e ligou o motor.

Quando bateu na porta a mulher de Llewelyn veio atender. Quando abriu a porta ele tirou o chapéu e imediatamente se arrependeu de ter feito isso. Ela levou a mão à boca e se apoiou no batente da porta.

Sinto muito minha senhora, ele disse. Ele está bem. Seu marido está bem. Só queria falar com a senhora se possível.

Não está mentindo para mim está?

Não senhora. Eu não minto.

Você veio de Sanderson?

Sim senhora.

O que você quer?

Só queria conversar com a senhora um pouquinho. Falar sobre o seu marido.

Bem mas você não pode entrar aqui. Vai matar minha mãe de medo. Deixe eu pegar o meu casaco.

Sim senhora.

Foram de carro até o Sunshine Café e sentaram-se numa mesa reservada nos fundos e pediram café.

A senhora não sabe onde ele está, sabe.

Não, não sei. Já disse.

Sei que já disse.

Ele tirou o chapéu e colocou no reservado ao seu lado e passou os dedos pelo cabelo. A senhora não teve notícias dele?

Não, não tive.

Nada.

Nem uma palavra.

A garçonete trouxe o café em duas pesadas canecas de porcelana. Bell mexeu o seu com a colher. Levantou a colher e olhou para a superfície côncava prateada e fumegante. Quanto dinheiro ele lhe deu?

Ela não respondeu. Bell sorriu. O que a senhora começou a dizer? ele falou. Pode dizer.

Eu comecei a dizer que isso não é da sua conta, não é.

Por que a senhora não finge que eu não sou o xerife.

E finjo que é o quê?

A senhora sabe que ele está numa encrenca.

Llewelyn não fez nada.

A encrenca não é comigo.

Então é com quem?

Com uma gente bem ruim.

Llewelyn sabe cuidar de si mesmo.

Se incomoda se eu te chamar de Carla?

Sou conhecida como Carla Jean.

Carla Jean. Tudo bem assim?

Tudo bem. Não se incomoda se eu continuar te chamando de Xerife, se incomoda?

Bell sorriu. Não, ele disse. Está bem assim.

Certo.

Essa gente vai matá-lo, Carla Jean. Eles não vão desistir.

Ele também não. Nunca desistiu.

Bell fez que sim. Bebeu um gole do café. O rosto que se enrolava e se movia no líquido escuro parecia um presságio do que estava por vir. Coisas perdendo a nitidez. Levando você com elas. Ele colocou a caneca sobre a mesa e olhou para a garota. Gostaria de poder dizer que isso vai ajudá-lo. Mas preciso dizer que não vai.

Bem, ela disse, ele é quem ele é e sempre vai ser. Foi por isso que me casei com ele.

Mas faz algum tempo que não tem notícias dele.

Não estava esperando receber notícias dele.

Vocês dois estavam tendo problemas?

Não temos problemas. Quando temos problemas nós resolvemos.

Bem, vocês são gente de sorte.

É somos sim.

Ela o observava. Por que está me perguntando isso, ela disse.

Sobre ter problemas?

Sobre ter problemas.

Só estava me perguntando se vocês teriam.

Aconteceu alguma coisa que o senhor sabe e eu não?

Não. Eu poderia te fazer a mesma pergunta.

Exceto pelo fato de que eu não ia dizer.

É.

Acha que ele me deixou, não é.

Não sei. Deixou?

Não. Não deixou. Eu conheço ele.

Você conhecia.

Ainda conheço. Ele não mudou.

Talvez.

Mas você não acredita.

Bem, acho que com toda a honestidade eu teria que dizer que nunca conheci nem ouvi falar de ninguém que o dinheiro não tivesse mudado. Teria que dizer que ele seria o primeiro.

Bem ele vai ser o primeiro então.

Espero que seja verdade.

Espera mesmo, Xerife?

Sim. Espero.

Ele não foi acusado de nada?

Não. Não foi acusado de nada.

Isso não significa que não venha a ser.

Não. Não significa. Se ele viver para isso.

Bem. Ele ainda não morreu.

Espero que isso conforte você mais do que a mim.

Ele bebeu o café e colocou a caneca sobre a mesa. Observava-a. Ele precisa entregar o dinheiro, disse. Sairia no jornal. E aí talvez essas pessoas fossem deixá-lo em paz. Não posso garantir que sim. É a única chance que ele tem.

O senhor poderia publicar no jornal mesmo assim.

Ele a estudou. Não, ele disse. Não poderia.

Ou não faria isso.

Não faria então. Quanto dinheiro é?

Não sei do que o senhor está falando.

Tudo bem.

Se incomoda se eu fumar? ela disse.

Acho que ainda estamos na América.

Ela pegou os cigarros e acendeu um e virou o rosto e soprou a fumaça. Bell observava-a. Como acha que isso vai acabar? ele disse.

Não sei. Não sei como nada vai acabar. O senhor sabe?

Sei como não vai.

Tipo viveram felizes para sempre?

Algo por aí.

Llewelyn é bastante esperto.

Bell fez que sim. Acho que o que estou dizendo é que você deveria ficar mais preocupada com ele.

Ela deu uma longa tragada no cigarro. Estudou Bell. Xerife, ela disse. Acho que provavelmente estou tão preocupada quanto deveria estar.

Ele vai acabar matando alguém. Já pensou nisso.

Ele nunca matou.

Ele esteve no Vietnã.

Quero dizer como civil.

Ele vai matar.

Ela não respondeu.

Quer mais café?

Já cheguei ao limite. Eu nem queria café para começo de conversa.

Ela deu uma olhada para o café. As mesas vazias. O caixa noturno era um garoto de seus dezoito anos e ele estava debruçado sobre o balcão de vidro lendo uma revista. Minha mãe está com câncer, ela disse. Não vai viver muito.

Lamento saber disso.

Chamo ela de mãe. Na verdade é minha avó. Ela me criou e tive muita sorte de contar com ela. Bem. Sorte nem é uma palavra boa o suficiente.

Sim senhora.

Ela nunca gostou muito de Llewelyn. Não sei por quê. Nenhum motivo em particular. Ele sempre foi bom para ela. Achei que depois que fizeram o diagnóstico seria mais fácil viver com ela mas não. Ela piorou.

Por que você vive com ela?

Não vivo com ela. Não sou tão burra assim. Isto é só temporário.

Bell fez que sim.

Preciso voltar, ela disse.

Tudo bem. Você tem uma arma?

Claro. Tenho uma arma. Acho que você pensa que eu sou isca sentada aqui.

Não sei.

Mas é o que você pensa.

Não posso acreditar que a situação seja tão boa assim.

É.

Só espero que fale com ele.

Preciso pensar sobre isso.

Tudo bem.

Eu morro e vou viver para sempre no inferno antes de dedurar Llewelyn. Espero que o senhor entenda isso.

Eu entendo.

Nunca aprendi nenhum atalho sobre coisas desse tipo. Espero que nunca aprenda.

Sim senhora.

Vou te dizer uma coisa se quiser ouvir.

Quero ouvir.

Talvez o senhor ache que eu sou esquisita.

Talvez.

Ou talvez ache isso de qualquer maneira.

Não, não acho.

Quando saí da escola ainda estava com dezesseis anos e arranjei um emprego no Wal-Mart. Não sabia o que mais poderia fazer. Precisávamos do dinheiro. Mesmo sendo pouco. Seja como for, na véspera de ir para lá tive um sonho. Ou foi como um sonho. Acho que eu ainda estava meio acordada. Mas eu vi nesse sonho ou o que quer que fosse que se eu fosse para lá ele ia me encontrar. No Wal-Mart. Não sabia quem ele era ou qual o nome dele ou qual a sua aparência. Só sabia que eu o reconheceria quando o visse. Tinha um calendário e marcava os dias. Tipo quando você está na cadeia. Isto é eu nunca estive na cadeia, mas como você faria se estivesse, provavelmente. E no nonagésimo nono dia ele entrou e me perguntou onde ficavam os artigos esportivos e era ele. E eu disse onde ficavam e ele olhou para mim e seguiu adiante. E voltou diretamente até mim e leu o nome no meu crachá e olhou para mim e disse: A que horas você sai? E foi tudo. Não havia dúvidas na minha mente. Nem naquele dia, nem agora, nem nunca.

É uma bela história, Bell disse. Espero que tenha um belo final.

Aconteceu exatamente assim.

Sei que aconteceu. Gostei que tenha falado comigo. Acho melhor deixar a senhora ir, já é tarde.

Ela apagou o cigarro. Bem, ela disse. Sinto muito que você tenha vindo até aqui e não tenha conseguido mais do que isso.

Bell pegou o chapéu e colocou-o e endireitou-o. Bem, ele disse. A gente faz o melhor que pode. Às vezes as coisas terminam bem.

Você realmente se importa?

Com o seu marido?

Com o meu marido. É.

Sim senhora. Me importo. O povo do condado de Terrell me contratou para cuidar deles. Esse é o meu trabalho. Sou pago para ser o primeiro a ser ferido. A ser morto, se preciso. É melhor eu me importar.

Você está me pedindo para acreditar no que diz. Mas é você quem está dizendo.

Bell sorriu. Sim senhora, ele disse. Sou eu quem está dizendo. Só espero que pense sobre o que eu disse. Não estou inventando uma vírgula sobre o tipo de encrenca em que ele está metido. Se ele morrer vou ter que viver com esse fato. Mas sou capaz de fazer isso. Só quero que pense se também pode.

Está bem.

Posso perguntar uma coisa?

Pode perguntar.

Sei que não se deve perguntar a idade de uma mulher mas não pude evitar ficar um pouquinho curioso.

Tudo bem. Tenho dezenove. Pareço mais nova.

Há quanto tempo vocês estão casados?

Três anos. Quase três anos.

Bell fez que sim. Minha mulher tinha dezoito anos quando nos casamos. Tinha acabado de fazer. Ter me casado com ela compensa todas as idiotices que eu já fiz. Até acho que ainda tenho algumas a meu crédito. Acho que estou no azul com muita folga com respeito a isso. Está pronta?

Ela pegou a bolsa e se levantou. Bell apanhou a conta e ajeitou o chapéu outra vez e se levantou da mesa. Ela colocou os cigarros na bolsa e olhou para ele. Vou dizer uma coisa, Xerife. Dezenove anos é idade suficiente para saber que se você tem alguma coisa que significa o mundo para você pode ter certeza que vai acabar perdendo. Dezesseis anos já era, para dizer a verdade. Vou pensar sobre isso.

Bell fez que sim. Esses pensamentos não são estranhos para mim, Carla Jean. Esses pensamentos são bem familiares.

Ele estava dormindo na cama e ainda estava bastante escuro quando o telefone tocou. Olhou para o velho relógio com os ponteiros que brilhavam no escuro na mesa de cabeceira e estendeu o braço e atendeu o telefone. Xerife Bell, ele disse.

Ficou ouvindo por cerca de dois minutos. Então disse: Agradeço por ter me ligado. É. Isso é uma verdadeira guerra. Não conheço outro nome.

Parou em frente ao escritório do xerife em Eagle Pass às nove e quinze da manhã e ele e o xerife sentaram-se no escritório e beberam café e examinaram as fotografias tiradas na rua a dois quarteirões dali três horas antes.

Há dias em que eu sinto vontade de devolver tudo isso aqui a eles, disse o xerife.

Estou de acordo, disse Bell.

Cadáveres nas ruas. O comércio dos cidadãos destruído pelas balas. Os carros das pessoas. Quem já ouviu falar numa coisa dessas?

Podemos ir dar uma olhada?

Tá. Podemos ir até lá.

A rua ainda estava bloqueada mas não havia muita coisa para se ver. A frente do Eagle Hotel estava cravada de tiros e havia vidro quebrado na calçada lá embaixo, dos dois lados da rua. Os pneus dos carros arriados e os vidros quebrados a tiros e buracos na lataria com pequenos anéis de metal sem pintura ao redor. O Cadillac tinha sido rebocado e o vidro na rua varrido e o sangue lavado com uma mangueira.

Quem você imagina que estivesse no hotel?

Algum traficante mexicano.

O xerife ficou ali parado fumando. Bell foi até um pouco mais adiante na rua. Parou. Voltou pela calçada, suas botas rangendo sobre o vidro. O xerife atirou o cigarro na rua. Se for subindo a Adams lá adiante a mais ou menos meio quarteirão vai achar um rastro de sangue.

Indo naquela direção, imagino.

Se tivesse um pouco de bom senso. Acho que os garotos no carro foram pegos num fogo cruzado. Me parece que estavam atirando na direção do hotel e para a rua ao mesmo tempo.

O que acha que o carro deles estava fazendo no meio do cruzamento daquele jeito?

Não tenho ideia, Ed Tom.

Foram andando até o hotel.

Que tipo de cartuchos vocês acharam?

A maioria nove milímetros com alguns de espingarda e alguns de 380. Temos uma espingarda e duas metralhadoras.

Automáticas?

Claro. Por que não?

Por que não.

Subiram a escada. A varanda do hotel estava coberta de vidro e a madeira arrebentada com os tiros.

O funcionário noturno foi morto. Pior sorte do que a dele impossível, eu imagino. Foi atingido por uma bala perdida.

Onde foi que o acertou?

Bem entre os olhos.

Foram até o saguão e pararam. Alguém tinha jogado umas toalhas sobre o sangue no carpete atrás da mesa mas o sangue já empapara as toalhas. Ele não morreu com um tiro, Bell disse.

Quem não morreu com um tiro.

O funcionário noturno.

Ele não morreu com um tiro?

Não senhor.

O que te faz dizer isso?

Vai receber o laudo do laboratório e vai ver.

O que está dizendo Ed Tom? Que eles furaram o cérebro dele com uma Black and Decker?

Isso está bem perto da verdade. Vou te deixar pensar a respeito.

Quando voltava para Sanderson de carro começou a nevar. Ele foi até a sede do condado e trabalhou um pouco na papelada e foi embora antes de escurecer. Quando parou na entrada de automóveis nos fundos de casa sua mulher estava olhando pela janela da cozinha. Sorriu para ele. A neve que caía dançava e girava sob a luz quente e amarela.

Sentaram-se na pequena sala de jantar e comeram. Ela tinha posto uma música, um concerto para violino. O telefone não tocou.

Você tirou do gancho?

Não, ela disse.

Deve estar mudo.

Ela sorriu. Acho que é só a neve. Acho que ela faz as pessoas pararem para pensar.

Bell fez que sim. Espero então que venha uma nevasca.

Você se lembra da última vez que nevou aqui?

Não, não posso dizer que sim. E você?

Me lembro sim.

Quando foi.

Você vai se lembrar.

Oh.

Ela sorriu. Eles comeram.

Que bom, Bell disse.

O quê?

A música. O jantar. Estar em casa.

Você acha que ela estava dizendo a verdade?

Sim. Acho.

Acha que o rapaz ainda está vivo?

Não sei. Espero que sim.

Talvez você nunca mais ouça uma palavra sobre tudo isso.

É possível. Mas não seria o fim de tudo, seria?

Não, acho que não.

Não podemos esperar que eles se matem uns aos outros desse jeito regularmente. Mas acho que algum cartel vai assumir cedo ou tarde e eles vão acabar apenas lidando com o governo mexicano. Há muito dinheiro envolvido. Eles não vão deixar esses garotos do interior atuarem. E não vai demorar muito.

Com quanto dinheiro você acha que ele está?

O rapaz Moss?

É.

Difícil dizer. Poderia ser algo na casa dos milhões. Bem, não muitos milhões. Ele levou o dinheiro daqui a pé.

Quer café?

Quero sim.

Ela se levantou e foi até o aparador e tirou a cafeteira da tomada e trouxe-a para a mesa e encheu a xícara dele e se sentou novamente. Só não volte para casa morto uma noite dessas, ela disse. Não vou admitir.

É melhor então eu não fazer isso.

Acha que ele vai mandar buscá-la?

Bell mexeu o café. Ficou sentado segurando a colher fumegante acima da xícara, depois a colocou sobre o pires. Não sei, ele disse. Sei que ele será um idiota se não fizer isso.

O escritório ficava no décimo sétimo andar com vista dos prédios de Houston recortados contra o céu e da baixada imensa até o canal de navegação dos navios e o rio para além dele. Colônias de tanques de prata. Labaredas da combustão de gás, pálidas no céu. Quando Wells apareceu o homem lhe disse para entrar e lhe disse para fechar a porta. Ele nem mesmo se virou. Podia ver Wells no vidro. Wells fechou a porta e ficou de pé com as mãos cruzadas à frente do corpo nos punhos. Do jeito que o dono de uma funerária talvez ficasse.

O homem por fim se virou e olhou para ele. Você conhece Anton Chigurh de vista, correto?

Sim senhor, correto.

Quando foi a última vez que o viu?

Dia vinte e oito de novembro do ano passado.

Por que você se lembra da data assim?

Por nenhuma razão. Eu me lembro de datas. Números.

O homem fez que sim. Estava de pé atrás de sua mesa. A mesa era de aço inoxidável polido e nogueira e não havia nada sobre ela. Nem um retrato ou uma folha de papel. Nada.

As coisas estão fora de controle. E está faltando produto e um bocado de dinheiro.

Sim senhor. Estou ciente.

Você está ciente.

Sim senhor.

Ótimo. Fico feliz por ter conseguido que prestasse atenção.

Sim senhor. Estou prestando atenção.

O homem destrancou uma gaveta na mesa e tirou dali uma caixa de aço que destrancou e tirou dela um cartão e fechou a caixa e trancou-a e a pôs de lado outra vez. Segurou o cartão entre dois dedos e olhou para Wells e Wells se adiantou e o apanhou.

Você paga as suas despesas se me lembro bem.

Sim senhor.

Esta conta só libera mil e duzentos dólares a cada período de vinte e quatro horas. Já é mais do que a última vez, quando era mil.

Sim senhor.

Até que ponto você conhece Chigurh.

Bem o suficiente.

Isso não é resposta.

O que o senhor quer saber?

O homem tamborilou com os nós dos dedos sobre a mesa. Levantou os olhos. Só gostaria de saber sua opinião sobre ele. Em geral. O invencível Mr. Chigurh.

Ninguém é invencível.

Alguém é.

Por que diz isso?

Em algum lugar do mundo está o homem mais invencível. Assim como em outro lugar está o mais vulnerável.

Isso é uma crença sua?

Não. Chama-se estatística. Até que ponto ele é perigoso?

Wells encolheu os ombros. Comparando com o quê? Com a peste bubônica? Ele é mau o suficiente para que o senhor tenha me chamado. É um assassino psicopata mas e daí? Há uma porção deles por aí.

Ele estava num tiroteio em Eagle Pass ontem.

Um tiroteio?

Um tiroteio. Gente morta nas ruas. Você não lê jornal.

Não senhor, não leio.

Ele estudou Wells. Levou uma espécie de vida mágica, não é Mr. Wells?

Com toda a honestidade não posso dizer que a magia tenha tido muito a ver com ela.

Sim, o homem disse. O que mais.

Acho que é isso. Eram homens de Pablo?

Sim.

Tem certeza.

Não no sentido a que se refere. Mas tenho uma certeza razoável. Não eram nossos. Ele matou dois homens dois dias antes e esses dois por acaso eram nossos. Junto com os três naquela bagunça total alguns dias antes. Certo?

Certo. Acho que isso é o bastante.

Boa caçada, como costumávamos dizer. Faz algum tempo. Em priscas eras.

Obrigado senhor. Posso lhe perguntar uma coisa?

Claro.

Eu não poderia voltar naquele elevador, poderia?

Não para este andar. Por quê?

Só estava interessado. Segurança. Sempre interessante.

Ele se recodifica cada vez que é usado. Um número de cinco dígitos gerado ao acaso. Não aparece impresso em lugar nenhum. Um código é lido pelo telefone. Eu te falo e você digita. Isso responde a sua pergunta?

Bacana.

Sim.

Eu contei os andares desde a rua.

E?

Está faltando um andar.

Vou ter que verificar.

Wells sorriu.

Você encontra a saída?

Sim.

Certo.

Uma outra coisa.

O que é.

Eu estava me perguntando se daria para validar o meu cartão de estacionamento.

O homem espichou ligeiramente a cabeça. Você está tentando fazer graça eu suponho.

Me desculpe.

Bom dia, Mr. Wells.

Certo.

* * *

Quando Wells chegou ao hotel as faixas de plástico tinham desaparecido e o vidro e a madeira tinham sido varridos do saguão e o local estava funcionando. Havia compensado pregado sobre as portas e sobre duas das janelas e havia um novo funcionário de pé junto à mesa onde o antigo funcionário estava. Sim senhor, ele disse.

Preciso de um quarto, Wells disse.

Sim senhor. É apenas para o senhor?

Sim.

E por quantas noites seria.

Provavelmente só esta.

O funcionário empurrou o bloco para Wells e se virou para examinar as chaves pendendo do quadro. Wells preencheu o formulário. Sei que está cansado de ouvir essa pergunta, ele disse, mas o que aconteceu com o seu hotel?

Eu não devo falar sobre isso.

Está tudo bem.

O funcionário pôs a chave sobre a mesa. Será em dinheiro ou cartão de crédito?

Dinheiro. Quanto é?

Catorze mais as taxas.

Quanto é. Tudo.

Senhor?

Eu disse quanto é tudo. Você precisa me dizer quanto é. Me dê uma cifra. Tudo incluído.

Sim senhor. Seriam catorze e setenta.

Você estava aqui quando tudo isso aconteceu?

Não senhor. Só comecei a trabalhar aqui ontem. É o meu segundo dia.

Então sobre o que é que você não deve falar?

Senhor?

A que horas você sai?

Senhor?

Deixe-me dizer de outro modo. A que horas termina o seu turno de trabalho.

O funcionário era alto e magro, talvez mexicano ou talvez não. Seus olhos percorreram rapidamente o saguão do hotel. Como se pudesse haver algo ali capaz de ajudá-lo. Cheguei às seis, ele disse. Meu turno termina às duas.

E quem é que vem às duas.

Não sei o nome dele. Era o funcionário diurno.

Ele não estava aqui há duas noites.

Não senhor. Ele era o funcionário diurno.

O homem que estava no serviço há duas noites. Onde ele está?

Não está mais conosco.

Você tem o jornal de ontem?

Ele recuou e olhou sob a mesa. Não senhor, disse. Acho que jogaram fora.

Tudo bem. Me mande umas duas putas e uma garrafa de uísque com um pouco de gelo.

Senhor?

Só estou brincando. Você precisa relaxar. Eles não vão voltar. Eu posso praticamente garantir que não.

Sim senhor. Eu espero mesmo que não. Nem queria aceitar esse emprego.

Wells sorriu e bateu com a placa de compensado da chave duas vezes no tampo de mármore da mesa e subiu a escada.

Ficou surpreso ao ver a faixa da polícia ainda cobrindo a entrada dos dois quartos. Foi para o seu e colocou a bolsa na cadeira e pegou seu estojo de barbear e entrou no banheiro e acendeu a luz. Escovou os dentes e lavou o rosto e voltou ao quarto e se esticou na cama. Depois de algum tempo se levantou e foi até a cadeira e virou a bolsa de lado e abriu o zíper de um compartimento que havia no fundo e tirou um estojo de camurça. Abriu o zíper do estojo e tirou um revólver 357 de aço inoxidável e voltou para a cama e tirou as botas e se esticou novamente com a pistola ao lado.

Quando acordou já estava quase escuro. Ele se levantou e foi até a janela e puxou a velha cortina de renda. Luzes na rua. Longos recifes de nuvens de um vermelho opaco pendurados sobre o horizonte ocidental que escurecia. Tetos numa silhueta baixa e pobre. Ele colocou a pistola no cinto e puxou a camisa para fora da calça para cobri-la e saiu do quarto e seguiu pelo corredor de meias.

Levou cerca de quinze segundos para entrar no quarto de Moss e fechou a porta em seguida sem mexer na faixa. Inclinou-se sobre a porta e sentiu o cheiro do quarto. Depois ficou ali parado apenas examinando as coisas.

A primeira coisa que ele fez foi andar cuidadosamente sobre o carpete. Quando chegou à depressão onde a cama tinha sido afastada ele empurrou a cama para o meio do quarto. Ajoelhou-se e soprou a poeira e examinou a fibra do carpete. Levantou-se e pegou os travesseiros e cheirou-os e colocou de volta. Deixou a cama num ângulo de quarenta e cinco graus no quarto e foi até o armário e abriu as portas e olhou lá dentro e fechou-as de novo.

Entrou no banheiro. Passou o dedo indicador em volta da pia. Uma toalhinha de banho e a toalha de rosto tinham sido usadas mas não o sabonete. Correu o dedo pela lateral da banheira e enxugou-o na costura da calça. Sentou-se na beirada da banheira e bateu de leve com os pés nos azulejos.

O outro quarto era o de número 227. Ele entrou e fechou a porta e se virou e ficou ali de pé parado. Não tinham dormido na cama. A porta do banheiro estava aberta. Uma toalha ensanguentada estava caída no chão.

Entrou e empurrou a porta totalmente para trás. Havia uma toalhinha de banho suja de sangue na pia. Faltava a outra toalha. Marcas ensanguentadas de mãos. Uma marca ensanguentada de mão na ponta da cortina do chuveiro. Espero que você não tenha se arrastado para dentro de um buraco em algum lugar, ele disse. Eu gostaria mesmo de ser pago.

Já estava lá fora à primeira luz da manhã caminhando pelas ruas e fazendo anotações mentais. O pavimento tinha sido lavado com mangueiras mas ainda era possível ver as manchas de sangue no concreto da passagem onde Moss tinha levado um tiro. Voltou a Main Street e recomeçou. Cacos de vidro nas sarjetas e junto às calçadas. Alguns deles de janelas e outros de automóveis que estavam estacionados no meio-fio. As janelas que tinham sido destruídas com os tiros estavam cobertas com compensado mas era possível ver as marcas nos tijolos ou as manchas de chumbo em formato de lágrimas que tinham vindo do hotel. Ele caminhou de volta ao hotel e sentou-se na escada e ficou olhando para a rua. O sol aparecia sobre o Aztec Theatre. Alguma coisa chamou sua atenção no segundo andar. Ele se levantou e desceu e atravessou a rua e subiu os degraus. Duas marcas de balas no vidro da janela. Ele bateu à porta e esperou. Então abriu a porta e entrou.

Um quarto escuro. Discreto cheiro de podre. Ficou ali parado até seus olhos se acostumarem à penumbra. Um salão. Uma pianola ou um pequeno órgão de encontro à parede oposta. Um armário. Uma cadeira de balanço junto à janela onde uma mulher estava sentada com o corpo curvado.

Wells parou junto à mulher observando-a. Tinha levado um tiro na testa e caíra para a frente deixando um pedaço da parte de trás do crânio e uma boa quantidade de miolos ressecados presos a uma ripa larga da cadeira de balanço atrás dela. Estava com um jornal no colo e usava um vestido de algodão que estava preto de sangue coagulado. Fazia frio no salão. Wells olhou ao redor. Um segundo tiro marcava uma data num calendário na parede atrás dela três dias depois. Não dava para não reparar. Ele correu os olhos pelo resto do salão. Pegou uma pequena câmera do bolso da jaqueta e tirou umas fotos da mulher morta e colocou a câmera de volta no bolso. Não era o que você tinha em mente, era querida? ele disse a ela.

Moss acordou numa enfermaria com um pano pendurado entre ele e a cama à sua esquerda. Um teatro de sombras com os vultos ali. Vozes em espanhol. Ruídos fracos da rua. Uma motocicleta. Um cachorro. Ele virou o rosto sobre o travesseiro e olhou nos olhos um homem que estava sentado numa cadeira de metal junto à parede segurando um buquê de flores. Como está se sentindo? o homem disse.

Estou melhor. Quem é você?

Meu nome é Carson Wells.

Quem é você?

Acho que você sabe quem eu sou. Te trouxe umas flores.

Moss virou o rosto e ficou olhando para o teto. Vocês são quantos?

Bem, eu diria que só há um com quem você precise se preocupar no momento.

Você.

Isso.

E quanto ao cara que veio ao hotel.

Podemos falar sobre ele.

Então fale.

Posso fazer com que ele vá embora.

Eu mesmo posso fazer isso.

Não acho.

Você tem o direito de pensar o que quiser.

Se os homens do Acosta não tivessem aparecido na hora em que apareceram não acho que você teria se saído tão bem.

Eu não me saí tão bem.

Se saiu sim. Você se saiu extremamente bem.

Moss virou o rosto e olhou outra vez para o homem. Há quanto tempo você está aqui?

Há cerca de uma hora.

Só sentado aqui.

Sim.

Não tem muito o que fazer, não é mesmo?

Gosto de fazer uma coisa de cada vez, se é a isso que se refere.

Você parece um imbecil completo sentado aí.

Wells sorriu.

Por que não larga essas flores idiotas.

Tudo bem.

Ele se levantou e colocou o buquê na mesa de cabeceira e se sentou na cadeira outra vez.

Sabe o quanto é dois centímetros?

Sei. É uma medida.

É mais ou menos três quartos de uma polegada.

Certo.

É a distância a que a bala ficou do seu fígado.

Foi o que o médico te disse?

Sim. Você sabe o que faz o fígado?

Não.

Ele te mantém vivo. Sabe quem é o homem que atirou em você?

Talvez ele não tenha atirado em mim. Talvez tenha sido um dos mexicanos.

Sabe quem é esse homem?

Não. Deveria saber?

Porque ele não é alguém que você realmente gostaria de conhecer. As pessoas que ele encontra tendem a ter futuros muito breves. Inexistentes, na verdade.

Que bom para ele.

Você não está ouvindo. Precisa prestar atenção. Esse homem não vai parar de te procurar. Mesmo se conseguir de volta o dinheiro. Não vai fazer nenhuma diferença para ele. Mesmo se você fosse até ele e lhe desse o dinheiro ele te mataria. Só por ter sido inconveniente.

Acho que fiz um pouco mais do que ser inconveniente.

O que você quer dizer.

Acho que acertei um tiro nele.

O que te faz pensar isso?

Atirei nele com um cartucho de chumbo calibre 8,4 milímetros. Acho que não deve ter feito muito bem.

Wells se recostou na cadeira. Examinou Moss. Acha que matou ele?

Não sei.

Porque não matou. Ele foi para a rua e matou cada um dos mexicanos e depois voltou ao hotel. Como você sairia para comprar jornal ou coisa assim.

Ele não matou cada um deles.

Matou os que ainda restavam.

Está me dizendo que ele não foi ferido?

Não sei.

Quero dizer por que você me contaria.

Se é isso o que você acha.

Ele é amigo seu?

Não.

Pensei que talvez ele fosse amigo seu.

Não, não pensou. Como sabe se ele não está indo para Odessa?

Por que ele iria para Odessa?

Para matar sua mulher.

Moss não respondeu. Ficou deitado no lençol áspero olhando para o teto. Estava sentindo dor e a dor piorava. Você não sabe do que diabos está falando, ele disse.

Eu te trouxe umas fotos.

Ele se levantou e colocou duas fotografias sobre a cama e se sentou outra vez. Moss olhou para elas. O que eu devo deduzir disso? ele disse.

Tirei estas fotos hoje de manhã. A mulher morava num apartamento no segundo andar de um dos prédios que vocês acertaram com os tiros. O corpo ainda está lá.

Você diz um monte de merda.

Wells estudou-o. Ele se virou e olhou para a janela. Você não tem nada a ver com nada disso, tem?

Não.

Você por acaso encontrou os veículos por lá.

Não sei do que você está falando.

Você não pegou o produto, pegou?

Que produto.

A heroína. Não está com você.

Não. Não está comigo.

Wells fez que sim. Parecia pensativo. Talvez eu devesse perguntar o que pretende fazer.

Talvez eu devesse perguntar a você.

Não pretendo fazer nada. Não tenho que fazer. Você vai vir até mim. Mais cedo ou mais tarde. Não tem escolha. Vou te dar o número do meu celular.

O que te faz pensar que eu não vou simplesmente desaparecer?

Sabe quanto tempo levei para te achar?

Não.

Mais ou menos três horas.

Talvez você não volte a ter tanta sorte.

Não, talvez não. Mas isso não seria uma boa notícia para você.

Eu deduzo que você costumava trabalhar com ele.

Com quem.

Esse cara.

Sim. Eu trabalhava. Antigamente.

Qual é o nome dele.

Chigurh.

Sugar?

Chigurh. Anton Chigurh.

Como você sabe que eu não vou fazer um acordo com ele?

Wells se inclinou para a frente na cadeira com os braços sobre os joelhos, os dedos entrelaçados. Balançou a cabeça. Você não está prestando atenção, ele disse.

Talvez eu só não acredite no que você está dizendo.

Acredita sim.

Ou eu talvez mate ele.

Está sentindo muita dor?

Alguma. Sim.

Está sentindo muita dor. Isso torna difícil pensar. Deixa eu chamar a enfermeira.

Não preciso que você me faça favores.

Tudo bem.

O que ele é então, o cara mais durão do planeta?

Não sei se é assim que eu o descreveria.

Como você o descreveria.

Wells pensou a respeito. Eu acho que diria que ele não tem senso de humor.

Isso não é crime.

Não é essa a questão. Estou tentando te dizer uma coisa.

Diga.

Não dá para fazer um acordo com ele. Deixa eu dizer outra vez. Mesmo que você entregasse o dinheiro ele te mataria ainda assim. Não há ninguém vivo neste planeta que já tenha tido algum problema com ele. Estão todos mortos. Isso não pesa a seu favor. Ele é um homem peculiar. Poderíamos até dizer que ele tem princípios. Princípios que transcendem o dinheiro ou as drogas ou qualquer coisa desse tipo.

Então por que você está me falando sobre ele.

Você perguntou sobre ele.

Por que você está me falando.

Acho que é porque penso que se você conseguisse entender a situação em que está isso tornaria meu trabalho mais fácil. Não sei nada a seu respeito. Mas sei que você não foi feito para isto. Você acha que foi. Mas não foi.

Vamos ver, não é mesmo?

Alguns de nós vão. O que você fez com o dinheiro?

Gastei mais ou menos dois milhões de dólares com putas e uísque e o resto eu meio que simplesmente torrei por aí.

Wells sorriu. Recostou-se na cadeira e cruzou as pernas. Usava um par caro de botas Lucchese de crocodilo. Como acha que ele te encontrou?

Moss não respondeu.

Já pensou nisso?

Sei como ele me encontrou. Não vai encontrar de novo.

Wells sorriu. Bem parabéns para você.

É. Parabéns para mim.

Havia uma jarra d'água numa bandeja plástica sobre a mesa de cabeceira. Moss deu apenas uma rápida olhada.

Quer um pouco d'água? Wells disse.

Se eu quiser alguma coisa de você vai ser o primeiro filho da puta a saber.

Chama-se transmissor, Wells disse.

Sei como se chama.

Não é a única maneira que ele tem de te encontrar.

Sim.

Eu poderia te dizer algumas coisas que seriam úteis de saber.

Bem, repito o que acabei de dizer. Não preciso de favores.

Não está curioso sobre por que eu te diria?

Eu sei por que você me diria.

E por quê?

É melhor lidar comigo do que com esse tal de sugar.

Sim. Deixa eu pegar um pouco d'água para você.

Vá para o inferno.

Wells ficou sentado em silêncio com as pernas cruzadas. Moss olhou para ele. Você acha que pode me assustar com esse cara. Não sabe do que está falando. Acabo com você e com ele também se é o que quer.

Wells sorriu. Encolheu ligeiramente os ombros. Olhou para a ponta de sua bota e descruzou as pernas e passou a ponta debaixo dos jeans para limpá-la e cruzou as pernas novamente. O que você faz? ele disse.

O quê?

O que você faz.

Estou aposentado.

O que você fazia antes de se aposentar?

Sou soldador.

Acetileno? Mig? Tig?

Qualquer coisa. Se pode ser soldado eu sei soldar.

Ferro fundido?

Sim.

Não estou querendo dizer latão.

Eu não disse latão.

Estanho?

O que eu disse?

Você esteve no Vietnã?

Sim. Eu estive no Vietnã.

Eu também.

E o que isso faz de mim? Seu amigo?

Eu estava nas forças especiais.

Acho que você me confundiu com alguém que dê alguma importância a onde você estava.

Eu era tenente-coronel.

Mentira.

Acho que não.

E o que você faz agora.

Encontro pessoas. Acerto acordos. Esse tipo de coisa.

Você é um matador de aluguel.

Wells sorriu. Um matador de aluguel.

Seja lá como chama isso.

O tipo de gente com quem fecho contratos gosta de ser discreta. Não gostam de se envolver em coisas que chamam a atenção. Não gostam de coisas no jornal.

Imagino.

Isto não vai acabar. Mesmo se você tiver sorte e der cabo de uma ou duas pessoas – o que é improvável – eles simplesmente mandam outra. Nada mudaria. Eles ainda vão te achar. Não há lugar nenhum para onde ir. Pode acrescentar aos seus problemas o fato de que as pessoas que estavam entregando o produto também não estão com ele. Então adivinha em quem elas estão de olho? Para não mencionar a DEA e várias outras agências da lei. A lista de todo mundo tem o mesmo nome. E é o único nome. Você precisa me ajudar um pouco. Eu realmente não tenho nenhum motivo para te proteger.

Está com medo desse cara?

Wells encolheu os ombros. Eu diria que estou sendo cauteloso.

Você não mencionou Bell.

Bell. Está bem assim?

Suponho que você não dê muita bola para ele.

Não dou nenhuma bola. Ele é um xerife caipira numa cidade caipira num condado caipira. Num estado caipira. Deixa eu chamar a enfermeira. Você não está muito confortável. Este é o meu telefone. Quero que pense a respeito. Do que nós conversamos.

Ele se pôs de pé e colocou o cartão na mesa junto às flores. Olhou para Moss. Acha que não vai me telefonar mas vai. Só não espere muito tempo. Aquele dinheiro pertence ao meu cliente. Chigurh é um fora da lei. O tempo não está do seu lado. Podemos até deixar você ficar com uma parte. Mas se eu tiver que recuperar os fundos de Chigurh então será tarde demais para você. Para não mencionar sua esposa.

Moss não respondeu.

Certo. Talvez você queira ligar para ela. Quando falei com ela me pareceu bem preocupada.

Depois que ele foi embora Moss virou as fotografias que estavam sobre a cama. Como um jogador de pôquer conferindo as cartas que ficam com o número para baixo. Olhou para a jarra d'água mas então a enfermeira entrou.

VI

Os jovens hoje em dia parecem estar tendo dificuldade para crescer. Não sei por quê. Talvez seja só porque você não cresce mais rápido do que precisa. Eu tinha um primo que era um homem da lei empossado aos dezoito anos. Estava casado e tinha um filho nessa época. Eu tinha um amigo que cresceu comigo e que foi ordenado pastor da Igreja batista na mesma idade. Pastor de uma igrejinha simples no interior. Ele saiu de lá para ir para Lubbock uns três anos depois e quando disse às pessoas que ia embora elas simplesmente ficaram sentadas lá naquela igreja se debulhando em lágrimas. Homens e mulheres. Ele tinha casado e batizado e enterrado aquelas pessoas. Estava com vinte e um anos, talvez vinte e dois. Quando pregava as pessoas ficavam de pé lá fora no pátio ouvindo. Isso me surpreendeu. Ele sempre tinha sido calado na escola. Eu tinha vinte e um quando entrei para o exército e era um dos mais velhos na nossa turma na época do treinamento. Seis meses mais tarde eu estava na França atirando nas pessoas com um rifle. Não cheguei nem mesmo a pensar que a coisa era assim tão peculiar na época. Quatro anos mais tarde eu era xerife deste condado. Nunca tive dúvidas de que deveria fazer as duas coisas. Hoje você fala com as pessoas sobre certo e errado e provavelmente elas vão rir de você. Mas eu nunca tive muitas dúvidas sobre coisas desse tipo. No que eu penso sobre coisas desse tipo. Espero nunca ter.

Loretta me disse que escutou no rádio sobre o percentual de crianças neste país sendo criadas pelos avós. Esqueci qual era. Bastante alto, eu achei. Os pais não queriam criar. Conversamos sobre isso. O que nós pensamos foi que quando a próxima geração vier e eles também não quiserem criar seus filhos quem vai criar? Seus próprios pais vão ser os únicos avós disponíveis e esses pais não queriam criar nem mesmo os filhos. Não encontramos uma resposta para isso. Nos meus melhores dias eu acho que existe alguma coisa que eu não sei ou que existe alguma coisa que eu estou esquecendo. Mas esses momentos são raros. Acordo às vezes no meio da noite e tenho tanta certeza quanto tenho da morte de que só o que pode dar um jeito nisso é a segunda vinda do Cristo. Não sei de que adianta eu ficar acordado pensando nisso. Mas fico.

Não acredito que você possa fazer esse trabalho sem uma esposa. Uma esposa bastante incomum aliás. Cozinheira e carcereira e não sei mais o quê. Esses caras não sabem como eles têm sorte. Bem, talvez saibam. Nunca me preocupei com a segurança dela. Eles comem coisas frescas do jardim boa parte do ano. Bom pão de milho. Feijão. Já houve vezes que ela preparou para eles hambúrgueres e batatas fritas. Já aconteceu de anos depois eles voltarem e estavam casados e tinham filhos e estavam indo bem. Traziam as esposas. Traziam até os filhos. Não estavam voltando para me ver. Vi apresentarem suas esposas ou suas namoradas e simplesmente cair aos prantos. Homens crescidos. Que tinham feito coisas bastante ruins. Ela sabia o que estava fazendo. Sempre soube. A cadeia estoura o nosso orçamento todo mês mas o que posso fazer a respeito? Não vou fazer nada a respeito. É o que vou fazer.

Chigurh parou fora da estrada no cruzamento com a 131 e abriu a lista telefônica sobre o colo e dobrou as folhas sujas de sangue até chegar ao veterinário. Havia uma clínica na periferia de Bracketville a cerca de trinta minutos de distância. Ele olhou para a toalha que envolvia sua perna. Estava empapada de sangue e o sangue tinha empapado também o assento. Ele jogou a lista telefônica no chão e ficou sentado com as mãos no alto do volante. Ficou sentado ali por cerca de três minutos. Então engrenou a marcha no veículo e voltou para a estrada.

Dirigiu até a encruzilhada em La Pryor e pegou a estrada que seguia para o norte na direção de Uvalde. Sua perna latejava como uma bomba. Na estrada quase chegando a Uvalde ele parou em frente à Cooperativa e desatou o cordão da persiana que estava em volta da sua perna e tirou a toalha. Em seguida saiu do carro e entrou mancando.

Comprou um saco cheio de artigos de veterinária. Algodão e esparadrapo e gaze. Uma ampola de seringa e um frasco de água oxigenada. Fórceps. Tesoura. Alguns pacotes de mechas absorventes de dez centímetros e um frasco de um litro de betadina. Pagou e saiu e entrou na Ramcharger e ligou o motor e então ficou ali sentado observando o prédio pelo espelho retrovisor. Como se estivesse pensando em mais alguma coisa de que precisasse, mas não era isso. Colocou os dedos dentro do punho da camisa e cuidadosamente enxugou o suor dos olhos. Então engrenou o veículo e deu ré para sair do estacionamento e voltou para a estrada em direção à cidade.

Desceu a Main Street e virou em direção ao norte em Getty e outra vez para leste em Nopal onde estacionou e desligou o motor. Sua perna ainda estava sangrando. Ele pegou a tesoura da sacola e o esparadrapo e cortou um disco redondo de sete centímetros na caixa de papelão que continha o algodão. Colocou esse disco junto com o esparadrapo no bolso da camisa. Pegou um cabide no chão atrás do assento e torceu as extremidades até quebrá-las e esticou-o. Então se inclinou e abriu sua sacola e tirou de lá uma camisa e cortou uma das mangas com a tesoura e dobrou-a e colocou no bolso e colocou a tesoura de volta na sacola de papel da Cooperativa e abriu a porta e saiu devagar do carro, erguendo a perna ferida com as duas mãos atrás do joelho. Ficou ali, segurando-se à porta. Então se curvou com a cabeça de encontro ao peito e ficou desse jeito por quase um minuto. Depois se levantou e fechou a porta e começou a caminhar rua abaixo.

Do lado de fora de uma drogaria na Main ele parou e se virou e se apoiou num carro parado ali. Verificou a rua. Ninguém vindo. Desatarraxou a tampa do tanque de gasolina à altura do seu cotovelo e prendeu a manga da camisa no cabide e enfiou-a no tanque e tirou outra vez. Prendeu com esparadrapo o disco de papelão sobre o tanque de gasolina aberto e fez uma bola com a manga molhada de gasolina por cima e prendeu com esparadrapo e acendeu-a e se virou e entrou coxeando na drogaria. Estava um pouco depois da metade do caminho no corredor em direção à farmácia quando o carro lá fora explodiu em chamas arrancando a maior parte do vidro na frente da drogaria.

Ele entrou pelo portãozinho e desceu os corredores do farmacêutico. Encontrou um pacote de seringas e um frasco de tabletes de hidrocodone e voltou pelo corredor procurando penicilina. Não conseguiu achar mas achou tetraciclina e sulfa. Meteu essas coisas no bolso e saiu de trás do balcão para o brilho alaranjado do fogo e desceu pelo corredor e pegou um par de muletas de alumínio e abriu com um empurrão a porta dos fundos e saiu mancando pelo estacionamento atrás da drogaria coberto de cascalho. O alarme da porta dos fundos disparou mas ninguém prestou a menor atenção e Chigurh nem mesmo deu uma olhada na direção da frente da loja que agora estava em chamas.

Parou num motel na periferia de Hondo e arranjou um quarto na ponta da construção e entrou e colocou a sacola em cima da cama.

Enfiou a pistola debaixo do travesseiro e entrou no banheiro com a bolsa da Cooperativa e despejou o conteúdo dentro da pia. Esvaziou os bolsos e colocou tudo sobre a bancada – chaves, carteira, os frascos de antibiótico e as seringas. Sentou-se na beirada da banheira e tirou as botas e se abaixou e colocou o tampão na banheira e ligou a torneira. Então tirou a roupa e entrou com cuidado dentro da banheira enquanto ela enchia.

Sua perna estava preta e azul e muito inchada. Parecia uma picada de cobra. Ele jogou água sobre as feridas com uma toalhinha. Virou a perna dentro d'água e examinou a ferida por onde a bala saíra. Pequenos pedaços de pano agarrados à pele. O buraco era grande o suficiente para colocar o polegar dentro dele.

Quando saiu da banheira a água estava tingida de um rosa-claro e os buracos em sua perna ainda sangravam um pouco um sangue pálido diluído em linfa. Ele jogou as botas dentro d'água e se enxugou dando uns tapinhas com a toalha e se sentou no vaso e pegou o frasco de betadina e o pacote de mechas absorventes dentro da pia. Rasgou o pacote com os dentes e tirou a tampa do frasco e inclinou-o devagar sobre os ferimentos. Então colocou o frasco na bancada e se curvou para a tarefa, tirando os pedaços de pano, usando as mechas absorventes e o fórceps. Sentou-se com a torneira aberta na pia e descansou. Segurou a extremidade do fórceps sob a torneira e sacudiu a água e se curvou outra vez para a tarefa.

Quando terminou desinfetou a ferida uma última vez e rasgou pacotes de gaze na medida de dez centímetros e colocou-os sobre os buracos na perna e atou-os com gaze de um rolo destinado a ovelhas e cabras. Então se levantou e encheu de água o copo de plástico na bancada da pia e bebeu. Encheu-o e bebeu mais duas vezes. Então voltou para o quarto e se esticou na cama com a perna levantada sobre os travesseiros. Além de uma pequena camada de suor em sua testa havia poucos indícios de que aquela tarefa tivesse lhe custado o que quer que fosse.

Quando voltou para o banheiro ele tirou uma das seringas da embalagem de plástico e enfiou a agulha através do selo dentro do frasco de tetraciclina e encheu a seringa e segurou-a diante da luz e apertou o êmbolo com o polegar até uma pequena gota aparecer na ponta da agulha. Então bateu duas vezes na seringa com o dedo e se curvou e introduziu a agulha no quadríceps de sua perna direita e lentamente apertou o êmbolo.

Ficou no motel por cinco dias. Descia mancando ao café de muletas para fazer as refeições e subia outra vez. Ficava com a televisão ligada e se sentava na cama para assistir e nunca trocava de canal. Assistia o que quer que passasse. Assistia novelas e noticiários e talk shows. Mudava o curativo duas vezes por dia e limpava o ferimento com solução de sulfato de magnésio e tomava os antibióticos. Quando a camareira veio na primeira manhã ele foi até a porta e disse a ela que não precisava de nenhum serviço. Só toalhas e sabonete. Deu a ela dez dólares e ela pegou o dinheiro e ficou ali sem saber o que fazer. Ele lhe disse a mesma coisa em espanhol e ela fez que sim e colocou o dinheiro no avental e empurrou o carrinho pela calçada e ele ficou ali e estudou os carros no estacionamento e depois fechou a porta.

Na quinta noite enquanto ele estava sentado no café dois subdelegados do escritório do xerife no condado de Valdez entraram e se sentaram e tiraram os chapéus e os colocaram nas cadeiras vazias de cada lado e pegaram os cardápios dos suportes cromados e os abriram. Um deles olhou em sua direção. Chigurh observou tudo sem se virar ou olhar. Eles falaram. Então o outro olhou para ele. Depois a garçonete veio. Ele terminou o café e se levantou e deixou o dinheiro sobre a mesa e saiu. Tinha deixado as muletas no quarto e seguiu devagar e de modo regular pela calçada do lado de fora do café tentando não mancar. Continuou em frente passando pelo seu quarto até o final do corredor externo e se virou. Olhou para a Ramcharger parada no final do estacionamento. Não podia ser visto da recepção ou do café. Voltou ao quarto e colocou o estojo de barbear e a pistola na sacola e cruzou o estacionamento e entrou na Ramcharger e ligou o motor e passou com ela sobre a divisória de concreto até o estacionamento da loja de artigos eletrônicos vizinha e dali saiu para a estrada.

Wells estava de pé na ponte com o vento do rio desgrenhando seu cabelo ralo e ruivo. Ele se virou e se apoiou no parapeito e ergueu a pequena câmera barata que levava e tirou uma foto de nada em particular e baixou a câmera outra vez. Estava de pé onde Moss tinha estado quatro noites antes. Examinou o sangue na calçada. No local em que o rastro desaparecia ele parou e ficou ali de braços cruzados e o queixo apoiado na mão. Não se deu ao trabalho de tirar uma foto. Não havia ninguém olhando. Olhou rio abaixo para a água verde que corria lentamente. Caminhou uns doze passos e voltou. Atravessou a estrada até o outro lado. Um caminhão passou. Um pequeno tremor na superestrutura. Ele seguiu pela calçada e então parou. O discreto contorno da pegada de uma bota marcado com sangue. Um outro contorno mais discreto de outra pegada. Ele estudou a cerca de arame para ver se havia sangue no arame. Tirou o lenço do bolso e molhou-o com a língua e passou-o entre as aberturas. Ficou olhando para o rio. Uma estrada lá embaixo no lado americano. Entre a estrada e o rio uma faixa espessa de caniços. Os caniços açoitavam de leve o ar ao vento do rio. Se ele tivesse levado o dinheiro para o México havia desaparecido. Mas não tinha levado.

Wells recuou e olhou para as pegadas novamente. Alguns mexicanos vinham pela ponte com seus cestos e pacotes com as coisas de que precisavam para passar o dia. Ele pegou a câmera e tirou uma foto do céu, do rio, do mundo.

Bell estava sentado à mesa assinando cheques e fazendo contas numa calculadora de mão. Quando terminou ele se recostou na cadeira e olhou pela janela para o gramado triste da sede do condado. Molly, ele disse.

Ela veio e ficou parada na porta.

Já encontrou alguma coisa em algum desses veículos?

Xerife eu encontrei tudo o que havia para encontrar. Esses veículos são registrados em nome de pessoas falecidas. O proprietário daquela Blazer morreu há vinte anos. Quer que eu veja o que encontro sobre os mexicanos?

Não. Meu Deus não. Aqui estão os seus cheques.

Ela entrou e pegou o grande talão de cheques de couro falso de cima da mesa e colocou debaixo do braço. Aquele agente da DEA ligou de novo. Não quer falar com ele?

Vou tentar me manter afastado disso o máximo que conseguir.

Ele disse que vai voltar ao local e queria saber se o senhor queria ir com ele.

Bem isso é cordial da parte dele. Acho que ele pode ir aonde quiser. É um agente oficial do governo dos Estados Unidos.

Queria saber o que o senhor ia fazer com os veículos.

É. Tenho que tentar vender essas coisas num leilão. Mais dinheiro do condado ralo abaixo. Um deles tem um motor envenenado. Poderíamos conseguir alguns dólares por ele. Nada da parte de Mrs. Moss?

Não senhor.

Tudo bem.

Olhou para o relógio na outra parede do escritório. Será que você poderia ligar para Loretta e dizer que fui a Eagle Pass e que telefono para ela de lá? Eu ligaria mas ela vai querer que eu vá para casa e talvez eu vá.

O senhor quer que eu espere até o senhor sair do prédio?

Quero sim.

Ele empurrou a cadeira para trás e se levantou e pegou o cinturão no cabide atrás da sua mesa e pendurou-o sobre o ombro e pegou o chapéu e colocou. O que é que Torbert diz? Sobre verdade e justiça?

Nós nos dedicamos de forma renovada todos os dias. Algo assim.

Acho que vou começar a me dedicar duas vezes por dia. Talvez chegue a três antes do fim. Vejo você pela manhã.

Ele parou na cafeteria e pediu um café para viagem e foi até a patrulha lá fora enquanto o caminhão daqueles grandes com traseira para carga sem as laterais subia a rua. Coberto com a poeira cinzenta do deserto. Ele parou e observou-o ir e então entrou na patrulha e manobrou e passou pelo caminhão e o fez parar. Quando saiu e foi até ele o motorista estava sentado ao volante mascando chiclete e observando-o com uma espécie de arrogância afável.

Bell colocou uma das mãos na cabine e olhou para o motorista. O motorista acenou com a cabeça. Xerife, ele disse.

Você recentemente conferiu sua carga?

O motorista olhou pelo retrovisor. Qual o problema, Xerife?

Bell se afastou do caminhão. Venha até aqui, ele disse.

O homem abriu a porta e saiu. Bell acenou com a cabeça na direção da traseira do caminhão. Isso é um verdadeiro ultraje, ele disse.

O homem foi até lá e deu uma olhada. Uma das cordas que segura a carga embaixo da lona está se soltando, ele disse.

Pegou a ponta solta da lona e puxou-a de volta por cima da traseira do caminhão sobre os corpos que jaziam ali cada um deles envolto em material plástico reforçado e preso com fita adesiva. Havia oito deles e pareciam ser isso mesmo. Cadáveres embrulhados e presos com fita.

Com quantos você saiu? Bell disse.

Não perdi nenhum deles, Xerife.

Vocês não podiam ter arranjado uma van para ir até lá?

Não tínhamos nenhuma van com tração nas quatro rodas.

Ele prendeu a ponta da lona e ficou ali parado.

Tudo bem, Bell disse.

Não vai me multar por carga presa de maneira imprópria?

Se manda daqui.

Ele chegou à ponte do rio Devil quando o sol se punha e no meio da ponte parou a patrulha e acendeu a luz do teto e saiu e fechou a porta e contornou a frente do veículo e ficou apoiado no cano de alumínio que servia como parapeito da ponte. Observando o sol se pôr na represa azul do outro lado da ponte da ferrovia a oeste. Um caminhão daqueles enormes rumo a oeste vindo pela longa curva do vão reduziu a marcha quando viu as luzes. O motorista se inclinou para fora da janela quando passou. Não pule, Xerife. Ela não merece. E então se foi num rastro de vento, o motor a diesel acelerando e o motorista fazendo dupla embreagem e trocando marchas. Bell sorriu. Para dizer a verdade, disse, ela merece.

A cerca de três quilômetros do entroncamento da 481 com a 57 a caixa sobre o assento do passageiro deu um único bipe e ficou em silêncio outra vez. Chigurh foi para o acostamento e parou. Pegou a caixa e virou-a para um lado e para o outro. Ajustou os botões. Nada. Voltou para a estrada. O sol se encolhia nas colinas baixas e azuladas à sua frente. Aos poucos sumindo por completo. Um crepúsculo fresco e coberto de sombras caindo sobre o deserto. Ele tirou os óculos escuros e colocou-os no porta-luvas e fechou o porta-luvas e acendeu os faróis dianteiros. Enquanto fazia isso a caixa começou a bipar num ritmo lento e regular.

Ele estacionou nos fundos do hotel e saiu e contornou a picape mancando com a caixa e a espingarda numa bolsa fechada com um zíper e atravessou o estacionamento e subiu os degraus do hotel.

Fez o registro e pegou a chave e subiu a escada mancando e seguiu pelo corredor até o seu quarto e entrou e trancou a porta e ficou deitado na cama com a espingarda cruzada sobre o peito olhando para o teto. Não conseguia pensar num motivo para que o transmissor estivesse no hotel. Ele não considerou Moss porque achou que Moss estivesse quase com certeza morto. Restava a polícia. Ou algum agente do Matacumbe Petroleum Group. Que deviam pensar que ele pensava que eles pensavam que ele pensava que eles eram muito idiotas. Pensou nisso.

Quando acordou eram dez e meia da noite e ele estava ali deitado na penumbra e no silêncio mas sabia qual era a resposta. Levantou-se e colocou a espingarda atrás dos travesseiros e enfiou a pistola no cós da calça. Então saiu e foi mancando escada abaixo até a recepção.

O funcionário estava sentado lendo uma revista quando viu Chigurh e enfiou a revista debaixo da mesa e se levantou. Sim senhor, ele disse.

Gostaria de ver os registros.

O senhor é da polícia?

Não. Não sou.

Sinto mas não posso fazer isso senhor.

Pode sim.

Quando ele voltou ao andar de cima parou e ficou escutando no corredor do lado de fora da sua porta. Entrou e pegou a espingarda e o transmissor e foi até o quarto com a faixa na porta e segurou a caixa junto à porta e ligou. Foi até a segunda porta e tentou a recepção ali. Então voltou ao primeiro quarto e abriu a porta com a chave da recepção e recuou e ficou parado com as costas na parede do corredor.

Podia ouvir o trânsito na rua atrás do estacionamento mas mesmo assim achava que a janela estava fechada. Não havia ar se movendo. Olhou rapidamente dentro do quarto. Cama afastada da parede. Porta do banheiro aberta. Verificou a trava de segurança na espingarda. Atravessou a porta até o outro lado.

Não havia ninguém no quarto. Ele percorreu o quarto com a caixa e encontrou a unidade transmissora na gaveta da mesa de cabeceira. Sentou se na cama virando-a na mão. Pequeno losango de metal polido do tamanho de um dominó. Ele olhou pela janela para o estacionamento. Sua perna doía. Colocou a peça de metal no bolso e desligou o receiver e se levantou e saiu, puxando e fechando a porta em seguida. Dentro do quarto o telefone tocou. Ele pensou a respeito por um minuto. Depois colocou o transmissor no peitoril da janela no corredor e se virou e voltou para o saguão.

E ali esperou por Wells. Ninguém faria isso. Sentou-se numa poltrona de couro recuada num canto de onde podia ver tanto a porta de entrada quanto o corredor que levava à parte dos fundos. Wells chegou às onze e meia e Chigurh se levantou e seguiu-o escada acima, a espingarda embrulhada com folga dentro do jornal que ele estivera lendo. Na metade da escada Wells se virou e olhou para trás e Chigurh deixou o jornal cair e ergueu a espingarda à altura da cintura. Oi, Carson, ele disse.

Sentaram-se no quarto de Wells, Wells na cama e Chigurh na cadeira junto à janela. Você não precisa fazer isso, Wells disse. Eu trabalho a curto prazo. Eu poderia simplesmente ir para casa.

Você poderia.

Eu faria com que valesse a pena para você. Poderia te levar a um caixa eletrônico. Todo mundo simplesmente vai embora. Há mais ou menos catorze mil.

Um bom dia de pagamento.

Acho que sim.

Chigurh olhou pela janela, a espingarda atravessada sobre o joelho. Ter me ferido me modificou, ele disse. Mudou minha perspectiva. Eu segui em frente, num certo sentido. Algumas coisas se encaixaram coisas que antes estavam fora do lugar. Achei que estavam encaixadas, mas não estavam. A melhor maneira que encontro para descrever isso é que eu meio que me alcancei. Isso não é uma coisa ruim. Já tinha passado da hora.

Mesmo assim é um bom dia de pagamento.

É. Só está na moeda errada.

Wells mediu com os olhos a distância entre eles. Não vale a pena. Talvez vinte anos atrás. Provavelmente nem mesmo então. Faça o que tem de fazer, ele disse.

Chigurh estava sentado de forma relaxada e despreocupada na poltrona, o queixo descansando sobre os nós dos dedos. Observando Wells. Observando seus últimos pensamentos. Já tinha visto aquilo tudo antes. E Wells também.

Começou antes disso, ele falou. No momento não me dei conta. Quando atravessei a fronteira parei num café nessa cidade e havia uns homens lá tomando cerveja e um deles a toda hora olhava para mim. Não prestei atenção nele. Pedi meu jantar e comi. Mas quando fui até o balcão pagar a conta tive que passar por eles e eles todos estavam rindo e ele disse algo que era difícil ignorar. Sabe o que eu fiz?

Sei. Sei o que você fez.

Eu ignorei. Paguei minha conta e comecei a abrir a porta quando ele disse a mesma coisa outra vez. Eu me virei e olhei para ele. Eu estava simplesmente de pé ali palitando os dentes e fiz para ele um gesto com a cabeça. Para ele ir lá para fora. Se quisesse. E depois saí. E esperei no estacionamento. E ele e os amigos saíram e eu o matei no estacionamento e depois entrei no meu carro. Todos se juntaram ao redor dele. Não sabiam o que tinha acontecido. Não sabiam que ele estava morto. Um deles disse que eu tinha deixado ele desacordado e então todos os outros disseram a mesma coisa. Estavam tentando fazer com que ele se levantasse. Uma hora mais tarde fui detido por um assistente do xerife nos arredores de Sonora Texas e deixei que ele me levasse algemado até a cidade. Não tenho certeza de por que fiz isso mas acho que eu queria ver se podia me libertar com um ato da vontade. Porque acredito que isso é possível. Que uma coisa como essa é possível. Mas foi uma tolice. Um ato movido pela vaidade. Compreende?

Se eu compreendo?

Sim.

Você tem alguma noção do grau da sua loucura?

A natureza desta conversa?

Sua natureza.

Chigurh recostou-se. Estudou Wells. Me diz uma coisa, ele falou.

O quê.

Se a norma que você segue te trouxe até aqui de que serviu a norma?

Não sei do que você está falando.

Estou falando da sua vida. Em que agora tudo pode ser visto ao mesmo tempo.

Não estou interessado nesse seu papo, Anton.

Achei que você podia querer se explicar.

Não tenho que me explicar a você.

Não a mim. A você mesmo. Achei que podia ter alguma coisa a dizer.

Vá para o inferno.

Você me surpreende, é tudo. Esperava algo diferente. Traz eventos passados ao presente. Você não acha?

Acha que eu trocaria de lugar com você?

Sim. Acho. Eu estou aqui e você está aí. Dentro de alguns minutos eu ainda vou estar aqui.

Wells olhou pela janela escura. Sei onde a valise está, ele disse.

Se você soubesse onde a valise está a teria apanhado.

Eu ia ter que esperar até que não houvesse ninguém por perto. Até de noite. Duas da manhã. Algo desse tipo.

Você sabe onde a valise está.

Sim.

Eu sei de uma coisa melhor.

O que é.

Sei onde ela vai estar.

E onde é.

Vai ser trazida até mim e colocada diante dos meus pés.

Wells enxugou a boca com as costas da mão. Não te custaria nada. Fica a vinte minutos daqui.

Você sabe que isso não vai acontecer. Não sabe?

Wells não respondeu.

Não sabe?

Vá para o inferno.

Acha que pode adiar isso com o olhar.

O que você quer dizer?

Acha que enquanto ficar olhando para mim pode adiar isso.

Não acho.

Acha sim. Deveria admitir sua situação. Haveria mais dignidade nela. Estou tentando te ajudar.

Seu filho da puta.

Você acha que não vai fechar os olhos. Mas vai.

Wells não respondeu. Chigurh o observava. Sei o que mais você acha, ele disse.

Você não sabe o que eu acho.

Acha que eu sou como você. Que é só ambição. Mas eu não sou como você. Levo uma vida simples.

Acabe logo com isso.

Você não compreenderia. Um homem como você.

Acabe logo com isso.

Sim, Chigurh disse. Eles sempre dizem isso. Mas não é sincero, é?

Seu merdinha.

Assim não está bom, Carson. Você precisa se acalmar. Se não me respeita o que deve pensar de si mesmo? Veja onde está.

Você acha que é imune a tudo, Wells disse. Mas não é.

Não a tudo. Não.

Você não é imune à morte.

Ela não significa para mim o que significa para você.

Acha que tenho medo de morrer?

Acho.

Acabe logo com isso. E vá para o diabo.

Não é a mesma coisa, Chigurh disse. Você tem desistido de coisas há anos para estar aqui. Acho que não chego nem a entender isso. Como um homem decide em que ordem abandonar sua vida? Fazemos o mesmo tipo de trabalho. Até certo ponto. Você sentia tamanho desprezo por mim? E por que isso? Como se deixou chegar a esta situação?

Wells olhou para a rua lá fora. Que horas são? ele disse.

Chigurh levantou o punho e olhou para o relógio. Onze e cinquenta e sete ele disse.

Wells fez que sim. Pelo calendário da velha ainda tenho três minutos. Bem ao diabo com isso. Acho que vi isto se aproximar há muito tempo. Quase como um sonho. Déjà-vu. Olhou para Chigurh. Não estou interessado nas suas opiniões, ele disse. Acabe logo com isso. Seu psicopata desgraçado. Acabe logo com isso e vá para o inferno.

Fechou os olhos sim. Fechou os olhos e virou a cabeça e ergueu uma das mãos para desviar o que não podia ser desviado. Chigurh atirou em seu rosto. Tudo o que Wells já tinha sabido ou pensado ou amado escorreu devagar pela parede atrás dele. O rosto de sua mãe, sua primeira comunhão, mulheres que tinha conhecido. Os rostos dos homens enquanto morriam de joelhos aos seus pés. O corpo de uma criança morta num barranco junto à estrada em outro país. Ficou caído parcialmente sem cabeça na cama com os braços abertos, a maior parte da mão direita faltando. Chigurh se levantou e pegou o cartucho vazio no chão e soprou e colocou no bolso e olhou para o relógio de pulso. O novo dia estava ainda a um minuto de distância.

Desceu a escada dos fundos e atravessou o estacionamento até o carro de Wells e pegou a chave da porta no molho de chaves que Wells levava e abriu a porta e verificou dentro do carro na frente e atrás e debaixo dos assentos. Era um carro alugado e só o que havia nele era o contrato de aluguel no bolso da porta. Fechou a porta e voltou mancando e abriu o porta-malas. Nada. Deu a volta até o lado do motorista e abriu a porta e destravou o capô e foi até a frente do carro e abriu o capô e olhou dentro do compartimento do motor e depois fechou o capô e ficou olhando para o hotel. Enquanto estava parado ali o telefone tocou. Ele alcançou o telefone dentro do bolso e apertou o botão e colocou-o junto ao ouvido. Sim, ele disse.

Moss conseguiu caminhar para um lado e para o outro da ala segurando o braço da enfermeira. Ela lhe dizia coisas encorajadoras em espanhol. Deram a volta no fim do corredor e começaram a retornar. Havia suor na testa dele. Ándale, ela disse. Qué bueno. Ele fez que sim. Bueno com certeza, disse.

Tarde da noite ele acordou de um sonho perturbador e desceu como pôde o corredor e pediu para usar o telefone. Discou o número em Odessa e se apoiou pesadamente no balcão e escutou o telefone tocar. Tocou por um bom tempo. Por fim a mãe dela atendeu.

É Llewelyn.

Ela não quer falar com você.

Quer sim.

Você sabe que horas são?

Não me importa que horas são. Não desligue esse telefone.

Eu disse a ela o que ia acontecer, não disse? Tintim por tintim. Disse: Isto é o que vai acontecer. E agora aconteceu.

Não desligue esse telefone. Vá chamá-la e coloque-a na linha.

Quando ela atendeu o telefone disse: Não achei que você fosse fazer isso comigo.

Alô querido, como você está? Está tudo bem, Llewelyn? O que aconteceu com as palavras?

Onde você está.

Piedras Negras.

O que eu devo fazer, Llewelyn?

Você está bem?

Não eu não estou bem. Como poderia estar bem? Gente ligando para cá atrás de você. O xerife veio até aqui desde o condado de Terrell. Apareceu na droga da porta. Eu pensei que você tinha morrido.

Não morri. O que você disse a ele?

O que eu poderia dizer a ele?

Ele poderia te persuadir a dizer alguma coisa.

Você está ferido, não está?

O que te faz pensar que estou?

Posso ouvir na sua voz. Você está bem?

Estou bem.

Onde você está?

Eu te disse onde estava.

Parece estar numa estação rodoviária.

Carla Jean acho que você precisa sair daí.

Sair de onde?

Dessa casa.

Você está me assustando, Llewelyn. Sair daqui e ir para onde?

Não importa. Só não acho que você deva ficar aí. Podia ir para um motel.

E fazer o que com a mamãe?

Vai ficar tudo bem com ela.

Vai ficar tudo bem com ela?

Sim.

Você não sabe se vai.

Llewelyn não respondeu.

Sabe?

Só não acho que queiram incomodá-la.

Não acha?

Você precisa sair daí. Leve ela com você.

Não posso levar a mamãe para um motel. Ela está doente se você não se esqueceu.

O que o xerife disse.

Que estava procurando por você, o que acha que ele disse?

O que mais ele disse.

Ela não respondeu.

Carla Jean?

Ela parecia estar chorando.

O que mais ele disse, Carla Jean?

Disse que você ia acabar sendo morto.

Bem, isso é o que ele acha.

Ela ficou em silêncio por um bom tempo.

Carla Jean?

Llewelyn, eu nem mesmo quero o dinheiro. Só quero que as coisas voltem a ser o que eram conosco.

Vão voltar.

Não não vão. Pensei sobre isso. É um deus de barro.

É. Mas o dinheiro é real.

Ela disse o nome dele outra vez e então começou mesmo a chorar. Ele tentou conversar mas ela não respondia. Ele ficou ali parado ouvindo-a soluçar silenciosamente em Odessa. O que você quer que eu faça? ele disse.

Ela não respondeu.

Carla Jean?

Quero que as coisas sejam como eram.

Se eu te disser que vou tentar ajeitar tudo você faz o que te pedi?

Sim. Faço.

Tenho um telefone aqui para onde posso ligar. Alguém que pode nos ajudar.

Pode confiar neles?

Não sei. Só sei que não posso confiar em mais ninguém. Te ligo amanhã. Não pensei que eles fossem te achar aí ou não teria te mandado ir. Te ligo amanhã.

Ele desligou o telefone e discou o número do telefone móvel que Wells tinha lhe dado. Atenderam no segundo toque mas não era Wells. Acho que liguei para o número errado, ele disse.

Não ligou para o número errado. Você precisa vir me ver.

Quem é?

Você sabe quem é.

Moss se apoiou no balcão, a testa apoiada no punho.

Onde está Wells?

Ele não pode te ajudar. Que tipo de acordo fez com ele?

Não fiz acordo de tipo nenhum.

Fez sim. Quanto ele ia te dar?

Não sei do que você está falando.

Onde está o dinheiro.

O que você fez com Wells.

Tínhamos uma divergência de opiniões. Você não precisa pensar em Wells. Ele está fora de cena. Precisa falar comigo.

Não preciso falar com você.

Acho que sim. Sabe para onde estou indo?

Por que eu me importaria com isso?

Sabe para onde estou indo?

Moss não respondeu.

Você está aí?

Estou aqui.

Sei onde você está.

É? Onde eu estou?

Está no hospital em Piedras Negras. Mas não é para aí que eu estou indo. Sabe para onde estou indo?

Sei. Sei para onde você está indo.

Você pode reverter tudo isso.

Por que eu acreditaria em você?

Você acreditou em Wells.

Não acreditei em Wells.

Ligou para ele.

Liguei para ele, e daí.

Diga o que quer que eu faça.

Moss mudou o apoio do corpo. Havia suor na sua testa. Ele não respondeu.

Diga alguma coisa. Estou esperando.

Eu poderia estar esperando por você quando chegasse lá sabe, Moss disse. Fretar um avião. Pensou nisso?

Isso seria correto. Mas você não vai.

Como sabe que não vou?

Não teria me dito. De todo modo, tenho que ir.

Sabe que elas não vão estar lá.

Não faz a menor diferença onde elas vão estar.

Então por que é que vai até lá.

Você sabe como isso vai terminar, não sabe?

Não. Você sabe?

Sim. Eu sei. Acho que você também sabe. Só ainda não aceitou o fato. Então eis o que eu vou fazer. Você me traz o dinheiro e eu deixo ela em paz. De outro modo ela é responsável. Tanto quanto você. Não sei se você se importa com isso. Mas é o melhor acordo que vai conseguir. Não vou te dizer que pode salvar a própria pele porque não pode.

Vou te levar uma coisa sim, Moss disse. Decidi fazer de você um projeto especial meu. Você não vai ter que procurar por mim em absoluto.

Fico feliz em ouvir isso. Você estava começando a me decepcionar.

Você não vai se decepcionar.

Ótimo.

Não precisa em absoluto se preocupar achando que vai se decepcionar.

Ele foi embora antes do raiar do dia vestido com o avental de musselina do hospital e o sobretudo por cima. A parte inferior do sobretudo estava rígida de sangue. Ele não tinha sapatos. No bolso de dentro do sobretudo estava o dinheiro que havia dobrado e deixado ali, duro e sujo de sangue.

Ele ficou parado na rua olhando na direção dos sinais de trânsito. Não tinha a menor ideia de onde estava. O concreto frio sob seus pés. Conseguiu chegar à esquina. Alguns carros passavam. Ele caminhou até os sinais de trânsito na esquina seguinte e parou e apoiou uma das mãos no prédio. Tinha no bolso do sobretudo duas pastilhas brancas que havia guardado e tomou uma nesse momento, engolindo-a a seco. Achou que fosse vomitar. Ficou ali parado por um bom tempo. Havia o parapeito de uma janela ali e ele teria se sentado nele mas estava coberto de barras de ferro pontiagudas para afastar os vagabundos. Um táxi passou e ele ergueu uma das mãos mas o táxi seguiu em frente. Teria que ir até o meio da rua e depois de algum tempo foi o que fez. Estava cambaleando ali havia algum tempo quando outro táxi passou e ele ergueu a mão e o táxi parou junto ao meio-fio.

O motorista estudou-o. Moss se inclinou sobre a janela. Pode me levar até o outro lado da ponte? ele disse.

Até o outro lado.

Sim. Até o outro lado.

Tem dinheiro?

Sim. Tenho dinheiro.

O motorista pareceu em dúvida. Vinte dólares, ele disse.

Tudo bem.

Na ponte o guarda se inclinou e observou-o onde estava sentado no banco traseiro do táxi na penumbra. Em que país o senhor nasceu? ele disse.

Estados Unidos.

O que está trazendo?

Nada.

O guarda estudou-o. O senhor se incomodaria em descer do carro e vir até aqui? ele disse.

Moss abaixou a maçaneta da porta e se apoiou no banco dianteiro para sair do táxi. Ficou parado de pé.

O que aconteceu com seus sapatos?

Não sei.

Não está usando roupas, está?

Estou usando roupas.

O segundo guarda estava acenando para que os carros passassem. Apontou para o motorista de táxi. Poderia por favor parar seu táxi ali naquele segundo espaço?

O motorista engrenou o táxi.

Se incomodaria em se afastar do veículo?

Moss se afastou. O táxi parou na área de estacionamento e o motorista desligou o motor. Moss olhou para o guarda. O guarda parecia estar esperando que ele dissesse alguma coisa mas ele não disse.

Levaram-no para dentro e sentaram-no numa cadeira de metal num pequeno escritório branco. Um outro homem veio e se inclinou sobre uma mesa de metal. Olhou para ele dos pés à cabeça.

Quanto foi que você bebeu?

Não bebi nada.

O que aconteceu com você?

O que quer dizer?

O que aconteceu com as suas roupas?

Não sei.

Tem algum documento de identidade?

Não.

Nada?

Não.

O homem se recostou, os braços cruzados sobre o peito. Disse: Quem você acha que consegue passar por esta ponte e entrar nos Estados Unidos da América?

Não sei. Cidadãos americanos.

Alguns cidadãos americanos. Quem você acha que decide isso?

O senhor eu suponho.

Correto. E como eu decido?

Não sei.

Faço perguntas. Se receber respostas sensatas então eles conseguem entrar na América. Se não receber respostas sensatas não conseguem. Há alguma parte que você não compreenda?

Não senhor.

Então talvez queira começar de novo.

Está bem.

Precisa nos falar mais um pouco sobre por que está aqui sem roupas.

Estou usando um sobretudo.

Está gozando da minha cara?

Não senhor.

Não goze da minha cara. Você está nas Forças Armadas?

Não senhor. Sou veterano.

Que ramo das Forças Armadas.

Exército dos Estados Unidos.

Esteve no Vietnã?

Sim senhor. Dois turnos.

Que unidade.

Batalhão da Décima Segunda Infantaria.

Qual foi o período em que esteve lá.

Sete de agosto de mil novecentos e sessenta e seis a dois de maio de mil novecentos e sessenta e oito.

O homem o observou por algum tempo. Moss olhou para ele e desviou os olhos. Olhou na direção da porta, do corredor vazio. Sentado com o sobretudo, curvado, os cotovelos nos joelhos.

Você está bem?

Sim senhor. Estou bem. Tenho uma mulher que vai vir me buscar se vocês me deixarem ir.

Tem algum dinheiro? Tem trocado para dar um telefonema?

Sim senhor.

Ouviu patas arranhando os ladrilhos. Um guarda estava de pé ali com um pastor-alemão de coleira. O homem acenou com o queixo para o guarda. Arranje alguém para ajudar este homem. Ele precisa ir para a cidade. O táxi já foi?

Sim senhor. Estava limpo.

Eu sei. Arranje alguém para ajudá-lo.

Olhou para Moss. De onde você é?

Sou de San Saba Texas.

Sua mulher sabe que você está aqui?

Sim senhor. Falei com ela faz pouco tempo.

Vocês brigaram?

Quem brigou?

Você e sua mulher.

Bem. Num certo sentido suponho. Sim senhor.

Precisa dizer a ela que sente muito.

Senhor?

Eu falei que você precisa dizer a ela que sente muito.

Sim senhor. Vou dizer.

Mesmo se achar que é culpa dela.

Sim senhor.

Vá logo. Dê o fora daqui.

Sim senhor.

Às vezes aparece um probleminha e você não resolve e de repente já não é mais um probleminha. Entende o que estou te dizendo?

Sim senhor. Entendo.

Vá logo.

Sim senhor.

Era quase dia e o táxi tinha ido embora havia muito. Ele começou a andar subindo a rua. Linfa ensanguentada escorria de seu ferimento e descia pela parte de dentro da sua perna. As pessoas prestavam pouca atenção nele. Tomou a Adams Street e parou numa loja de roupas e espiou lá para dentro. Havia luzes acesas nos fundos. Ele bateu na porta e esperou e bateu de novo. Por fim um homem de camisa branca e gravata preta abriu a porta e olhou para ele. Sei que não estão abertos, Moss disse, mas preciso muito de umas roupas. O homem fez que sim e abriu a porta. Entre, ele disse.

Caminharam lado a lado pelo corredor até a seção de botas. Tony Lama, Justin, Nocona. Havia algumas cadeiras baixas ali e Moss se abaixou devagar com o peso do corpo apoiado nos braços e se sentou com as mãos agarradas aos braços da cadeira. Preciso de botas e de umas roupas, ele disse. Tenho alguns problemas médicos e não quero andar mais do que o necessário.

O homem assentiu. Sim senhor, ele disse. É claro.

Vocês têm Larry Mahans?

Não senhor. Não temos.

Tudo bem. Preciso de um par de jeans Wrangler trinta e dois por trinta e quatro de comprimento. Uma camisa tamanho grande. Umas meias. E me mostre umas botas Nocona tamanho dez e meio. E preciso de um cinto.

Sim senhor. Quer ver os chapéus?

Moss lançou um olhar pela loja. Acho que um chapéu seria bom. Tem algum daqueles chapéus de vaqueiro com a aba pequena? Sete e três oitavos?

Temos sim. Temos um Resistol três por cento de pelo de castor e um percentual um pouco melhor no Stetson. Acho que cinco por cento.

Deixe-me ver o Stetson. Aquela cor acinzentada.

Está certo senhor. Tudo bem se forem meias brancas?

Só uso meias brancas.

E roupa de baixo?

Talvez cuecas de malha. Trinta e dois. Ou médio.

Sim senhor. Por favor fique à vontade. Está se sentindo bem?

Estou bem.

O homem fez que sim e se virou.

Posso perguntar uma coisa? Moss disse.

Sim senhor.

Você recebe muita gente que chega aqui sem roupa?

Não senhor. Eu diria que não muita.

Levou a pilha de roupas novas com ele para o provador e tirou o sobretudo e pendurou no gancho atrás da porta. Um sangue pálido e coagulado formava crostas sobre seu abdome amarelado e fundo. Apertou as pontas do esparadrapo mas elas não grudavam. Sentou-se devagar no banco de madeira e calçou as meias e abriu a embalagem da cueca e apanhou-a e passou-a pelos pés e pelos joelhos e depois ficou de pé e puxou-a cuidadosamente sobre o curativo. Sentou-se outra vez e tirou a camisa da embalagem de papelão e incontáveis alfinetes.

Quando saiu do provador levava o sobretudo por cima do braço. Andou de um lado a outro do corredor de madeira que estalava. O vendedor ficou olhando para as botas. O couro de lagarto leva mais tempo para ficar confortável, ele disse.

É. Também é quente no verão. Estas estão boas. Deixe-me experimentar aquele chapéu. Não me visto tão bem assim desde que saí do exército.

O xerife bebeu um gole do café e colocou a xícara de volta no mesmo anel sobre o tampo de vidro da mesa de onde a tinha apanhado. Vão fechar o hotel, ele disse.

Bell fez que sim. Isso não me surpreende.

Todos pediram demissão. Aquele cara só tinha trabalhado dois dias. Eu me culpo. Nunca me ocorreu que aquele filho da puta fosse voltar. Simplesmente nunca sequer imaginei uma coisa dessas.

Ele talvez não tenha chegado a sair de lá.

Também pensei nisso.

Ninguém sabe como é a cara dele porque todos morrem antes de poder contar.

É uma desgraça de um doido homicida, Ed Tom.

É. Mas não acho que ele seja doido.

O que diria que ele é então?

Não sei. Quando é que vão fechar?

Já fecharam, para falar a verdade.

Tem uma chave?

Sim. Tenho. É a cena de um crime.

Por que não vamos até lá e damos mais uma olhada?

Tudo bem. Podemos fazer isso.

A primeira coisa que viram foi o transmissor sobre o peitoril de uma janela no corredor. Bell apanhou-o e virou-o na mão, olhando o mostrador e os botões.

Isso não é nenhuma bomba não é Xerife?

Não.

É tudo de que precisamos.

É um aparelho para rastrear.

Então o quer quer que eles estivessem rastreando já acharam.

Provavelmente. Há quanto tempo você acha que isto está aqui?

Não sei. Mas eu acho que poderia adivinhar o que eles estavam rastreando.

Talvez, Bell disse. Há alguma coisa nessa história toda que não se encaixa direito.

Não é para encaixar.

Temos um ex-coronel do exército aqui com a maior parte da cabeça faltando a ponto de termos que encontrar sua identidade tirando as impressões digitais. Dos dedos que sobraram. Exército comum. Vinte e quatro anos de serviço. Nem um pedaço de papel com ele.

Tinha sido roubado.

É.

O que o senhor sabe sobre isso que não está dizendo, Xerife?

Você está a par dos mesmos fatos que eu.

Não me refiro aos fatos. O senhor acha que toda essa confusão rumou para o sul?

Bell balançou a cabeça. Não sei.

O senhor conhece alguém que esteja envolvido?

Na verdade não. Uns dois garotos do meu condado que talvez estejam meio envolvidos e não deveriam estar.

Meio envolvidos.

É.

Está falando de gente da família?

Não. Só gente do meu condado. Gente que eu deveria estar protegendo.

Ele entregou o transmissor ao xerife.

O que eu devo fazer com isso?

É propriedade do condado de Maverick. Prova da cena do crime.

O xerife meneou a cabeça. Drogas, ele disse.

Drogas.

Vendem essa merda para as crianças na escola.

É pior do que isso.

Como assim?

As crianças na escola compram.

VII

Também não falo sobre a guerra. Teoricamente sou um herói de guerra e perdi os homens de um esquadrão inteiro. Fui condecorado por isso. Eles morreram e eu recebi uma medalha. Não preciso nem saber o que você pensa disso. Não há nenhum dia em que eu não me lembre. Alguns sujeitos que eu conheço e que voltaram foram para a universidade lá em Austin com os benefícios dados pela lei para ajudar os veteranos da guerra, eles tinham coisas severas a dizer sobre a sua gente. Alguns deles disseram. Falaram que eles eram um punhado de caipiras ignorantes e coisas desse tipo. Não gostavam da política deles. Duas gerações neste país é muito tempo. Estamos falando dos primeiros colonizadores. Eu dizia a eles que ter seus filhos mortos e escalpelados e estripados como peixes tem uma tendência a tornar algumas pessoas irritadiças mas eles não pareciam saber do que eu estava falando. Acho que os anos sessenta neste país colocaram a cabeça de alguns desses homens no lugar. Espero que tenham colocado. Li nos jornais por aqui há um certo tempo que alguns professores encontraram uma pesquisa que foi enviada nos anos trinta para algumas escolas no país. Tinha um questionário perguntando quais eram os problemas em dar aulas nas escolas. E eles acharam esses formulários, tinham sido preenchidos e enviados de várias partes do país respondendo a essas perguntas. E os maiores problemas que conseguiam citar eram coisas como conversar em sala de aula e correr nos corredores. Mascar chicletes. Copiar dever de casa do colega. Coisas desse tipo. Então eles pegaram um desses formulários que estava em branco e imprimiram um punhado deles e mandaram para as mesmas escolas. Quarenta anos depois. Bem, eis que chegam as respostas. Estupro, incêndio criminoso, assassinato. Drogas. Suicídio. Então eu penso sobre isso. Porque boa parte das vezes em que eu digo qualquer coisa sobre como o mundo está indo para o inferno as pessoas meio que sorriem e dizem que estou ficando ve-

lho. Que esse é um dos sintomas. Mas meus sentimentos a esse respeito são que alguém que não saiba a diferença entre estuprar e assassinar pessoas e mascar chiclete tem um problema muito maior do que o meu. Quarenta anos também não são muito tempo. Talvez os próximos quarenta façam alguns deles saírem do éter. Se não for tarde demais.

Há um ano ou dois eu e Loretta fomos a uma conferência em Corpus Christi e eu me sentei ao lado dessa mulher que era esposa de alguém mais ou menos importante. E ela ficou falando que a ala da direita isso e a ala da direita aquilo. Não tenho nem mesmo certeza sobre o que ela queria dizer. As pessoas que eu conheço são na maioria apenas gente comum. Gente simples. Eu disse isso a ela e ela me olhou de um jeito estranho. Achou que eu estava dizendo uma coisa ruim sobre essas pessoas, mas é claro que isso é um grande elogio na minha parte do mundo. Ela continuou, e continuou. Por fim ela me disse o seguinte: Não gosto do rumo que este país está tomando. Quero que a minha neta possa fazer um aborto. E eu disse bem minha senhora não acho que precise se preocupar com o rumo deste país. Pelo que eu vejo não tenho muitas dúvidas de que ela não só vai poder fazer um aborto como vai poder fazer com que sacrifiquem a senhora. O que mais ou menos encerrou a conversa.

Chigurh subiu mancando os dezessete lances de concreto no vão da escada feito de concreto e quando chegou à porta de aço no patamar destruiu a fechadura com o êmbolo da arma pneumática e abriu a porta e entrou no corredor e fechou a porta em seguida. Ficou parado apoiando-se na porta com a espingarda nas duas mãos, escutando. A respiração nem um pouco mais rápida do que se tivesse acabado de se levantar de uma cadeira. Desceu pelo corredor e pegou a fechadura amassada no chão e colocou no bolso e foi até o elevador e ficou escutando outra vez. Tirou as botas e as colocou junto à porta do elevador e seguiu pelo corredor de meias, caminhando devagar, tomando cuidado com a perna ferida.

As portas do escritório estavam abertas para o corredor. Ele parou. Pensou que talvez o homem não visse a própria sombra, mal definida mas mesmo assim visível na parede do corredor externo. Chigurh pensou que era um estranho descuido mas sabia que o medo de um inimigo pode com frequência deixar o homem cego a outros perigos, entre os quais a sombra que eles próprios projetam no mundo. Baixou a correia que estava passada pelo ombro e colocou o tanque de ar no chão. Estudou a posição da sombra do homem emoldurada ali pela luz que vinha da janela de vidro fumê atrás dele. Puxou o transportador da espingarda ligeiramente para trás com a parte inferior da palma da mão para verificar as balas no pente e destravou a arma.

O homem segurava uma pequena pistola na altura do cinto. Chigurh saiu para o vão da porta e atirou nele na garganta com uma carga de chumbo calibre dez. Do tamanho que os colecionadores usam para pegar espécimes de pássaros. O homem caiu para trás sobre a cadeira giratória derrubando-a e caiu no chão e ficou ali se contorcendo e gorgolejando. Chigurh pegou o cartucho fumegante de cima do tapete e colocou no bolso e entrou na sala com a fumaça pálida ainda saindo da lata presa à extremidade do cano serrado. Passou por trás da mesa e ficou olhando para o homem no chão. O homem estava caído de costas e estava com uma das mãos sobre a garganta mas o sangue vazava sem parar entre seus dedos e caía no tapete. Seu rosto estava cheio de pequenos furos mas o olho direito parecia intacto e ele olhou para Chigurh e tentou falar com a boca onde o sangue borbulhava. Chigurh abaixou apoiado num dos joelhos e se apoiou na espingarda e olhou para ele. O que foi? ele disse. O que você está tentando me dizer?

O homem moveu a cabeça. O sangue gorgolejava em sua garganta.

Pode me ouvir? Chigurh disse.

Ele não respondeu.

Eu sou o homem que você mandou Carson Wells matar. É isso o que queria saber?

Ficou observando-o. Ele usava um conjunto de jogging azul de náilon e um par de sapatos brancos de couro. O sangue começava a formar uma poça ao redor da sua cabeça e ele tremia como se sentisse frio.

O motivo que me levou a usar chumbinho foi que não queria quebrar o vidro. Atrás de você. Derrubar vidro em cima das pessoas na rua. Ele apontou com a cabeça a vidraça onde a silhueta da parte superior do corpo do homem se destacava contra as pequenas marcas cinzentas que o chumbo havia deixado no vidro. Olhou para o homem. Sua mão agora estava frouxa sobre o pescoço e o sangue escorria em menor profusão. Ele olhou para a pistola caída ali. Levantou-se e colocou outra vez a trava na espingarda e passou pelo homem indo até a janela e inspecionou as marcas que o chumbo tinha feito. Quando baixou os olhos novamente para o homem ele estava morto. Atravessou a sala e ficou de pé no vão da porta escutando. Saiu e seguiu pelo vestíbulo e pegou o tanque e a arma de choque e apanhou suas botas e colocou os pés dentro delas e puxou-as para cima. Então seguiu pelo corredor e saiu pela porta de metal e desceu a escada de concreto até a garagem onde tinha deixado o carro.

* * *

Quando chegaram ao posto de gasolina o dia começava a raiar, cinzento e frio e com uma chuva fina caindo. Ela se inclinou para a frente sobre o assento e pagou o motorista e deu a ele dois dólares de gorjeta. Ele saiu e deu a volta até o porta-malas e abriu-o e pegou as malas e colocou-as no pórtico e trouxe o andador até o lado da mãe e abriu a porta. A mãe dela se virou e começou a sair do carro com dificuldade na chuva.

Mamãe pode esperar? Tenho que dar a volta até aí.

Eu sabia que as coisas iam dar nisto, a mãe disse. Eu falei que iam três anos atrás.

Não foram três anos.

Eu usei essas palavras exatas.

Só espere até eu chegar aí.

Na chuva, a mãe dela disse. Levantou os olhos para o motorista do táxi. Estou com câncer, ela disse. Agora olhe só para isso. Nem mesmo um lar para onde ir.

Sim senhora.

Vamos para El Paso Texas. Sabe quantas pessoas eu conheço em El Paso Texas?

Não senhora.

Ela parou com o braço na porta e levantou a mão e fez um O com o polegar e o indicador. Eis quantas pessoas, ela disse.

Sim senhora.

Sentaram-se na cafeteria circundadas pelas malas e pacotes e ficaram olhando para a chuva e para os ônibus parados lá fora. À luz cinzenta do dia que raiava. Ela olhou para sua mãe. Quer mais um pouco de café? ela disse.

A velha não respondeu.

Você não vai falar, suponho.

Não sei o que há para falar.

Bem acho que eu também não sei.

O que quer que vocês tenham feito foram vocês que fizeram. Não sei por que eu preciso fugir da lei.

Não estamos fugindo da lei, mamãe.

Mas vocês não poderiam chamá-los para ajudar, poderiam?

Chamar quem?

A lei.

Não. Não poderíamos.

Foi o que eu pensei.

A velha ajeitou os dentes com o polegar e ficou olhando pela janela. Depois de algum tempo o ônibus chegou. O motorista guardou o andador dela no compartimento de bagagem sob o ônibus e eles a ajudaram a subir os degraus e a colocaram na primeira poltrona. Estou com câncer, ela disse ao motorista.

Carla Jean colocou as bolsas no compartimento no alto e se sentou. A velha não olhou para ela. Três anos atrás, ela disse. Não era preciso ter nenhum sonho sobre isso. Nenhuma revelação nem nada desse gênero. Não acho que eu tenha mérito nisso. Qualquer um podia ter te dito a mesma coisa.

Bem eu não estava perguntando.

A velha sacudiu a cabeça. Olhando pela janela para a mesa que elas haviam liberado. Não acho que eu tenha mérito nisso, ela disse. Seria a última pessoa no mundo a achar que tenho.

Chigurh parou do outro lado da rua e desligou o motor. Acendeu os faróis e ficou sentado observando a casa escura. Os números de díodo verdes no rádio indicavam o horário de 1:17. Ele ficou sentado ali até 1:22 e então pegou a lanterna no porta-luvas e saiu e fechou a porta da picape e atravessou a rua até a casa.

Abriu a porta de tela e arrancou a fechadura e entrou e fechou a porta em seguida e ficou escutando. Havia uma luz vindo da cozinha e ele seguiu pelo corredor com a lanterna numa das mãos e a espingarda na outra. Quando chegou à porta parou e ficou escutando novamente. A luz vinha de uma lâmpada nua na varanda dos fundos. Ele entrou na cozinha.

Uma mesa vazia de fórmica e aço cromado no centro da cozinha com uma caixa de cereal em cima. A sombra da janela da cozinha sobre o piso de linóleo. Ele cruzou a cozinha e abriu a geladeira e olhou lá dentro. Colocou a espingarda na dobra do braço e pegou uma lata de refrigerante de laranja e abriu com o indicador e ficou ali bebendo, escutando qualquer coisa que pudesse se seguir ao estalo metálico da lata. Bebeu e colocou a lata pela metade na bancada e fechou a porta da geladeira e atravessou a sala de jantar e foi até a sala de estar e se sentou numa espreguiçadeira e olhou para a rua lá fora.

Depois de algum tempo se levantou e atravessou a sala e subiu a escada. Ficou escutando lá em cima. Quando entrou no quarto da velha pôde sentir o odor adocicado e rançoso da doença e pensou por um momento que ela talvez até estivesse deitada ali na cama. Acendeu a lanterna e foi até o banheiro. Ficou de pé lendo os rótulos dos frascos de remédios sobre o toucador. Olhou pela janela para a rua lá embaixo, a luz opaca e invernal dos postes. Duas da manhã. Seco. Frio. Silencioso. Ele saiu e foi pelo corredor até o pequeno quarto nos fundos da casa.

Esvaziou as gavetas da escrivaninha dela sobre a cama e ficou mexendo em suas coisas, erguendo de vez em quando algum item e estudando-o sob o lume azulado da luz do quintal. Uma escova de cabelo de plástico. Um bracelete barato tipo dos que se encontram em feiras. Avaliando essas coisas na mão como um médium que desse modo pudesse adivinhar algum fato relativo à dona. Ficou sentado virando as páginas de um álbum de fotografias. Amigos de escola. Família. Um cachorro. Uma casa que não era aquela. Um homem que talvez tivesse sido seu pai. Colocou dois retratos dela no bolso da camisa.

Havia um ventilador de teto em cima. Ele se levantou e puxou a corrente e se deitou na cama com a espingarda junto ao corpo, observando as pás de madeira girarem devagar à luz que vinha da janela. Depois de algum tempo se levantou e pegou a cadeira junto à escrivaninha no canto e inclinou-a e apoiou o alto do encosto sob a maçaneta da porta. Então se sentou na cama e tirou as botas e se esticou e dormiu.

Pela manhã ele andou pela casa outra vez subindo e descendo a escada e depois voltou ao banheiro no final do corredor para tomar um banho. Deixou a cortina aberta, a água respingando no chão. A porta do corredor aberta e a espingarda sobre um toucador a trinta centímetros de distância.

Secou o curativo da perna com um secador de cabelo e se barbeou e se vestiu e desceu até a cozinha e comeu uma tigela de cereais com leite, andando pela casa enquanto comia. Na sala de estar ele parou e olhou para a correspondência no chão abaixo da abertura da porta da frente. Ficou ali, mastigando devagar. Então colocou a tigela e a colher na mesa de centro e atravessou a sala e se inclinou e pegou a correspondência e ficou examinando. Sentou-se numa cadeira junto à porta e abriu a conta de telefone e curvou o envelope e soprou dentro dele.

Olhou a lista de telefonemas. Lá pela metade estava o Departamento do Xerife do condado de Terrell. Ele dobrou a conta e colocou de volta no envelope e colocou o envelope no bolso da camisa. Depois olhou novamente o resto da correspondência. Levantou-se e foi até a cozinha e pegou a espingarda de cima da mesa e voltou e ficou parado no lugar onde estava antes. Foi até uma mesa barata de mogno e abriu a gaveta de cima. A gaveta estava abarrotada de correspondência. Ele colocou a espingarda no chão e sentou-se na cadeira e tirou a correspondência e empilhou-a sobre a mesa e começou a examiná-la.

Moss passou o dia num motel barato na periferia da cidade dormindo nu na cama com suas novas roupas penduradas em cabides no armário. Quando acordou as sombras estavam longas no pátio do motel e ele se ergueu com esforço e se sentou na beirada da cama. Uma mancha pálida de sangue do tamanho de sua mão nos lençóis. Havia uma sacola de papel sobre a mesa de cabeceira com coisas que ele havia comprado numa drogaria na cidade e ele apanhou-a e foi mancando para o banheiro. Tomou banho e se barbeou e escovou os dentes pela primeira vez em cinco dias e depois se sentou na beirada da banheira e prendeu gaze nova sobre os ferimentos. Então se vestiu e chamou um táxi.

Estava de pé em frente à recepção do motel quando o táxi chegou. Ele ocupou o assento traseiro, recuperou o fôlego, depois estendeu o braço e fechou a porta. Olhou para o rosto do motorista no espelho retrovisor. Quer ganhar um dinheiro? ele disse.

Tá. Quero ganhar um dinheiro.

Moss pegou cinco das notas de cem e rasgou-as pela metade e passou uma metade sobre o assento para o motorista. O motorista contou as notas rasgadas e colocou-as no bolso da camisa e olhou para Moss pelo espelho e esperou.

Qual é o seu nome?

Paul, disse o motorista.

Você tomou a atitude certa, Paul. Não vou te meter em encrenca. Só não quero que você me deixe num lugar onde não quero ser deixado.

Tudo bem.

Tem uma lanterna?

Sim. Tenho uma lanterna.

Me empresta.

O motorista passou a lanterna para o banco traseiro.

Você é o cara, Moss disse.

Para onde vamos.

Pela estrada do rio.

Não vou apanhar ninguém.

Nós não vamos apanhar ninguém.

O motorista observou-o pelo retrovisor. Nada de drogas, ele disse.

Nada de drogas.

O motorista esperou.

Vou pegar uma valise. Ela me pertence. Você pode olhar dentro dela se quiser. Nada ilegal.

Posso olhar dentro dela.

Pode sim.

Espero que não esteja me fazendo de idiota.

Não.

Gosto de dinheiro mas gosto mais ainda de ficar fora da cadeia.

A mesma coisa comigo, Moss disse.

Seguiram em silêncio pela estrada na direção da ponte. Moss se curvou para a frente sobre o assento. Quero que você estacione debaixo da ponte, ele disse.

Tudo bem.

Vou desatarraxar a lâmpada da luz do teto.

Eles vigiam esta estrada vinte e quatro horas por dia, o motorista disse.

Sei disso.

O motorista saiu da estrada e desligou o motor e apagou os faróis e olhou para Moss pelo retrovisor. Moss pegou a lâmpada e colocou-a no plástico que a cobria no teto do carro e entregou-a por sobre o assento ao motorista e abriu a porta. Devo voltar em poucos minutos, ele disse.

Os caniços estavam empoeirados, as hastes bem juntas. Ele abriu caminho cuidadosamente, segurando a lanterna na altura dos joelhos com a mão parcialmente sobre a lente.

A valise estava caída no meio do caniçal com o lado certo para cima e intacta como se alguém a tivesse simplesmente colocado ali. Ele apagou a luz e apanhou-a e voltou no escuro, se orientando pelo vão da ponte lá em cima. Quando ele chegou ao táxi abriu a porta e colocou a valise no assento e entrou cuidadosamente e fechou a porta. Entregou a lanterna ao motorista e se recostou no assento. Vamos, ele disse.

O que é que tem aí, o motorista disse.

Dinheiro.

Dinheiro?

Dinheiro.

O motorista ligou o motor e saiu para a estrada.

Acende os faróis, Moss disse.

Ele acendeu os faróis.

Quanto dinheiro?

Muito dinheiro. Quanto vai custar para você me levar até San Antonio.

O motorista pensou no assunto. Quer dizer além dos quinhentos.

Sim.

Que tal mil no total.

Tudo incluído.

Sim.

Fechado.

O motorista fez que sim. E então quanto à outra metade destas cinco notas de cem que já estão comigo.

Moss pegou as notas no bolso e as entregou passando o braço pelas costas do assento.

E se a Imigração parar a gente.

Não vão nos parar, Moss disse.

Como você sabe?

Há muita merda que eu ainda tenho que encarar nessa história. Ela não vai terminar aqui.

Espero que você esteja certo.

Confie em mim, Moss disse.

Detesto ouvir essas palavras, o motorista disse. Sempre detestei. Alguma vez já disse?

Já. Já disse. Foi assim que descobri o quanto elas valem.

Ele passou a noite num Rodeway Inn na rodovia 90 a oeste da cidade e pela manhã desceu e comprou um jornal e subiu com esforço até o seu quarto. Não podia comprar uma arma numa loja porque não tinha um documento de identidade mas podia comprar uma pelo jornal e foi o que fez. Uma Tec-9 com dois pentes sobressalentes e uma caixa e meia de cartuchos. O homem entregou a arma na sua porta e ele pagou em espécie. Virou a arma nas mãos. Tinha um acabamento fosfatizado num tom de verde. Semiautomática. Quando foi a última vez que atirou com ela? ele disse.

Nunca atirei.

Tem certeza de que funciona?

Por que não funcionaria?

Não sei.

Eu também não.

Depois que ele foi embora Moss caminhou até a pradaria atrás do motel com um dos travesseiros do motel debaixo do braço e envolveu a boca da arma com o travesseiro e disparou três tiros e depois ficou ali sob a luz fria do sol observando as penas flutuarem pelo chaparral cinzento, pensando em sua vida, no que tinha acontecido e no que estava por vir. Então se virou e caminhou lentamente de volta ao motel deixando o travesseiro queimado no chão.

Descansou no saguão e em seguida subiu outra vez ao quarto. Tomou um banho de banheira e verificou o buraco por onde a bala saíra na parte inferior das suas costas no espelho do banheiro. Parecia bem feio. Havia drenos nos dois buracos e ele queria tirá-los mas não tirou. Soltou o curativo no braço e verificou o sulco profundo que a bala havia escavado ali e depois colocou de volta o curativo. Vestiu-se e colocou mais algumas notas no bolso de trás do jeans e colocou a pistola e os pentes no estojo e fechou-o e chamou um táxi e pegou a valise e saiu e desceu a escada.

Comprou um Ford 1978 com tração nas quatro rodas e motor com 460 cavalos numa loja na North Broadway e pagou ao homem em espécie e autenticou os documentos lá mesmo e colocou os documentos no porta-luvas e foi embora. Voltou ao motel e fez o check-out e saiu, a Tec-9 debaixo do banco e a valise e sua sacola de roupas no chão da picape do lado do passageiro.

Na rampa de acesso em Boerne havia uma garota pedindo carona e Moss parou e buzinou e observou-a pelo retrovisor. Correndo, a mochila azul de náilon pendurada num ombro. Ela subiu na picape e olhou para ele. Quinze, dezesseis. Cabelo ruivo. Até onde você vai? ela disse.

Você sabe dirigir?

Sei. Sei dirigir. Não é câmbio manual é?

Não. Saia e dê a volta.

Ela deixou a mochila no assento e saiu da picape e deu a volta pela frente. Moss empurrou a mochila para o chão e passou para o outro assento apoiando o corpo nos braços e ela entrou e engrenou a picape e eles entraram na interestadual.

Quantos anos você tem?

Dezoito.

Mentira. O que está fazendo aqui? Sabe que é perigoso pegar carona?

Sei. Sei sim.

Ele tirou o chapéu e colocou no assento ao lado e recostou e fechou os olhos. Não ultrapasse o limite de velocidade, ele disse. Se os guardas pararem a gente tanto eu quanto você vamos estar na merda.

Tudo bem.

Estou falando sério. Se você ultrapassar o limite de velocidade te jogo fora daqui na estrada.

Tudo bem.

Ele tentou dormir mas não conseguiu. Estava sentindo muita dor. Depois de algum tempo se sentou e pegou o chapéu que estava sobre o assento e colocou-o e olhou para o velocímetro.

Posso te perguntar uma coisa? ela disse.

Pode perguntar.

Você está fugindo da lei?

Moss se ajeitou no assento e olhou para ela e olhou para a estrada.
O que te faz perguntar isso?

Foi o que você disse antes. Sobre a polícia parar a gente.

E se eu estivesse?

Então acho que eu deveria sair aqui mesmo.

Você não acha isso. Só quer saber onde está pisando.

Ela olhou para ele com o canto do olho. Moss estava observando a
paisagem que passava. Se você ficar três dias comigo, ele disse, consigo
fazer com que você aprenda a assaltar postos de gasolina. Seria moleza.

Ela sorriu um meio-sorriso engraçado. É isso o que você faz? ela
disse. Assalta postos de gasolina?

Não. Não preciso fazer isso. Está com fome?

Estou bem.

Quando foi que você comeu pela última vez.

Não gosto que as pessoas fiquem perguntando quando foi que
eu comi pela última vez.

Tudo bem. Quando foi que você comeu pela última vez?

Sabia que você era um espertinho no instante em que entrei na
picape.

Certo. Vá por aqui nesta próxima saída. Deve ficar a uns seis
quilômetros. E pegue para mim a metralhadora embaixo do assento.

Bell atravessou devagar o mata-burro e saiu e fechou a porteira
e voltou para a picape e cruzou o pasto e parou junto ao poço e foi
andando até o tanque. Colocou a mão dentro d'água e pegou um
pouco e derramou outra vez. Tirou o chapéu e passou a mão molhada pelo cabelo e olhou para o moinho de vento. Olhou para a elipse
lenta e escura das pás girando sobre o capim seco e curvado sob o
vento. Baixinho um barulho de madeira rolando sob seus pés. Então
ele apenas ficou de pé ali girando a aba do chapéu devagar entre os
dedos. A postura de um homem que talvez tenha acabado de enterrar
alguma coisa. Não sei droga nenhuma, ele disse.

Quando chegou em casa o jantar estava esperando. Deixou as chaves da picape na gaveta da cozinha e foi até a pia lavar as mãos. Sua mulher colocou um pedaço de papel na bancada e ele ficou olhando.

Ela disse onde estava? Este é um telefone de West Texas.

Ela só disse que era Carla Jean e deixou o telefone.

Ele foi até o aparador e ligou. Ela e a avó estavam num motel nos arredores de El Paso. Preciso que você me diga uma coisa, ela disse.

Tudo bem.

Você é um homem de palavra?

Sou.

Mesmo para mim?

Eu diria que especialmente para você.

Ele podia ouvi-la respirando sobre o fone. Tráfego à distância.

Xerife?

Sim senhora.

Se eu disser de onde ele telefonou você me dá sua palavra de que nada de ruim vai acontecer com ele.

Dou minha palavra de que nada de ruim vai acontecer com ele no que me diz respeito. Posso garantir.

Depois de algum tempo ela disse: Está bem.

O homem sentado à mesinha de compensado que se desdobrava da parede sobre uma perna também dobrável acabou de escrever no bloco de papel e tirou os fones de ouvido e colocou na mesa à sua frente e passou as duas mãos pelos lados do cabelo negro. Virou-se e olhou para os fundos do trailer onde o segundo homem estava estendido sobre a cama. Listo? ele disse.

O homem se sentou e girou as pernas colocando-as no chão. Ficou sentado ali por um minuto e depois se levantou e se aproximou.

Conseguiu?

Consegui.

Ele arrancou a folha do bloco e entregou a ele e ele leu e dobrou-a e colocou no bolso da camisa. Então estendeu o braço e abriu um dos armários da cozinha e pegou uma submetralhadora com acabamento de camuflagem e um par de pentes extra e abriu a porta empurrando-a e desceu os degraus para o terreno e fechou a porta depois de sair. Atravessou o piso de cascalho até o local onde um Plymouth Barracuda preto estava estacionado e abriu a porta e jogou a metralhadora no assento oposto e se abaixou para entrar e fechou a porta e ligou o motor. Puxou a válvula do afogador umas duas vezes e depois saiu para o asfalto e acendeu os faróis e engrenou a segunda e seguiu pela estrada com o carro afundado nos grandes pneus traseiros e rabeando e os pneus cantando e soltando nuvens de fumaça de borracha queimada atrás dele.

VIII

Perdi vários amigos ao longo desses últimos anos. Nem todos mais velhos do que eu. Uma das coisas que você descobre sobre ficar mais velho é que nem todo mundo vai envelhecer junto com você. Você tenta ajudar as pessoas que estão pagando o seu salário e é claro que não dá para evitar pensar no tipo de registro que você deixa. Este condado não tem um homicídio que não tenha sido solucionado em quarenta e um anos. Agora temos nove numa semana. Eles vão ser solucionados? Não sei. Cada dia que passa está contra você. O tempo não está do seu lado. Não sei se seria um elogio se você ficasse conhecido por entender e prever as ações de um bando de traficantes. Não que eles tenham tanto trabalho assim para entender e prever as nossas ações. Eles não têm nenhum respeito pela lei? Isso é dizer pouco. Eles nem mesmo pensam na lei. Não parece sequer lhes dizer respeito. É claro que aqui há um tempo atrás em San Antonio eles atiraram num juiz federal e o mataram. Acho que ele lhes dizia respeito. Somado a isso existem homens da lei nesta fronteira ficando ricos graças aos narcóticos. É uma coisa dolorosa de se saber. Ou é para mim. Não acredito que isso fosse verdade nem dez anos atrás. Um homem da lei corrupto é uma droga duma abominação. É tudo o que dá para dizer sobre isso. Ele é dez vezes pior do que o criminoso. E isso não vai passar. Se passasse para onde iria?

E isso pode parecer ignorância mas acho que para mim o pior de tudo é saber que provavelmente a única razão para eu ainda estar vivo é que eles não têm nenhum respeito por mim. E isso é muito doloroso. Muito doloroso. Isso ultrapassa qualquer coisa que você pudesse pensar mesmo há uns poucos anos. Há um tempo encontraram um DC-4 no condado de Presidio. Simplesmente estacionado no deserto. Eles tinham chegado certa noite feito uma espécie de pista de pouso e colocado fileiras de barris com piche para servir como luzes mas não havia jeito de fazer *aquela coisa decolar de novo dali. Tinham tirado quase tudo. Só o que havia nele era o assento do piloto. Dava para sentir o cheiro de maconha. Nem era preciso um cachorro. Bem o xerife foi até lá – e não vou dizer o nome dele – ele queria ficar ali e prendê-los quando eles voltassem para buscar o avião e por fim lhe disseram que ninguém ia voltar. Nunca iam voltar. Quando ele finalmente compreendeu o que estavam lhe dizendo apenas ficou totalmente calado e se virou e pegou o carro e foi embora.*

Quando estavam fazendo aquelas guerras do tráfico lá do outro lado da fronteira não se podiam comprar jarras de vidro em lugar nenhum. Para colocar suas conservas de frutas feitas em casa e coisas do tipo. Suas comidinhas. Não se encontravam. O que acontecia era que eles estavam usando as jarras para colocar granadas dentro. Se você voasse sobre a casa ou o quartel-general de alguém e jogasse granadas elas estouravam antes de atingir o chão. Então o que eles fizeram foi puxar o pino e enfiá-las dentro das jarras e atarraxar a tampa outra vez. Então quando elas atingiam o chão o vidro se quebrava e soltava a trava. A alavanca. Eles preparavam caixas dessas coisas. Difícil acreditar que um homem fosse voar pelos céus à noite num aviãozinho com uma carga dessas, mas foi o que eles fizeram.

Acho que se você fosse Satã e estivesse sentado pensando em alguma coisa capaz de colocar a humanidade de joelhos você provavelmente se decidiria pelos narcóticos. Talvez ele tenha feito isso. Eu disse isso a alguém outro dia no café da manhã e me perguntaram se eu acreditava em Satã. Eu disse Bem a questão não é essa. E me disseram Eu sei mas você acredita? Tive que pensar a respeito. Acho que quando era garoto acreditava. Já na meia-idade minha crença suponho que já tinha diminuído um pouco. Agora estou começando a pender de novo no mesmo sentido. Ele explica uma porção de coisas que de outro modo não têm explicação. Ou pelo menos para mim não têm.

Moss colocou a valise na mesa e se sentou apoiando-se nos braços em seguida. Ergueu o cardápio da armação de metal onde ele estava junto com a mostarda e o ketchup. Ela deslizou para o banco da frente. Ele não ergueu os olhos. O que vai querer, ele disse.

Não sei. Ainda não vi o cardápio.

Ele girou o cardápio e deslizou-o para a frente dela e se virou e procurou a garçonete.

E quanto a você? a garota disse.

O que eu vou querer?

Não. O que você é. Você parece ser uma figura.

Ele a estudou. As únicas pessoas que eu conheço que sabem quem é uma figura são, ele disse, são outras figuras.

Talvez eu seja só uma colega viajante.

Colega viajante.

É.

Bem agora você é.

Você está ferido, não está?

O que te faz dizer isso?

Você mal consegue andar.

Talvez seja apenas um velho ferimento de guerra.

Não acho que seja. O que aconteceu com você?

Quer dizer recentemente?

É. Recentemente.

Você não precisa saber.

Por que não?

Não quero que fique toda nervosa comigo.

O que te faz pensar que eu ficaria nervosa?

Porque garotas más gostam de garotos maus. O que você vai querer?

Não sei. O que é que você faz?

Três semanas atrás eu era um cidadão dentro da lei. Trabalhando num emprego das nove às cinco. Das oito às quatro, de todo modo. Coisas acontecem porque simplesmente acontecem. Não perguntam antes. Não te pedem permissão.

Essa é a coisa mais verdadeira que eu já ouvi, ela disse.

Se ficar perto de mim vai ouvir mais algumas.

Acha que eu sou uma garota má?

Acho que você gostaria de ser.

O que é que tem nessa pasta de documentos?

Documentos.

O que tem aí.

Eu poderia te dizer, mas daí eu teria que te matar.

Você não deveria andar armado em lugares públicos. Não sabia disso? Sobretudo uma arma dessa.

Deixa eu te perguntar uma coisa.

Vá em frente.

Quando o tiroteio começa você preferia estar armada ou estar dentro da lei?

Não quero estar em nenhum tiroteio.

Quer sim. Está escrito na sua testa. Você só não quer levar um tiro. O que vai querer?

E quanto a você?

Cheeseburger e um leite achocolatado.

A garçonete veio e eles fizeram o pedido. Ela escolheu o sanduíche quente de carne com purê de batatas e molho. Você nem me perguntou para onde eu ia, ela disse.

Eu sei para onde você vai.

Então para onde é.

Vai seguir a estrada.

Isso não é resposta.

É mais do que só uma resposta.

Você não sabe tudo.

Não sei mesmo.

Você já matou alguém?

Já, ele disse. E você?

Ela pareceu embaraçada. Você sabe que eu nunca matei ninguém.
Não sei não.
Bem mas eu não matei.
Você não matou, então.
Você também ainda não terminou, não é?
Terminei o quê.
O que eu acabei de dizer.
De matar gente?
Ela olhou ao redor para ver se alguém poderia ouvi-los.
É, ela disse.
Seria difícil dizer.
Depois de algum tempo a garçonete trouxe os pedidos. Ele mordeu a ponta de um pacote de maionese e espremeu o conteúdo sobre o cheeseburger e estendeu a mão para pegar o ketchup. De onde você é? ele disse.

Ela bebeu um gole do seu chá gelado e enxugou a boca com o guardanapo de papel. Port Arthur, ela disse.

Ele fez que sim. Pegou o cheeseburger com as duas mãos e mordeu e recostou-se, mastigando. Nunca estive em Port Arthur.

Nunca te vi por lá.
Como poderia ter visto se eu nunca estive lá?
Não poderia. Só estava dizendo que nunca vi. Estava concordando com você.

Moss balançou a cabeça.
Comeram. Ele a observava.
Imagino que você esteja indo para a Califórnia.
Como sabe disso?
É nessa direção que está seguindo.
Bem é para lá que eu vou.
Tem algum dinheiro?
O que você tem a ver com isso?
Não tenho nada a ver com isso. Tem dinheiro?
Tenho algum.
Ele terminou o cheeseburger e limpou as mãos no guardanapo de papel e bebeu o resto do leite. Então colocou a mão no bolso e tirou o rolo de notas de cem e desdobrou-as. Separou mil dólares sobre a

mesa de fórmica e empurrou na direção dela e colocou o rolo de novo no bolso. Vamos, ele disse.

Para que é isto?

Para ir para a Califórnia.

O que eu tenho que fazer pelo dinheiro?

Não tem que fazer nada. Mesmo uma porca cega encontra uma bolota para comer de vez em quando. Guarda isso e vamos.

Eles pagaram e foram andando para a picape. Você não estava me chamando de porca agora há pouco estava?

Moss a ignorou. Me dá as chaves, ele disse.

Ela tirou as chaves do bolso e as entregou. Achei que talvez você tivesse esquecido que eu estava com elas, ela disse.

Não costumo me esquecer das coisas.

Eu poderia simplesmente ter dado o fora como se estivesse indo ao toalete e apanhado a sua picape e deixado você sentado aqui.

Não poderia não.

Por que não?

Entra no carro.

Eles entraram e ele colocou a valise entre os dois e tirou a Tec-9 do cinto e deslizou-a por baixo do assento.

Por que não? ela disse.

Não seja ignorante a vida inteira. Em primeiro lugar dava para ver todo o caminho da porta da frente até o estacionamento e até a picape. Em segundo lugar mesmo que eu fosse idiota o suficiente para ficar sentado de costas para a porta eu simplesmente teria chamado um táxi e ultrapassado você e te dado uma surra e deixado você caída num canto.

Ela ficou calada. Ele colocou a chave na ignição e ligou a picape e deu ré.

Você teria feito isso?

O que você acha?

Quando chegaram em Van Horn eram sete horas da noite. Ela havia dormido boa parte do caminho, enroscada na mochila como se fosse um travesseiro. Ele parou num posto para caminhoneiros e desligou o motor e os olhos dela se abriram de estalo como os de um cervo. Ela se endireitou no assento e olhou para ele e depois olhou para o estacionamento. Onde a gente está? ela disse.

Van Horn. Está com fome?

Comeria alguma coisa.

Quer um pouco de frango frito no diesel?

O quê?

Ele apontou para o anúncio lá em cima.

Não vou comer nada desse tipo, ela disse.

Ficou no toalete por um bom tempo. Quando saiu queria saber se ele tinha feito o pedido.

Fiz. Pedi um pouco daquele frango para você.

Você não fez isso, ela disse.

Pediram filés. Você come isso o tempo todo? ela disse.

Claro. Quando você é um verdadeiro desperado o céu é o limite.

O que é isso nessa corrente?

Isto?

É.

É um dente de javali selvagem.

Por que você usa isso?

Não é meu. Estou guardando para outra pessoa.

Uma pessoa do sexo feminino?

Não, uma pessoa morta.

Os filés chegaram. Ele a observou comer. Alguém sabe o que você está fazendo? ele disse.

O quê?

Eu disse alguém sabe o que você está fazendo.

Por exemplo quem?

Por exemplo alguém.

Você.

Não sei o que você está fazendo porque não sei quem você é.

Então somos dois.

Você não sabe quem você é?

Não, bobo. Não sei quem você é.

Bem, vamos deixar as coisas desse jeito ninguém sai perdendo. Está bem?

Está bem. Por que você me perguntou isso?

Moss pegou o molho da carne com meio pãozinho. Só pensei que provavelmente era verdade. Para você é um luxo. Para mim é necessidade.

Por quê? Porque tem alguém atrás de você?

Talvez.

Gosto das coisas desse jeito, ela disse. Você acertou essa parte.

Não demora muito para tomar gosto pela coisa, não é mesmo?

Não, ela disse. Não demora.

Bem, não é tão simples quanto parece. Você vai ver.

E por quê.

Há sempre alguém que sabe onde você está. Sabe onde e por quê. Pelo menos a maior parte.

Está falando de Deus?

Não. Estou falando de você.

Ela comeu. Bem, ela disse. Você estaria com problemas se não soubesse onde está.

Não sei. Estaria?

Não sei.

Suponha que estivesse em algum lugar que não soubesse onde ficava. O que você realmente não saberia seria onde ficava outro lugar. Ou a que distância ficava. Isso não mudaria nada com relação ao lugar onde você estava.

Ela pensou a respeito. Tento não pensar em coisas desse tipo, disse.

Acha que quando chegar à Califórnia vai ser como começar de novo.

São as minhas intenções.

Acho que talvez essa seja a questão. Há uma estrada que vai para a Califórnia e outra que volta. Mas o melhor caminho seria simplesmente aparecer por lá.

Aparecer por lá.

É.

Quer dizer e não saber como você chegou lá?

É. E não saber como você chegou lá.

Não sei como faria isso.

Também não. A questão é essa.

Ela comeu. Olhou ao redor. Posso tomar um café? ela disse.

Você pode tomar qualquer coisa que quiser. Tem dinheiro.

Ela olhou para ele. Acho que não estou entendendo qual é a questão.

A questão é que não há nenhuma questão.

Não. Quero dizer sobre o que você falou. Sobre saber onde você está.

Ele olhou para ela. Depois de algum tempo disse: Não é sobre saber onde você está. É sobre pensar que chegou ali sem levar nada junto. Suas noções sobre começar de novo. Ou a de qualquer pessoa. Você não começa de novo. Essa é a verdade. Cada passo que você dá é para sempre. Não pode fazer com que desapareça. Nenhum deles. Entende o que eu estou dizendo?

Acho que sim.

Sei que você não acredita mas deixa eu tentar mais uma vez. Você acha que quando acorda de manhã o ontem não conta. Mas o ontem é tudo o que conta. O que mais existe? Sua vida é feita dos dias de que ela é feita. Mais nada. Você talvez ache que poderia fugir e mudar de nome e não sei mais o quê. Começar de novo. E então numa manhã você acorda e olha para o teto e adivinhe quem está lá?

Ela fez que sim.

Entende o que estou dizendo?

Entendo. Já passei por isso.

É, sei que já.

Então você se arrepende de ter se tornado um fora da lei?

Me arrependo de não ter começado antes. Está pronta?

Quando ele saiu da recepção do motel entregou a ela uma chave.

O que é isso?

É a sua chave.

Ela ergueu a chave na mão e olhou para ele. Bem, ela disse. Você é quem sabe.

Isso mesmo.

Acho que você está com medo de que eu veja o que tem nessa valise.

Na verdade não.

Ele ligou o motor da picape e foi para o estacionamento atrás da recepção do motel.

Você é viado? ela disse.

Eu? Sou. Completamente viado.

Não parece.

Verdade? Você conhece muitos viados?

Você não se comporta como um, acho que é o que eu estou querendo dizer.

Bem querida e o que você sabe a esse respeito?

Não sei.

Diga de novo.

O quê?

Diga de novo. Não sei.

Não sei.

Assim está bom. Você precisa praticar isso. De fato te cai bem.

Mais tarde ele saiu e dirigiu até a loja de conveniência. Quando voltou ao motel ficou sentado ali estudando os carros no estacionamento. Depois saiu.

Foi andando até o quarto dela e bateu na porta. Esperou. Bateu de novo. Viu a cortina se mexer e então ela abriu a porta. Estava ali de pé usando o mesmo jeans e a mesma camiseta. Parecia ter acabado de acordar.

Sei que você não tem idade para beber mas pensei em ver se queria tomar uma cerveja.

Tá, ela disse. Eu tomo uma cerveja.

Ele pegou uma das garrafas geladas de dentro do saco marrom de papel e entregou a ela. Aqui está, ele disse.

Já tinha se virado para ir embora. Ela saiu do quarto e deixou a porta bater atrás dela. Não precisa correr desse jeito, ela disse.

Ele parou no degrau mais baixo.

Tem mais uma dessas aí nesse saco?

Tenho. Mais duas. E pretendo beber ambas.

Só quis dizer que talvez você quisesse ficar aqui e beber uma delas comigo.

Ele olhou para ela apertando os olhos. Já reparou em como as mulheres têm dificuldade em aceitar um não como resposta? Acho que começa mais ou menos aos três anos de idade.

E quanto aos homens?

Eles se acostumam. É melhor que se acostumem.

Não vou dizer uma palavra. Vou só ficar aqui.

Não vai dizer uma palavra.

Não.

Bem isso já é uma mentira.

Bem não vou dizer quase nada. Vou ficar realmente quieta.

Ele se sentou no degrau e pegou uma das cervejas do saco e girou a tampinha e virou a garrafa e bebeu. Ela se sentou no degrau seguinte e fez a mesma coisa.

Você dorme bastante? ele disse.

Sempre que tenho a oportunidade. Durmo. Você?

Não tive uma noite de sono em mais ou menos duas semanas. Não sei como seria. Acho que isso está começando a me deixar idiota.

Você não me parece idiota.

Bem, isso pelos seus critérios.

O que isso quer dizer?

Nada. Só estou brincando com você. Vou parar.

Você não tem drogas naquela sacola tem?

Não. Por quê? Você usa drogas?

Eu fumaria um pouco de erva se você tivesse.

Bem eu não tenho.

Tudo bem.

Moss sacudiu a cabeça. Bebeu.

Eu só quis dizer que está tudo bem se a gente só ficar sentado aqui e tomar uma cerveja.

Bem fico feliz em saber que está tudo bem.

Para onde você está indo? Você nunca disse.

Difícil dizer.

Mas não está indo para a Califórnia, está?

Não. Não estou.

Eu não pensei que estivesse.

Vou para El Paso.

Achei que você não soubesse para onde ia.

Talvez eu tenha acabado de decidir.

Acho que não.

Moss não respondeu.

É bom ficar aqui fora, ela disse.

Acho que depende de onde você estava antes.

Você não saiu da penitenciária ou coisa assim saiu?

Acabo de escapar do corredor da morte. Tinham terminado de raspar a minha cabeça para a cadeira elétrica. Dá para ver onde começou a crescer.

Você diz um monte de bobagem.

Mas seria engraçado se descobrisse que é verdade, não seria?

A justiça está atrás de você?

Todo mundo está atrás de mim.

O que você fez?

Andei apanhando mocinhas que pediam carona e enterrando no deserto.

Isso não tem graça.

Tem razão. Não mesmo. Só estava brincando com você.

Você disse que ia parar.

Vou parar.

Alguma vez você diz a verdade?

Digo. Digo a verdade.

Você é casado, não é?

Sou.

Qual o nome da sua mulher?

Carla Jean.

Ela está em El Paso?

Está.

Ela sabe como você ganha a vida?

Sim. Sabe. Sou soldador.

Ela o observava. Para ver o que mais ele diria. Ele não disse nada.

Você não é soldador, ela disse.

Por que não?

Por que você arranjou aquela metralhadora?

Porque tem gente má atrás de mim.

O que você fez a eles?

Peguei uma coisa que pertence a eles e eles querem de volta.

Isso não me parece uma solda.

Não parece mesmo, não é? Acho que não tinha pensado nisso.

Ele bebeu a cerveja. Segurando o gargalo entre o polegar e o indicador.

E é o que está naquela valise. Não é?

Difícil dizer.

Você é um arrombador de cofres?

Um arrombador de cofres?

É.

Por que você pensou nisso?

Não sei. Você é?

Não.

Bem você é alguma coisa. Não é?

Todo mundo é alguma coisa.

Já esteve na Califórnia?

Já. Já estive na Califórnia. Tenho um irmão que mora lá.

Ele gosta de lá?

Não sei. Ele mora lá.

Mas você não moraria lá, não é?

Não.

Acha que é para lá que eu devia ir?

Ele olhou para ela e desviou novamente o olhar. Esticou as pernas sobre o concreto e cruzou as botas e olhou para o estacionamento na direção da autoestrada e das luzes na autoestrada. Querida, ele disse, como diabos eu haveria de saber para onde você deve ir?

É. Bem, eu te agradeço por ter me dado aquele dinheiro.

De nada.

Você não precisava fazer aquilo.

Achei que você não ia falar.

Tudo bem. Mas é um bocado de dinheiro.

Não é a metade do que você pensa que é. Vai ver.

Não vou torrar tudo. Preciso de dinheiro e de um lugar onde ficar.

Você vai ficar bem.

Espero que sim.

A melhor maneira de viver na Califórnia é ser de outro lugar. Provavelmente a melhor maneira é ser de Marte.

Espero que não. Porque eu não sou.

Você vai ficar bem.

Posso te perguntar uma coisa?

Tá. Vá em frente.

Quantos anos você tem?

Trinta e seis.

Isso é bastante coisa. Não sabia que você era tão velho assim.

Eu sei. Eu meio que me surpreendi também.

Tenho a sensação de que devia estar com medo mas não estou.

Bem. Também não posso te dar conselhos quanto a isso. A maioria das pessoas foge da mãe para a oportunidade de abraçar a morte. Não podem esperar para vê-la.

Acho que é o que você acha que eu estou fazendo.

Não quero nem saber o que você está fazendo.

Eu me pergunto onde estaria agora se não tivesse te encontrado de manhã.

Não sei.

Sempre tive sorte. Com esse tipo de coisa. Encontrar gente.

Bem, acho cedo demais para dizer isso.

Por quê? Você vai me enterrar no deserto?

Não. Mas tem um bocado de azar por aqui. Se ficar por perto tempo o suficiente vai conseguir sua parcela.

Acho que já tive o suficiente. Acredito que esteja na hora de mudar. Talvez já tenha passado da hora.

É? Bem não passou.

Por que você diz isso?

Ele olhou para ela. Deixa eu te dizer uma coisa, irmãzinha. Se há uma coisa neste planeta que você não parece é um monte de sorte ambulante.

Isso é uma coisa horrível de se dizer.

Não é não. Só quero que você tome cuidado. Quando chegarmos a El Paso vou te deixar na rodoviária. Você tem dinheiro. Não precisa ficar por aí pedindo carona.

Tudo bem.

Tudo bem.

Você teria feito o que disse lá atrás? Sobre se eu pegasse a sua picape?

O que foi?

Você sabe. Sobre me encher de porrada.

Não.

Eu achei que não.

Quer dividir esta última cerveja?

Tudo bem.

Corre lá para dentro e traz um copo. Volto num minuto.

Tudo bem. Não mudou de ideia mudou?

Sobre o quê?

Sobre você sabe o quê.

Não mudo de ideia. Gosto de acertar de saída.

Ele se levantou e seguiu pela calçada. Ela ficou na porta. Vou te contar uma coisa que ouvi num filme certa vez.

Ele parou e se virou. O que é?

Há um monte de bons vendedores por aí e você talvez ainda possa comprar alguma coisa.

Bem querida você só está um pouco atrasada. Porque eu já comprei. E acho que vou ficar com o que comprei.

Ele seguiu pela calçada e subiu os degraus e entrou.

O Barracuda parou num posto para caminhoneiros nos arredores de Balmorhea e entrou no lava a jato anexo. O motorista saiu e fechou a porta e olhou para o carro. Havia sangue e outras substâncias sobre o vidro e sobre a carroceria e ele se afastou e arranjou umas moedas numa máquina de trocar dinheiro e voltou e colocou-as no orifício e tirou a mangueira da armação e lavou o carro e enxaguou-o e entrou de novo e seguiu pela autoestrada na direção oeste.

Bell saiu de casa às sete e meia e tomou a rodovia 285 rumo ao norte para Fort Stockton. Eram trezentos e poucos quilômetros até Van Horn e ele achava que podia fazê-los em menos de três horas. Acendeu as luzes do teto. A uns quinze quilômetros de Fort Stockton na interestadual I-10 ele passou por um carro pegando fogo junto à rodovia. Havia carros de polícia no local e uma pista da rodovia estava bloqueada. Ele não parou mas isso lhe deu uma sensação ruim. Parou em Balmorhea e encheu outra vez a garrafa de café e chegou em Van Horn às dez e vinte e cinco.

Ele não sabia o que estava procurando mas não teve que procurar. No estacionamento do motel havia duas patrulhas do condado de Culberson com as luzes do teto girando. O motel estava isolado com fita amarela. Ele entrou e estacionou e deixou seu próprio giroscópio aceso.

O subdelegado não o conhecia mas o xerife sim. Estavam interrogando pela porta um homem sentado em mangas de camisa na traseira de uma das patrulhas. Se não é verdade que notícia ruim corre rápido. O que está fazendo por aqui, Xerife?

O que aconteceu, Marvin?

Um pequeno tiroteio. Sabe alguma coisa a respeito disso?

Não sei. Houve vítimas?

Saíram daqui há cerca de meia hora na ambulância. Dois homens e uma mulher. A mulher estava morta e o cara acho que também não vai conseguir escapar. O outro talvez consiga.

Sabe quem eram eles?

Não. Um dos homens era mexicano e estamos esperando checar para ver em nome de quem o carro está registrado. Nenhum deles tinha um documento de identidade. Nem com eles nem no quarto.

O que diz esse homem?

Diz que o mexicano começou. Diz que arrastou a mulher para fora do quarto e o outro homem saiu com a arma mas quando viu que o mexicano tinha uma arma apontada para a cabeça da mulher deixou a sua cair. E quando fez isso o mexicano empurrou a mulher para longe e atirou nela e depois se virou e atirou nele. Ele estava diante do quarto 117 logo ali. Matou os dois com uma droga de uma metralhadora. De acordo com essa testemunha o cara caiu pelos degraus e então pegou a arma outra vez e atirou no mexicano. O que eu não vejo como ele pode ter feito. Ele foi despedaçado. Dá para ver o sangue na calçada ali adiante. Chegamos aqui bem rápido depois da chamada. Cerca de sete minutos, eu acho. A garota morreu no ato.

Nenhuma identidade.

Nenhuma identidade. A picape do cara mais velho tem placas do vendedor.

Bell assentiu. Olhou para a testemunha. A testemunha tinha pedido um cigarro e acendeu-o e ficou sentado fumando. Parecia bastante confortável. Parecia já ter se sentado no banco traseiro de uma patrulha antes.

Essa mulher, Bell disse. Ela era anglo?

Sim. Era anglo. Tinha cabelo louro. Meio avermelhado, talvez.

Acharam alguma droga?

Ainda não. Continuamos procurando.

Algum dinheiro?

Ainda não achamos nada. A garota estava hospedada no 121. Tinha uma mochila com roupas e outras coisas e era tudo.

Bell olhou para baixo para a fileira de portas do motel. Pessoas de pé por ali em pequenos grupos conversando. Olhou para o Barracuda preto.

Essa coisa tem alguma coisa para fazer com que os pneus rodem?

Eu diria que os pneus rodam bastante bem. Tem um 440 com um *blower*.

Um *blower*?

É.

Não estou vendo.

É um *sidewinder*. Está debaixo do capô.

Bell ficou olhando para o carro. Depois se virou e olhou para o xerife. Pode se afastar daqui por um minuto?

Posso. No que está pensando?

Só achei que poderia te convencer a vir até a clínica comigo.

Tudo bem. Venha comigo.

Ótimo. Deixa só eu estacionar minha patrulha um pouco melhor.

Diabos, ela está bem assim, Ed Tom.

Deixa só eu parar aqui fora do caminho. Nem sempre você sabe quanto tempo vai demorar para voltar quando sai para ir a algum lugar.

Na recepção o xerife se dirigiu à enfermeira pelo nome. Ela olhou para Bell.

Ele está aqui para identificar um corpo.

Ela fez que sim e se levantou e colocou o lápis entre as páginas do livro que lia. Dois deles estavam mortos quando chegaram, ela disse. Levaram aquele mexicano daqui num helicóptero faz uns vinte minutos. Mas talvez vocês já saibam disso.

Ninguém me diz nada, querida, o xerife disse.

Acompanharam-na pelo corredor. Havia um rastro fino de sangue sobre o chão de concreto. Não seria difícil encontrá-los, seria? Bell disse.

Havia um sinal vermelho no final do corredor indicando Saída. Antes que chegassem ali ela se virou e inseriu uma chave numa porta de aço à esquerda e abriu-a e acendeu a luz. O lugar era de blocos de concreto sem pintura, sem janelas e vazio exceto por três mesas de maquinista de aço com rodinhas. Em duas delas havia corpos cobertos com pedaços de plástico. Ela ficou de pé com as costas voltadas para a porta aberta enquanto eles passavam um depois do outro.

Ele não é seu amigo é Ed Tom?

Não.

Levou uns dois tiros no rosto então acho que a aparência não vai ser das melhores. Não que eu não tenha visto piores. Aquela autoestrada é uma verdadeira zona de guerra, se quer saber a verdade.

Ele puxou o lençol para trás. Bell contornou a extremidade da mesa. Não havia nenhum apoio sob o queixo de Moss e sua cabeça estava virada de lado. Um dos olhos parcialmente aberto. Parecia um fora da lei num pedaço de mármore. Tinham tirado com uma esponja o sangue dele mas havia buracos em seu rosto e os dentes haviam sido arrancados com os tiros.

É ele?

É, é ele.

Pelo visto parece que você preferia que não fosse.

Vou ter que contar para a mulher dele.

Sinto muito.

Bell fez que sim.

Bem, o xerife disse. Não havia nada que você pudesse fazer sobre isso.

Não, Bell disse. Mas a gente sempre gosta de achar que há.

O xerife cobriu o rosto de Moss e estendeu o braço e levantou o plástico na outra mesa e olhou para Bell. Bell sacudiu a cabeça.

Pediram dois quartos. Ou ele pediu. Pagou em espécie. Não dava para ler o nome no registro. Só um rabisco.

O nome dele era Moss.

Tudo bem. Vamos levar essa informação para o escritório. Mocinha meio largada.

É.

Ele cobriu outra vez o rosto dela. Acho que a mulher dele também não vai gostar dessa parte.

Não, eu não imagino que goste.

O xerife olhou para a enfermeira. Ela ainda estava de pé apoiada na porta. Quantos tiros ela levou? ele disse. Você sabe?

Não sei não, Xerife. Pode dar uma olhada nela se quiser. Eu não me importo e sei que ela também não.

Não tem problema. Vai constar da autópsia. Está pronto, Ed Tom?

Sim. Eu estava pronto antes de entrar aqui.

Ele se sentou no escritório do xerife sozinho com a porta fechada e ficou olhando fixamente para o telefone sobre a mesa. Finalmente se levantou e saiu. O subdelegado levantou os olhos.

Ele foi para casa, imagino.

Sim senhor, o subdelegado disse. Posso ajudar em alguma coisa, Xerife?

Qual é a distância até El Paso?

Fica a cerca de cento e noventa quilômetros.

Diga a ele que eu mandei agradecer e que ligo amanhã.

Sim senhor.

Ele parou para comer no outro lado da cidade e ficou sentado à mesa e bebeu seu café e esperou as luzes se apagarem na autoestrada. Havia algo errado. As coisas não faziam sentido. Olhou para o relógio de pulso. 1:20. Pagou e saiu e entrou na patrulha e ficou sentado ali. Então seguiu até o cruzamento e virou na direção leste e voltou para o motel.

Chigurh se registrou num motel na interestadual direção leste e atravessou um campo cortado pelo vento no escuro e ficou observando o outro lado da autoestrada através de um par de binóculos. Os grandes caminhões que atravessam o país assomavam nas lentes e desapareciam. Ele se agachou sobre os calcanhares com os cotovelos nos joelhos, observando. Depois voltou para o motel.

Colocou o despertador para uma da manhã e quando tocou ele se levantou e tomou um banho e se vestiu e foi para a sua picape com a pequena bolsa de couro e colocou-a atrás do assento.

Parou no estacionamento do motel e ficou sentado ali por algum tempo. Recostado no assento olhando pelo retrovisor. Nada. Os carros de polícia já tinham ido embora fazia muito tempo. A fita amarela da polícia sobre a porta se erguia com o vento e os caminhões passavam zumbindo em direção ao Arizona ou à Califórnia. Ele saiu e caminhou até a porta e estourou a tranca com a arma pneumática e entrou e fechou a porta em seguida. Podia ver o quarto bastante bem com a luz que entrava pelas janelas. Pequenas quedas de luz entrando pelos buracos de balas na porta de compensado. Ele empurrou a mesinha de cabeceira para junto da parede e ficou de pé e pegou uma chave de fenda no bolso de trás e começou a tirar os parafusos da tampa de aço do respiradouro do duto de ar. Colocou-o sobre a mesa e enfiou a mão lá dentro e tirou a valise e desceu e foi até a janela e olhou para o estacionamento. Pegou a pistola da parte de trás do cinto e abriu a porta e saiu e fechou-a em seguida e se abaixou para passar sob a fita e foi até a sua picape e entrou.

Colocou a valise no chão e estava apanhando a chave para ligar a ignição quando viu a patrulha do condado de Terrell entrar no estacionamento em frente à recepção do motel a uns trinta metros dali. Soltou a chave e recostou no assento. A patrulha parou numa vaga e os faróis se apagaram. Depois o motor. Chigurh esperou, a pistola no colo.

Quando Bell saiu deu uma olhada pelo estacionamento e então foi até a porta do 117 e tentou abrir a maçaneta. A porta estava destrancada. Ele se abaixou sob a fita e abriu a porta e esticou o braço e encontrou o interruptor e acendeu a luz.

A primeira coisa que viu foi a grade e os parafusos sobre a mesa. Fechou a porta e ficou ali parado. Foi até a janela e olhou pela beirada da cortina para o estacionamento. Ficou ali por algum tempo. Nada se movia. Ele viu alguma coisa caída no chão e se adiantou e apanhou-a mas já sabia o que era. Virou-a na mão. Foi até a cama e se sentou ali e examinou o pequeno objeto de metal sobre a palma. Então jogou-o no cinzeiro sobre a mesa de cabeceira. Pegou o telefone mas estava mudo. Colocou o fone outra vez no gancho. Pegou a pistola do coldre e puxou a abertura e conferiu as balas no tambor e fechou com o polegar e sentou-se com a pistola nos joelhos.

Você não tem certeza de que ele esteja lá fora, ele disse.

Tem sim. Sabia disso no restaurante. Foi por isso que voltou.

Bem o que pretende fazer?

Ele se levantou e foi até o interruptor e apagou a luz. Cinco buracos de balas na porta. Ficou parado de pé com o revólver na mão, o polegar no cão nodoso. Depois abriu a porta e saiu.

Foi andando até a patrulha. Estudando os carros no estacionamento. Picapes em sua maioria. Sempre dava para ver o clarão do cano antes. Mas não antes o suficiente. Dá para sentir quando alguém está te observando? Um monte de gente achava que sim. Ele estendeu o braço e abriu a porta da patrulha com a mão esquerda. A luz do teto se acendeu. Ele entrou e fechou a porta e colocou a pistola no assento ao seu lado e pegou a chave e colocou na ignição e ligou o carro. Então deu ré para sair da vaga e acendeu os faróis e deu a volta para sair do estacionamento.

Quando ele já estava fora de vista do motel parou à beira da estrada e tirou o transmissor do gancho e ligou para o escritório do xerife. Mandaram dois carros. Pôs o aparelho transmissor no lugar e colocou a patrulha em ponto morto e deslizou de volta à beira da estrada apenas o suficiente para poder ver o letreiro do motel. Olhou para o relógio de pulso. 1:45. Aquele prazo de sete minutos os levaria a 1:52. Esperou. No motel nada se movia. À 1:52 ele os viu vindo pela estrada e sair pela rampa um atrás do outro com as sirenes ligadas e as luzes piscando. Ficou de olho no motel. Qualquer veículo que saísse do estacionamento e se dirigisse à estrada de acesso ele já estava determinado a fazer sair da pista.

Quando as patrulhas entraram no motel ele ligou o carro e acendeu os faróis e fez uma curva em U e voltou pela estrada na contramão e parou no estacionamento e saiu.

Seguiram pelo estacionamento veículo após veículo com lanternas e armas empunhadas e depois voltaram. Bell foi o primeiro a voltar e ficou encostado em sua patrulha. Fez que sim para os subdelegados. Senhores, ele disse, acho que fomos superados.

Guardaram as pistolas no coldre. Ele e o delegado-chefe foram até o quarto e Bell mostrou a ele a fechadura e o duto de ventilação e o cilindro da fechadura.

Com o que ele fez isso, Xerife? o subdelegado disse, segurando o cilindro na mão.

É uma longa história, Bell disse. Sinto muito fazer vocês virem até aqui para nada.

Não tem problema, Xerife.

Diga ao xerife que ligo para ele de El Paso.

Sim senhor, pode deixar que eu digo.

Duas horas mais tarde ele se registrou no Rodeway Inn na zona leste da cidade e pegou a chave e foi para o seu quarto e foi para a cama. Acordou às seis como sempre fazia e se levantou e fechou as cortinas e voltou para a cama mas não conseguiu dormir. Por fim se levantou e tomou banho e se vestiu e desceu até a cafeteria e tomou o café da manhã e leu o jornal. Ainda não haveria nada sobre Moss e a garota. Quando a garçonete veio com mais café ele lhe perguntou a que horas recebiam o jornal vespertino.

Não sei, ela disse. Eu parei de ler.

Não te culpo. Eu pararia se pudesse.

Eu parei de ler e fiz meu marido parar de ler.

Não me diga.

Não sei por que chamam aquilo de jornal de notícias. Eu não chamo de notícias aquilo que eles imprimem.

Não.

Quando foi a última vez em que o senhor leu sobre Jesus Cristo no jornal?

Bell sacudiu a cabeça. Não sei, ele disse. Acho que teria que dizer que já faz um tempo.

E acho que deve fazer mesmo, ela disse. Um bom tempo.

Ele já tinha batido em outras portas com o mesmo tipo de recado, não era uma completa novidade. Viu a cortina da janela se afastar um pouco e então a porta se abriu e ali estava ela de jeans com a camisa para fora olhando para ele. Nenhuma expressão. Apenas esperando. Ele tirou o chapéu e ela se apoiou no batente da porta e virou o rosto.

Sinto muito, minha senhora, ele disse.

Oh Deus, ela disse. Recuou cambaleando para dentro da sala e caiu no chão e enterrou o rosto nos antebraços com as mãos sobre a cabeça. Bell ficou ali de pé segurando o chapéu. Não sabia o que fazer. Não via qualquer sinal da avó. Duas empregadas espanholas estavam de pé no estacionamento observando e cochichando uma com a outra. Ele entrou na sala e fechou a porta.

Carla Jean, ele disse.

Oh Deus, ela disse.

Eu realmente sinto muito.

Oh Deus.

Ele ficou ali de pé, o chapéu na mão. Sinto muito, ele disse.

Ela ergueu a cabeça e olhou para ele. O rosto transfigurado. Maldito seja você, ela disse. Fica parado aí e me diz que sente muito? Meu marido morreu. Dá para entender isso? Se você disser que sente muito mais uma vez eu juro por Deus que vou pegar minha arma e te dar um tiro.

IX

Tive que tomar as palavras dela ao pé da letra. Não havia muito mais o que fazer. Nunca mais voltei a vê-la. Queria dizer a ela que o jeito como relataram tudo nos jornais não estava correto. Sobre ele e aquela garota. Afinal descobriram que ela estava fugindo de casa. Quinze anos de idade. Não acho que ele tenha tido nada com a garota e detesto que ela tenha pensado isso. E você sabe que ela pensou. Liguei para ela algumas vezes mas ela desligava o telefone e não posso culpá-la. Então quando me ligaram de Odessa e me disseram o que aconteceu eu mal pude acreditar. Não fazia sentido. Fui até lá mas não havia nada a fazer. A avó dela também tinha acabado de morrer. Tentei ver se conseguia as impressões digitais dele no banco de dados do FBI mas não havia nada ali. Queriam saber o nome dele e o que ele tinha feito e esse tipo de coisa. Você acaba fazendo papel de palhaço. Ele é um fantasma. Mas está por aí. Não dá para acreditar que é possível simplesmente aparecer e sumir desse jeito. Fico na espera de ouvir mais alguma notícia. Talvez eu ainda venha a ouvir. Ou talvez não. É fácil você se enganar. Dizer a si mesmo o que quer ouvir. Você acorda à noite e pensa nas coisas. Já não tenho mais certeza do que quero ouvir. Você diz a si mesmo que talvez essa história tenha acabado. Mas sabe que não acabou. Pode desejar o que quiser.

Meu pai sempre me disse para apenas fazer o melhor que puder e dizer a verdade. Dizia que não havia nada capaz de deixar um homem com a mente mais tranquila do que acordar pela manhã e não ter que tentar decidir quem você é. E se você fez alguma coisa errada apenas se levante e diga que fez e que sente muito e siga em frente. Não arraste as coisas junto com você. Acho que tudo isso parece bem simples hoje. Mesmo para mim. Mais uma razão para pensar a respeito. Ele não dizia muita coisa então tendo a me lembrar do que disse. E não me lembro que ele tivesse muita paciência para dizer as coisas duas vezes então aprendi a ouvir da primeira vez. Eu posso ter me afastado um pouco dessas coisas quando era jovem mas quando reencontrei o meu caminho eu resolvi com bastante determinação que não ia me afastar dele de novo e não me afastei. Acho que a verdade é sempre simples. Com certeza tem que ser. Precisa ser simples o bastante para que uma criança entenda. De outro modo seria tarde demais. Quando você finalmente entendesse seria tarde demais.

Chigurh parou diante da mesa da recepcionista usando terno e gravata. Colocou a valise no chão aos seus pés e olhou ao redor para o escritório.

Como é que se escreve? ela disse.

Ele falou.

Ele está esperando o senhor?

Não. Não está. Mas vai ficar feliz em me ver.

Só um minuto.

Ela tocou o interfone para a sala. Fez-se silêncio. Então desligou. Pode entrar, disse.

Ele abriu a porta e entrou e um homem à mesa se levantou e olhou para ele. Deu a volta pela mesa e estendeu a mão. Conheço esse nome, ele disse.

Sentaram-se num sofá no canto do escritório e Chigurh colocou a valise na mesa de centro e fez um gesto com a cabeça. Isso é seu, ele disse.

O que é?

É um dinheiro que te pertence.

O homem ficou sentado olhando para a valise. Então se levantou e foi até a mesa e apertou um botão. Não transfira ligações para mim, ele disse.

Virou-se e colocou as mãos nos dois lados da mesa atrás dele e se inclinou para trás e estudou Chigurh. Como você me encontrou? ele disse.

Que diferença faz?

Faz diferença para mim.

Não precisa se preocupar. Não vem mais ninguém.

Como é que sabe?

Porque sou eu quem determina quem vem e quem não vem. Acho que precisamos chegar logo ao ponto principal. Não quero perder um tempão tentando fazer com que fique tranquilo. Acho que seria impossível e eu não receberia nenhuma recompensa. Então vamos falar de dinheiro.

Está bem.

Parte dele está faltando. Cerca de cem mil dólares. Parte foi roubada e parte serviu para cobrir minhas despesas. Passei por algumas dificuldades para recuperar sua propriedade então prefiro que não se dirija a mim como uma espécie de porta-voz de más notícias. Há dois milhões e trezentos mil nesta valise. Sinto não ter conseguido recuperar tudo, mas aqui está.

O homem não tinha se movido. Depois de algum tempo disse: Quem diabos é você?

Meu nome é Anton Chigurh.

Sei disso.

Então por que perguntou?

O que você quer. Acho que esta é a minha pergunta.

Bem. Eu diria que o propósito da minha visita é simplesmente restabelecer a minha bona fide. Como alguém que é especialista num ramo difícil. Como alguém que é completamente confiável e completamente honesto. Algo desse tipo.

Alguém com quem eu poderia fazer negócios.

Sim.

Você está falando sério.

Cem por cento.

Chigurh observava-o. Observava a dilatação de seus olhos e o pulso da artéria em seu pescoço. O ritmo de sua respiração. Assim que colocou as mãos sobre a mesa atrás dele parecia algo relaxado. Ainda estava de pé na mesma posição mas já não dava mais a mesma impressão.

Por acaso tem uma bomba nessa droga dessa valise aí?

Não. Nenhuma bomba.

Chigurh desatou as fivelas e abriu os fechos de metal e abriu a aba de couro e empurrou a valise para a frente.

Certo, o homem disse. Fecha logo isso.

Chigurh fechou a valise. O homem parou de se apoiar na mesa e se endireitou. Enxugou a mão com os nós dos dedos.

Acho que o que você precisa considerar, Chigurh disse, é como antes de mais nada perdeu o dinheiro. A quem você deu ouvidos e o que aconteceu quando fez isso.

Sim. Não podemos conversar aqui.

Compreendo. De todo modo não espero que você absorva tudo isso de uma vez só. Telefono dentro de dois dias.

Está bem.

Chigurh se levantou do sofá. O homem fez um gesto com a cabeça na direção da valise. Você poderia fazer um bocado de negócios seus com isso, ele disse.

Chigurh sorriu. Temos muito o que conversar, ele disse. Agora vamos lidar com gente nova. Não vai mais haver problemas.

O que aconteceu com as pessoas antigas?

Foram fazer outras coisas. Nem todo mundo é adequado a este tipo de trabalho. A perspectiva de lucros desmedidos leva as pessoas a superestimar suas próprias capacidades. Em suas mentes. Elas fingem para si mesmas que estão no controle dos eventos quando talvez não estejam. E é sempre a postura das pessoas em terreno desconhecido que chama a atenção de seus inimigos. Ou os desencoraja.

E você? E quanto aos seus inimigos?

Não tenho inimigos. Não permito uma coisa dessas.

Ele olhou ao redor para a sala. Belo escritório, ele disse. Discreto. Indicou com a cabeça uma pintura na parede. Isso é original?

O homem olhou para a pintura. Não, ele disse. Não é. Mas eu possuo a original. Mantenho num cofre.

Excelente, disse Chigurh.

O funeral foi num dia frio, de vento, em março. Ela estava de pé ao lado da irmã de sua avó. O marido da irmã estava sentado na frente dela numa cadeira de rodas com o queixo apoiado na mão. A morta tinha mais amigas do que teria imaginado. Estava surpresa. Elas vinham com seus rostos cobertos por véus pretos. Ela colocou a mão sobre o ombro do seu tio e ele levantou sua própria mão sobre o peito e deu uns tapinhas na mão dela. Achou que talvez ele tivesse adormecido. Durante todo o tempo em que o vento soprou e o pastor falou ela teve a sensação de que alguém a observava. Por duas vezes chegou a olhar ao redor.

Estava escuro quando chegou em casa. Foi para a cozinha e colocou água para ferver na chaleira e se sentou à mesa da cozinha. Ela não tinha sentido vontade de chorar. Agora sentia. Abaixou o rosto dentro dos braços cruzados. Oh mamãe, ela disse.

Quando foi lá para cima e acendeu a luz em seu quarto Chigurh estava sentado diante da mesinha esperando por ela.

Ela ficou de pé no vão da porta, a mão caindo devagar do interruptor de luz. Ele não se moveu em absoluto. Ela ficou ali parada, segurando o chapéu. Finalmente disse: Sabia que isso não tinha acabado.

Garota esperta.

Não está comigo.

O que não está?

Preciso me sentar.

Chigurh fez um gesto com a cabeça na direção da cama. Ela se sentou e colocou o chapéu na cama ao seu lado e depois pegou-o outra vez e segurou-o junto ao corpo.

Tarde demais, Chigurh disse.

Eu sei.

O que é que não está com você?

Eu acho que você sabe do que estou falando.

Quanto você tem.

Não tenho nada. Tinha cerca de sete mil dólares no total e vou te dizer já acabaram faz muito tempo e ainda há uma porção de contas para pagar. Enterrei minha mãe hoje. Ainda não paguei por isso também.

Eu não me preocuparia com isso.

Ela olhou para a mesa de cabeceira.

Não está aí, ele disse.

Ela estava sentada na cama curvada para a frente, segurando o chapéu entre os braços. Não tem motivo para me fazer mal, ela disse.

Eu sei. Mas dei minha palavra.

Sua palavra?

Sim. Estamos à mercê dos mortos. Neste caso seu marido.

Isso não faz sentido.

Temo que faça.

O dinheiro não está comigo. Você sabe que não.

Eu sei.

Você deu sua palavra ao meu marido que ia me matar?

Sim.

Ele está morto. Meu marido está morto.

Sim. Mas eu não estou.

Você não deve nada aos mortos.

Chigurh esticou de leve o pescoço. Não? ele disse.

Como poderia?

Como poderia não dever?

Eles estão mortos.

Sim. Mas a minha palavra não está morta. Nada pode mudar isso.

Você pode mudar isso.

Não acho. Mesmo alguém que não tenha fé pode achar útil usar Deus como um modelo para si. Muito útil, na verdade.

Você só está dizendo blasfêmias.

Palavras duras. Mas o que foi feito não pode ser desfeito. Acho que você compreende isso. Seu marido, talvez você fique chateada em saber, teve a oportunidade de protegê-la do mal e escolheu não fazer isso. A opção lhe foi dada e sua resposta foi não. Do contrário eu não estaria aqui agora.

Você pretende me matar.

Sinto muito.

Ela colocou o chapéu sobre a cama e se virou e olhou pela janela. As folhas novas das árvores à luz da lâmpada fluorescente no quintal se curvando depois se endireitando outra vez ao vento noturno. Não sei o que foi que eu fiz, ela disse. Não sei mesmo.

Chigurh assentiu. Provavelmente sabe, ele disse. Há uma razão para tudo.

Ela balançou a cabeça. Quantas vezes eu disse essas exatas palavras. Não vou voltar a dizer.

Você passou pela perda da fé.

Eu passei pela perda de tudo o que tinha. Meu marido queria me matar?

Sim. Há alguma coisa que você queira dizer?

Para quem?

Sou a única pessoa aqui.

Não tenho nada a dizer para você.

Vai ficar tudo bem. Tente não se preocupar.

O quê?

Vejo sua expressão, ele disse. Não faz diferença que tipo de pessoa eu sou, sabe. Você não deveria ficar mais assustada porque acha que eu sou uma pessoa ruim.

Eu soube que você era maluco quando te vi sentado aí, ela disse. Soube exatamente o que me aguardava. Mesmo que não pudesse dizer o que era.

Chigurh sorriu. É difícil de entender, eu sei. Vejo as pessoas lutarem com isso. A expressão com que ficam. Sempre dizem a mesma coisa.

O que é que dizem.

Dizem: Você não precisa fazer isso.

Não precisa.

Mas não ajuda, não é mesmo?

Não.

Então por que dizer?

Eu não tinha dito antes.

Todos vocês.

Sou só eu, ela disse. Não tem mais ninguém.

Sim. É claro.

Ela olhou para a arma. Virou o rosto. Ficou sentada com a cabeça baixa, os ombros sacudindo. Oh mamãe, ela disse.

Nada disso foi culpa sua.

Ela sacudiu a cabeça, soluçando.

Você não fez nada. Foi azar.

Ela fez que sim.

Ele a observava, o queixo na mão. Está bem, ele disse. Isso é o máximo que posso fazer.

Esticou a perna e colocou a mão no bolso e tirou algumas moedas e pegou uma e ergueu-a. Virou-a. Para que ela visse a justiça do que fazia. Segurou-a entre o polegar e o indicador e a sopesou e depois atirou-a ao ar girando e apanhou-a e a segurou coberta com a palma sobre o punho. Cara ou coroa, ele disse.

Ela olhou para ele, para o punho estendido. O quê? ela disse.

Cara ou coroa.

Não vou fazer isso.

Vai sim. Cara ou coroa.

Deus não ia querer que eu fizesse isso.

Claro que ia. Você deveria tentar se salvar. Cara ou coroa. É sua última chance.

Cara, ela disse.

Ele ergueu a mão. Tinha dado coroa.

Sinto muito.

Ela não respondeu.

Talvez seja melhor assim.

Ela desviou os olhos. Você finge que foi a moeda. Mas foi você.

Podia ter caído de um lado ou do outro.

A moeda não tinha escolha. Era só você.

Talvez. Mas veja as coisas pelo meu ponto de vista. Cheguei aqui do mesmo modo como a moeda chegou.

Ela ficou soluçando baixinho. Não respondeu.

Para coisas que têm um destino comum há um caminho comum. Nem sempre fácil de enxergar. Mas está ali.

Tudo que eu sempre quis aconteceu de um jeito diferente, ela disse. Não há nem um pedacinho da minha vida que eu poderia ter adivinhado. Nem isto, nem mais nada.

Eu sei.

Você não teria me deixado escapar de jeito nenhum.

Não tenho o que dizer diante disso. Cada momento da sua vida é uma bifurcação e cada uma delas uma escolha. Em algum lugar você fez uma escolha. Tudo se seguiu a isso. A contabilidade é escrupulosa. A forma já foi desenhada. Nenhuma linha pode ser apagada. Eu não acreditava na sua capacidade de fazer uma moeda te obedecer. Como você poderia? O caminho de uma pessoa no mundo raramente muda e ainda mais raramente ele muda de maneira abrupta. E a forma do seu caminho era visível desde o início.

Ela ficou sentada soluçando. Sacudiu a cabeça.

No entanto mesmo que eu pudesse te dizer como tudo isso ia terminar achei que não era muito pedir que você tivesse um último vislumbre de esperança no mundo para deixar seu coração mais leve antes que a mortalha caia, a escuridão. Entende?

Oh Deus, ela disse. Oh Deus.

Sinto muito.

Ela olhou para ele uma última vez. Você não precisa, ela disse. Não precisa. Não precisa.

Ele sacudiu a cabeça. Você está me pedindo que eu me torne vulnerável e isso não posso fazer nunca. Só tenho um modo de viver. Não estão previstos casos especiais. Uma disputa de cara ou coroa talvez. Neste caso com pouca utilidade. A maioria das pessoas não acredita que possa existir alguém assim. Dá para ver que problema isso deve ser para elas. Como triunfar sobre algo cuja existência você se recusa a reconhecer. Entende? Quando entrei na sua vida a sua vida tinha acabado. Teve um começo, um meio e um fim. Este é o fim. Você pode dizer que as coisas podiam ter acontecido de outro modo. Que podiam ter sido diferentes. Mas o que isso quer dizer? Não há outro modo. Elas são deste modo. Você está me pedindo para explicar o mundo de forma diferente. Entende?

Sim, ela disse, soluçando. Entendo. Entendo mesmo.

Ótimo, ele disse. Isso é ótimo. E então atirou.

O carro que bateu em Chigurh no cruzamento a três quarteirões da casa era um Buick de dez anos de idade que avançou um sinal vermelho. Não havia marcas de derrapagem do lado e o veículo não tinha feito qualquer tentativa de frear. Chigurh nunca usava cinto de segurança ao dirigir na cidade por causa desses acidentes e embora tivesse visto o veículo se aproximando e se jogado sobre o outro lado da picape o impacto carregou a porta amassada para dentro do lado do motorista até ele instantaneamente e quebrou seu braço em dois lugares e quebrou algumas costelas e fez cortes em sua cabeça e em sua perna. Ele rastejou para fora pela porta do passageiro e cambaleou até a calçada e se sentou no gramado de alguém e olhou para o braço. Osso se projetando por baixo da pele. Nada bom. Uma mulher usando um vestido de ficar em casa apareceu gritando.

O sangue não parava de escorrer para dentro dos seus olhos e ele tentava pensar. Segurou o braço e virou-o e tentou ver o quanto estava sangrando. Se a artéria mediana estava rompida. Achava que não. Sua cabeça rodava. Nenhuma dor. Ainda não.

Dois adolescentes estavam ali de pé olhando para ele.

Está tudo bem com o senhor?

Está, ele disse. Estou bem. Deixa só eu ficar aqui sentado um minuto.

Está vindo uma ambulância. Os homens ali foram chamar.

Tudo bem.

Tem certeza de que o senhor está bem.

Chigurh olhou para eles. Quanto você quer por essa camisa? ele disse.

Os dois se entreolharam. Que camisa?

Qualquer porcaria de camisa. Quanto?

Ele esticou a perna e colocou a mão no bolso e pegou o prendedor de dinheiro. Preciso de alguma coisa para atar em volta da cabeça e preciso de uma tipoia para este braço.

Um dos garotos começou a desabotoar a camisa. Caramba, moço. Por que não disse antes? Eu dou a minha camisa para o senhor.

Chigurh pegou a camisa e rasgou-a com os dentes e a cortou em duas nas costas. Enrolou uma bandana na cabeça e torceu a outra metade fazendo uma tipoia e passou o braço por dentro.

Amarra isso para mim, ele disse.

Os dois se entreolharam.

É só amarrar.

O garoto de camiseta se adiantou e se ajoelhou e deu um nó na tipoia. Esse braço não parece bem, ele disse.

Chigurh puxou com o polegar uma nota do prendedor e colocou o prendedor de volta no bolso e pegou a nota entre os dentes e ficou de pé e estendeu-a.

Caramba, moço. Não me incomodo em ajudar alguém. Isso é muito dinheiro.

Pegue. Pegue e não sabe como eu era. Escutou?

O garoto pegou a nota. Sim senhor.

Observaram-no sair pela calçada, segurando a parte torcida da bandana contra a cabeça, mancando ligeiramente. Uma parte é minha, o outro garoto disse.

Você ainda está com a droga da sua camisa.

O dinheiro não era para isso.

Pode ser, mas eu continuo com uma camisa a menos.

Foram andando até a rua onde os veículos estavam fumegando. As luzes da rua tinham se acendido. Uma poça de anticongelante verde estava se formando no bueiro. Quando passaram pela porta aberta da picape de Chigurh o garoto com a camiseta parou o outro com a mão. Está vendo o que eu estou vendo? ele disse.

Merda, o outro disse.

O que viram foi a pistola de Chigurh caída no chão da picape. Já podiam ouvir as sirenes à distância. Pega, o primeiro disse. Vai logo.

Por que eu?

Eu não tenho uma camisa onde esconder isso. Vá logo. Rápido.

Ele subiu os três degraus de madeira até a varanda e bateu sem forças na porta com as costas da mão. Tirou o chapéu e pressionou a manga da camisa sobre a testa e colocou-o de novo.

Entre, uma voz disse.

Ele abriu a porta e entrou na escuridão fria. Ellis?

Estou aqui nos fundos. Venha cá.

Ele atravessou a sala até a cozinha. O velho estava sentado junto à mesa em sua cadeira. O lugar cheirava a gordura de bacon velho e fumaça de lenha apagada fazia muito tempo no forno e por cima de tudo havia um leve odor de urina. Como o cheiro dos gatos mas não era só dos gatos. Bell parou no vão da porta e tirou o chapéu. O velho ergueu os olhos para ele. Um olho branco devido a um cacto onde um cavalo o havia atirado anos antes. Ei, Ed Tom, ele disse. Eu não sabia quem era.

Como é que o senhor está passando?

Você pode ver. Está sozinho?

Sim senhor.

Senta aí. Quer um café?

Bell olhou para a bagunça sobre o oleado xadrez. Frascos de remédio. Migalhas de pão. Revistas sobre cavalos quarto de milha. Não obrigado, ele disse. Grato por oferecer.

Recebi uma carta da sua mulher.

Pode chamá-la de Loretta.

Sei que posso. Você sabia que ela me escreve?

Acho que eu sabia que ela tinha escrito uma ou duas vezes.

Mais do que uma ou duas vezes. Ela escreve com uma frequência razoável. Me conta as novidades da família.

Eu não sabia que havia novidades.

Você ficaria surpreso.

Então o que havia de especial nessa carta.

Ela apenas me disse que você estava se demitindo, só isso. Senta aí.

O velho não ficou observando para ver se ele ia ou não se sentar. Começou a enrolar um cigarro com o tabaco que estava numa bolsa junto ao seu cotovelo. Torceu a ponta com a boca e virou-o e o acendeu com um velho isqueiro Zippo gasto até o metal. Ficou sentado fumando, segurando o cigarro entre os dedos como se fosse um lápis.

Está tudo bem com você? Bell disse.

Está tudo bem.

Fez a cadeira deslizar um pouco para o lado e ficou observando Bell através da fumaça. Sou obrigado a dizer que você parece mais velho, ele disse.

Estou mais velho.

O velho fez que sim. Bell tinha puxado uma cadeira e se sentado e colocou o chapéu em cima da mesa.

Deixa eu perguntar uma coisa ao senhor, ele disse.

Diga lá.

Qual o maior arrependimento da sua vida.

O velho olhou para ele, avaliando a pergunta. Não sei, ele disse. Não tenho tantos arrependimentos assim. Poderia imaginar um monte de coisas que você talvez achasse que poderiam tornar um homem mais feliz. Suponho que ser capaz de andar fosse uma delas. Você pode fazer sua própria lista. Talvez você até já tenha uma. Acho que quando você chega à idade adulta já alcançou o máximo de felicidade possível. Vai ter bons momentos e maus momentos, mas no fim vai estar tão feliz quanto era antes. Ou tão infeliz quanto. Conheci pessoas que simplesmente nunca conseguiram.

Sei o que o senhor quer dizer.

Sei que sabe.

O velho fumou. Se o que você está me perguntando é o que me deixou mais infeliz então acho que já sabe a resposta.

Sim senhor.

E não foi esta cadeira. E não foi este olho de algodão.

Sim senhor. Sei disso.

Você embarca numa viagem e provavelmente acha que tem pelo menos alguma noção de para onde vai. Mas talvez não tenha. Ou talvez tenham mentido para você. Então provavelmente ninguém vai te culpar. Se você desistir. Mas se for apenas o fato de as coisas terem acabado sendo um pouco mais duras do que você tinha pensado. Bem. Isso já é outra coisa.

Bell fez que sim.

Acho que algumas coisas é melhor não submeter ao teste.

Acho que isso está certo.

O que seria preciso para fazer Loretta te abandonar?

Não sei. Acho que eu teria que fazer alguma coisa que fosse muito ruim. Com certeza não seria apenas porque as coisas ficaram meio complicadas. Isso já aconteceu com ela uma ou duas vezes.

Ellis fez que sim. Bateu a ponta do cigarro na tampa de uma jarra sobre a mesa. Vou acreditar no que está dizendo, ele disse.

Bell sorriu. Olhou ao redor. Esse café é de quando?

Acho que está bom. Normalmente faço uma vez por semana mesmo se ainda estiver sobrando um pouco.

Bell sorriu outra vez e se levantou e levou a cafeteira até o balcão e ligou-a na tomada.

Sentaram-se à mesa bebendo café nas mesmas xícaras rachadas de porcelana que estavam naquela casa desde antes de ele nascer. Bell olhou para a xícara e olhou para a cozinha ao redor. Bem, ele disse. Algumas coisas não mudam, eu acho.

E que coisas seriam essas? o velho disse.

Diabos, não sei.

Eu também não.

Quantos gatos o senhor tem?

Vários. Depende do que você quer dizer com tem. Alguns deles são meio selvagens e o resto é simplesmente de foragidos. Correram pela porta quando ouviram sua picape.

O senhor ouviu a picape?

O que foi que disse?

Eu disse o senhor ouviu... O senhor está mexendo comigo.

O que te faz pensar isso?

O senhor ouviu?

Não. Vi os gatos saírem em debandada.

Quer mais um pouco?

Já chega para mim.

O homem que atirou no senhor morreu na prisão.

Em Angola. Sim.

O que o senhor teria feito se ele tivesse sido solto?

Não sei. Nada. Não haveria sentido em fazer. Não há sentido. Em nada disso.

Estou meio surpreso em ouvir o senhor dizer isso.

Você se cansa, Ed Tom. Durante todo o tempo em que fica tentando recuperar o que tiraram de você há mais coisas saindo pela porta. Depois de um tempo você apenas tenta colocar um torniquete. Seu avô nunca me pediu para eu me tornar um subdelegado com ele. Fiz isso por vontade própria. Diabos, não tinha mais nada para fazer. Pagava mais ou menos a mesma coisa do que trabalhar com gado. Seja como for, você nunca sabe de que azar ainda maior sua falta de sorte te poupou. Eu era jovem demais para uma guerra e velho demais para a outra. Mas vi os resultados. Você pode ser patriota e mesmo assim acreditar que algumas coisas custam mais do que valem. Pergunte às mães da Gold Star* o que elas pagaram e o que receberam em troca. Você sempre paga um preço alto demais. Particularmente pelas promessas. Não existe algo como um toma lá dá cá. Você vai ver. Talvez já tenha visto.

Bell não respondeu.

Sempre achei que quando eu ficasse mais velho Deus meio que entraria na minha vida de um jeito ou de outro. Não entrou. Eu não o culpo. Se eu fosse ele teria a mesma opinião sobre mim que ele tem.

Você não sabe o que ele pensa.

Sei sim.

Ele olhou para Bell. Eu me lembro de uma vez que você veio me ver depois de ter se mudado para Denton. Você entrou e olhou em volta e me perguntou o que eu pretendia fazer.

Sei.

Mas agora você não me perguntaria isso, perguntaria?

Talvez não.

* Organização das mães que perderam filhos nas guerras. (N. T.)

Não perguntaria.

Ele bebeu um gole do café velho e sem açúcar.

Você alguma vez pensa em Harold? Bell disse.

Harold?

Sim.

Não muito. Ele era um pouco mais velho do que eu. Tinha nascido em noventa e nove. Tenho quase certeza. O que te fez pensar em Harold?

Eu estava lendo algumas cartas da sua mãe para ele, só isso. Apenas me perguntei o que você se lembrava dele.

Havia alguma carta dele?

Não.

Você pensa em sua família. Tenta tirar algum sentido de tudo aquilo. Sei o que isso fez com minha mãe. Ela nunca superou. Conhece aquela canção gospel? Vamos entender tudo com o passar do tempo? Isso requer um bocado de fé. Você pensa nele indo para lá e morrendo numa trincheira em algum lugar. Dezessete anos de idade. Explica isso para mim se puder. Porque eu com certeza não posso.

Sei o que o senhor quer dizer. Quer ir a algum lugar?

Não preciso que ninguém fique me rebocando por aí. Pretendo só ficar sentado bem aqui. Estou bem, Ed Tom.

Não dá trabalho.

Eu sei.

Está bem.

Bell o observava. O velho apagou o cigarro na tampa. Bell tentou pensar em sua vida. Depois tentou não pensar. O senhor ainda não virou ateu virou tio Ellis?

Não. Não. Nada desse tipo.

Acha que Deus sabe o que está acontecendo?

Imagino que sim.

Acha que ele pode deter as coisas?

Não. Acho que não.

Ficaram sentados em silêncio diante da mesa. Depois de um tempo o velho disse: Ela mencionou que havia um monte de fotografias antigas da família e coisas do gênero. O que fazer com isso. Bem. Não há nada a fazer com isso eu suponho. Há?

Não. Acho que não há.

Disse a ela para mandar o velho distintivo feito de uma moeda de cinco pesos do tio Mac e o antigo revólver dele aos Rangers. Acho que eles têm um museu. Mas eu não sabia o que dizer a ela. Tem todas aquelas coisas aqui. Naquele armário lá dentro. Aquela escrivaninha de tampo corrediço está cheia de papéis. Ele inclinou a xícara e olhou para o fundo.

Ele nunca andou no grupo de Coffee Jack. O tio Mac. É tudo mentira. Não sei quem começou com isso. Ele foi morto a tiros na sua própria varanda no condado de Hudspeth.

Foi o que eu sempre ouvi dizer.

Sete ou oito deles vieram até a casa. Querendo isso e aquilo. Ele entrou em casa e saiu com uma espingarda mas eles já tinham se adiantado e atiraram nele em sua própria porta. Ela correu para fora e tentou parar o sangramento. Tentou levá-lo para dentro de casa. Disse que ele continuava tentando pegar outra vez a espingarda. Os homens simplesmente ficaram sentados ali em seus cavalos. Por fim foram embora. Eu não sei por quê. Alguma coisa os assustou, imagino. Um deles disse alguma coisa na língua dos índios e todos viraram as costas e foram embora. Não chegaram a entrar na casa nem nada. Ela levou ele para dentro mas ele era um homem grandão e ela não tinha como levantar ele e colocar na cama. Arrumou um leito no chão. Não havia nada a fazer. Ela sempre disse que devia ter deixado ele ali e saído em busca de ajuda mas não sei onde ela teria ido. Ele não teria deixado ela ir a lugar nenhum. Mal deixou ela entrar na cozinha. Ele sabia o que ia acontecer, mesmo se ela não soubesse. Levou um tiro no pulmão direito. E foi isso. Segundo dizem.

Quando foi que ele morreu?

Mil oitocentos e setenta e nove.

Não, quero dizer foi logo em seguida ou durante a noite ou o quê.

Acho que foi naquela noite. Ou de manhã cedo. Ela mesma enterrou ele. Cavando aquele caliche duro. Depois simplesmente arrumou as coisas na carroça e atrelou os cavalos e foi embora e nunca mais voltou. Aquela casa foi destruída num incêndio lá pelos anos vinte. O que ainda não tinha desmoronado. Eu poderia te levar lá hoje. A chaminé de pedra continuava de pé e talvez ainda esteja.

Havia um bom pedaço de terra onde tinham feito melhoramentos e loteamentos. Oito ou dez condomínios se eu me lembro bem. Ela não tinha como pagar os impostos, mesmo tão baixos como eram. Não tinha como vender. Você se lembra dela?

Não. Vi uma fotografia minha com ela de quando eu tinha uns quatro anos. Ela está sentada numa cadeira de balanço na varanda desta casa e eu estou em pé ao lado. Gostaria de me lembrar dela mas não lembro.

Ela nunca voltou a se casar. Anos mais tarde virou professora. San Angelo. Esta terra era dura com as pessoas. Mas elas nunca pareciam culpar a terra por isso. Num certo sentido isso parece peculiar. Que não culpassem. Pense em tudo o que aconteceu com esta única família. Não sei o que estou fazendo ficando ainda por aqui. Todos aqueles jovens. Nós não sabemos nem mesmo onde a metade deles está enterrada. Me pergunte o que havia de bom em tudo isso. Então volto ao assunto. Por que as pessoas não sentem que esta terra tem um bocado de coisas pelas quais responder? Elas não sentem. Você pode dizer que a terra é apenas a terra, que ela não faz nada ativamente, mas isso não significa muito. Vi um homem atirar em sua própria picape com uma espingarda certa vez. Deve ter pensado que o carro tinha feito alguma coisa. Esta terra pode te matar num piscar de olhos e mesmo assim as pessoas a amam. Entende o que estou dizendo?

Acho que entendo. O senhor ama?

Acho que se pode dizer que amo. Mas eu seria o primeiro a te dizer que sou mais ignorante que uma caixa de pedras então com certeza não vai querer se fiar em nada do que eu disser.

Bell sorriu. Levantou-se e foi até a pia. O velho virou a cadeira ligeiramente de modo que pudesse vê-lo. O que você está fazendo? ele disse.

Achei que podia lavar esses pratos.

Diabos, deixa isso aí, Ed Tom. Lupe vai estar aqui de manhã.

Só vai levar um minuto.

A água da torneira era de poço. Ele encheu a pia e colocou uma medida de sabão em pó. Depois acrescentou mais uma.

Achei que o senhor tinha uma televisão aqui.

Eu tinha uma porção de coisas.

Por que não me disse? Eu compro uma.

Não preciso.

Faz um pouco de companhia.

A televisão não quebrou. Eu joguei fora.

O senhor nunca assiste o jornal?

Não. Você assiste?

Não muito.

Ele enxaguou os pratos e colocou-os para secar e ficou olhando pela janela para o pequeno quintal coberto de mato. Um defumadouro muito velho. Um trailer de alumínio para dois cavalos montado em blocos de madeira. O senhor antes tinha galinhas, ele disse.

É, o velho disse.

Bell enxugou as mãos e voltou para a mesa e se sentou. Olhou para o tio. O senhor alguma vez já fez alguma coisa da qual se envergonhasse a ponto de nunca contar para ninguém?

O tio pensou no assunto. Eu diria que fiz, ele disse. Eu diria que praticamente todo mundo fez. O que foi que você descobriu sobre mim?

Estou falando sério.

Está bem.

Quero dizer alguma coisa ruim.

Ruim como.

Não sei. Ao ponto de não poder se livrar dela.

Como alguma coisa que pudesse te levar para a cadeia?

Bem, poderia ser alguma coisa desse tipo eu suponho. Não teria que ser.

Eu precisaria pensar sobre isso.

Não precisaria não.

O que deu em você? Não vou mais te chamar para vir aqui.

O senhor não me convidou desta vez.

Bem. É verdade.

Bell ficou sentado com os cotovelos na mesa e as mãos unidas. Seu tio o observava. Espero que você não esteja pensando em fazer alguma confissão terrível, ele disse. Eu talvez não queira ouvir.

Quer ouvir?

Tá. Vá em frente.

Tudo bem.

Não é de natureza sexual, é?

Não.

Não faz mal. Vá em frente e me diga de qualquer modo.

É sobre ser um herói de guerra.

Tudo bem. Você no caso?

É. Eu no caso.

Vá em frente.

Estou tentando. Isso é o que de fato aconteceu. O que me fez ganhar aquela condecoração.

Vá em frente.

Estávamos numa posição avançada monitorando sinais de rádio e nos escondíamos numa fazenda. Uma casa de pedra que tinha só dois cômodos. Estávamos ali fazia dois dias e não parava de chover. Chovia para valer. Em algum momento no meio do segundo dia o operador de rádio tirou o equipamento dos ouvidos e disse: Escutem. Bem, nós escutamos. Quando alguém dizia escute você escutava. E não ouvimos nada. E eu disse: O que é? E ele disse: Nada.

Eu disse O que diabos você está dizendo, nada? O que você ouviu? E ele disse: Eu quis dizer que não dá para ouvir nada. Escute. E ele estava certo. Não havia um som que fosse em lugar nenhum. Nenhuma peça de campanha ou o que fosse. Tudo o que dava para ouvir era a chuva. E essa é mais ou menos a última coisa de que me lembro. Quando acordei eu estava caído lá fora na chuva e não sei por quanto tempo fiquei lá. Eu estava molhado e com frio e meus ouvidos zumbiam e quando eu me sentei e olhei a casa tinha desaparecido. Só estava de pé uma parte da parede num dos cantos. Um morteiro tinha entrado pela parede e simplesmente explodido tudo. Bem, eu não conseguia ouvir nada. Não conseguia ouvir a chuva nem mais nada. Se eu dissesse alguma coisa conseguia ouvir dentro da minha cabeça mas era tudo. Eu me levantei e fui até onde a casa ficava e havia pedaços do teto caídos sobre boa parte dela e vi um dos homens enterrado entre as pedras e tábuas e tentei remover as coisas para ver se chegava até ele. Minha cabeça inteira parecia simplesmente entorpecida. E enquanto eu fazia isso eu me levantei e olhei ao redor e eis que vinham aqueles fuzileiros alemães pelo campo. Eles saíam de uma faixa de floresta a uns duzentos metros dali e se aproximavam através do campo. Eu ainda não sabia exatamente o que tinha acontecido. Estava meio atordoado. Me agachei ali ao lado da parede e a primeira coisa que vi foi o calibre trinta de Wallace saindo do meio de umas tábuas. Aquela coisa era refrigerada a ar e a munição da metralhadora saía de uma caixa de metal e eu pensei deixa eles correrem mais um pouco para cá assim eu posso atirar neles aqui a descoberto e eles não fariam um segundo ataque porque estariam perto demais. Cavei um pouco e finalmente desenterrei aquela coisa, ela e o tripé, e cavei mais um pouco e peguei a caixa de munição dela e me instalei atrás do pedaço da parede ali e puxei para trás a alavanca e tirei a trava de segurança e lá fomos nós.

Era difícil dizer quantas balas estavam acertando o alvo porque o chão estava molhado mas eu sabia que estava indo bem. Esvaziei cerca de sessenta centímetros da fita da metralhadora e continuei vigiando e depois que tudo ficou quieto depois de dois ou três minutos um dos chucrutes ficou de pé num pulo e tentou correr para a floresta mas eu estava pronto para isso. Mantive os outros abaixados e o tempo todo eu podia ouvir alguns dos nossos homens gemendo e não tinha a menor ideia do que ia fazer quando a noite viesse. E foi por isso que me deram a Estrela de Bronze. O major que colocou em mim a condecoração se chamava McAllister e era da Geórgia. E eu disse a ele que não queria aquilo. E ele ficou sentado ali olhando para mim e disse sem rodeios: Estou esperando você me dizer suas razões para recusar uma comenda militar. E então eu disse a ele. E quando terminei de falar ele disse: Sargento, você vai aceitar a comenda. Acho que tinham que fazer com que parecesse bom. Parecer que contava alguma coisa. Perder a posição. Ele disse você vai aceitar e se ficar contando por aí o que me disse eu vou ficar sabendo e quando eu souber você vai preferir estar no inferno com a coluna quebrada. Está claro? E eu disse sim senhor. Disse que mais claro impossível. E foi isso.

Então agora você está querendo me dizer o que fez.

Sim senhor.

Quando anoiteceu.

Quando anoiteceu. Sim senhor.

O que você fez?

Eu me mandei.

O velho pensou a respeito. Depois de algum tempo ele disse: Eu imagino que parecesse uma ótima ideia no momento.

É, Bell disse. Parecia.

O que teria acontecido se você tivesse ficado lá?

Eles teriam vindo no escuro e jogado granadas em mim. Ou talvez voltado à floresta e feito um outro ataque.

É.

Bell ficou sentado com as mãos entrelaçadas sobre o oleado. Olhou para o tio. O velho disse: Não tenho certeza do que você está me perguntando.

Eu também não tenho.

Você deixou os seus colegas para trás.

É.

Não tinha escolha.

Eu tinha uma escolha. Podia ter ficado.

Você não podia ajudar.

Provavelmente não. Eu pensei em levar aquela calibre trinta para uns trinta metros dali e esperar até que eles tivessem lançado as granadas ou o que fosse. Deixar eles se aproximarem. Eu poderia ter matado mais alguns. Mesmo no escuro. Não sei. Fiquei sentado ali vendo a noite chegar. Um belo pôr do sol. A essa altura as nuvens já tinham ido embora. Por fim a chuva tinha parado. Aquele campo tinha sido semeado com aveia e havia apenas os caules. Foi no outono. Eu fiquei vendo escurecer e não tinha ouvido nenhum barulho de alguém que estivesse ali nos destroços fazia um tempo. Eles podiam estar mortos a essa altura. Mas isso eu não sabia. E assim que escureceu eu me levantei e fui embora. Não tinha sequer uma arma. Com certeza não ia carregar aquela calibre trinta comigo. Minha cabeça tinha parado de doer e eu já conseguia até ouvir um pouco. A chuva tinha parado mas eu estava ensopado e eu estava com tanto frio que os dentes batiam. Podia divisar a Ursa Maior e segui na direção oeste com o máximo de exatidão que conseguia ter e continuei em frente. Passei por uma casa ou duas mas não havia ninguém por ali. Era zona de batalha, aquela região. As pessoas simplesmente tinham ido embora. Quando raiou o dia eu me escondi num trecho de floresta. A floresta que ainda havia. Toda aquela região parecia ter sido queimada. Os troncos de árvores eram tudo o que restava. E em algum momento naquela noite seguinte eu cheguei a uma posição ocupada pelos americanos e foi basicamente isso. Achei que depois de tantos anos eu fosse esquecer. Não sei por que achei isso. Depois achei que talvez pudesse reparar o que fiz e acredito que foi isso o que tentei fazer.

Ficaram sentados. Depois de algum tempo o velho disse: Bem, com toda a honestidade eu não consigo achar que isso foi tão ruim. Talvez você devesse ser menos severo consigo mesmo.

Talvez. Mas quando você vai para a batalha é um juramento de sangue que vai cuidar de todos os homens com você e não sei por que eu não fiz isso. Queria fazer. Quando você enfrenta uma responsabilidade desse jeito tem que se conformar com o fato de que vai ter que viver com as consequências. Mas não sabe quais vão ser as consequências. Você acaba colocando na sua própria porta uma porção de coisas que não pretendia colocar. Se era para eu morrer ali fazendo aquilo em que tinha empenhado minha palavra então é o que eu devia ter feito. Pode usar as palavras que quiser mas é assim que é. Eu devia ter feito isso e não fiz. E uma parte de mim nunca deixou de querer que eu pudesse voltar. E não posso. Não sabia que você podia roubar sua própria vida. E não sabia que isso não te traria mais benefícios do que praticamente qualquer outra coisa que você roubasse. Acho que fiz o melhor que pude com essa vida mas mesmo assim ela não era minha. Nunca foi.

O velho ficou sentado por um longo tempo. Estava curvado ligeiramente para a frente olhando para o chão. Depois de alguns instantes ele assentiu. Acho que sei onde isso vai chegar, ele disse.

Sim senhor.

O que você acha que ele teria feito?

Eu sei o que ele teria feito.

É. Acho que eu também.

Ele ia ficar ali até o inferno virar gelo e depois teria ficado um pouco em cima do gelo.

Você acha que isso faz dele um homem melhor do que você?

Sim senhor. Acho.

Eu poderia te dizer algumas coisas sobre ele que te fariam mudar de opinião. Conhecia ele bastante bem.

Bem, eu duvido que o senhor pudesse. Com todo respeito. Além disso duvido que fosse dizer.

Não vou. Mas poderia dizer que ele viveu numa época diferente. Se Jack tivesse nascido cinquenta anos mais tarde ele talvez tivesse uma visão diferente das coisas.

O senhor poderia dizer. Mas ninguém aqui presente acreditaria nisso.

É, acho que é verdade. Ele ergueu os olhos para Bell. Por que você me contou isso?

Acho que só precisava tirar esse peso dos ombros.

Você esperou um bocado de tempo para fazer isso.

Sim senhor. Talvez eu precisasse ouvir tudo isso eu mesmo. Não sou o homem de antigamente que dizem que eu sou. Gostaria de ser. Sou um homem dos dias de hoje.

Ou talvez isso tenha sido só um treino.

Talvez.

Pretende contar a ela?

Sim senhor, acho que sim.

Bem.

O que acha que ela vai dizer?

Bem, imagino que você se saia um pouco melhor do que imagina.

Sim senhor, Bell disse. Com certeza espero que sim.

X

Ele disse que eu estava sendo severo comigo. Disse que era um sinal da velhice. Tentar ajustar as coisas. Acho que há alguma verdade nisso. Mas não é toda a verdade. Eu concordei com ele que não havia muita coisa boa a ser dita sobre a velhice e ele disse que sabia de uma coisa e eu disse qual é. E ele disse que não durava muito tempo. Esperei que ele sorrisse mas ele não sorriu. Eu disse bem, isso é uma coisa bem fria de se dizer. Ele disse que não era mais fria do que a realidade. Então isso foi tudo o que dissemos a respeito. Eu de todo modo sabia o que ele iria dizer, bendito seja ele. Você ama as pessoas e tenta aliviar a carga delas. Mesmo quando elas mesmas optam por levar essa carga. Da outra coisa que estava na minha cabeça eu nem cheguei perto de falar mas acho que está ligada porque acredito que tudo o que você faz na vida volta para você. Se viver o suficiente volta. E não posso pensar numa outra razão que seja para aquele bandido ter matado aquela garota. O que ela fez a ele? A verdade é que eu nunca deveria ter ido até lá para começo de conversa. Estão com aquele mexicano aqui em Huntsville por ter matado aquele policial em quem ele atirou e colocou fogo no carro com o policial lá dentro e eu não acredito que ele tenha feito isso. Mas é por isso que ele vai receber a pena de morte. Então qual é a minha obrigação neste caso? Acho que eu meio que andei esperando que tudo isso fosse passar de um jeito ou de outro e é claro que não passou. Acho que eu sabia disso quando começou. Eu tinha essa sensação. Como se eu estivesse sendo arrastado para dentro de alguma coisa cuja estrada de volta fosse ser bastante longa.

Quando ele me perguntou por que isso tinha vindo à baila agora depois de tantos anos eu disse que sempre tinha estado aqui. Que eu simplesmente tinha ignorado na maior parte do tempo. Mas ele está certo, isso veio mesmo à baila. Acho que às vezes as pessoas prefeririam ter uma resposta ruim sobre certas coisas do que nenhuma resposta em absoluto. Quando eu contei a história, bem ela assumiu um contorno que eu não imaginava que tivesse e nesse sentido ele também tinha razão. Foi como um jogador de futebol me disse certa vez ele disse que se ele tinha algum machucado que o incomodava um pouco, que o importunava, ele normalmente jogava melhor. Fazia com que sua mente ficasse focada numa coisa só em vez de numa centena. Entendo isso. Não que mude alguma coisa.

Achei que se vivesse minha vida da maneira mais rigorosa que fosse capaz então eu nunca mais teria uma coisa me preocupando daquele jeito. Eu disse que tinha vinte e um anos e que tinha direito a cometer um erro, particularmente se pudesse aprender com ele e me tornar o tipo de homem que nos meus pensamentos eu planejava ser. Bem, eu estava errado sobre isso tudo. Agora pretendo me demitir e uma boa parte disso é simplesmente por saber que não vou ser chamado para caçar esse homem. Suponho que seja um homem. Então você poderia me dizer que eu não mudei nem um pouco e eu não sei como conseguiria pensar em um argumento contrário. Trinta e seis anos. É doloroso saber disso.

Uma outra coisa que ele disse. Você haveria de imaginar que um homem que esperou oitenta e tantos anos para que Deus entrasse na sua vida, bem, você haveria de imaginar que Deus apareceu. Se não você ainda teria que supor que ele sabia o que estava fazendo. Eu não sei de que outra maneira poderia descrever Deus. Então você acaba achando que aqueles com quem ele falou eram os que precisavam mais dele. Isso não é fácil de se aceitar. Particularmente se pode se aplicar a alguém como Loretta. Mas então talvez nós todos estejamos olhando do lado errado do espelho. Sempre estivemos.

As cartas da tia Carolyn para Harold. O motivo para ela ter essas cartas foi que ele as guardou. Foi ela quem o criou e era como se fosse sua mãe. As cartas estavam com orelhas e rasgadas e cobertas de lama e não sei mais o quê. Em se tratando das cartas. Bem para começar dava para ver que eles eram simplesmente gente do interior. Acho que ele nunca tinha saído do condado de Irion, para não falar no estado do Texas. Mas o que havia de especial nessas cartas era que dava para ver que o mundo que ela planejava para ele para quando ele voltasse nem mesmo estaria aqui. É fácil ver isso agora. Pode dizer que gosta ou que não gosta dele mas isso não muda nada. Eu disse aos meus subdelegados mais de uma vez que você conserta o que é possível e deixa estar o resto. Se não há nada a fazer a respeito isso nem chega a ser um problema. É só um incômodo. E a verdade é que eu não tenho mais nenhuma ideia do mundo que está se formando lá fora não mais do que Harold tinha.

É claro que o que acabou acontecendo foi que ele nunca voltou para casa. Não havia nada nessas cartas que sugerisse que ela havia considerado a possibilidade.

Bem, você sabe que ela considerou. Ela só não disse nada a ele.

Ainda tenho aquela medalha é claro. Vem numa caixa roxa vistosa com uma fita e tudo mais. Ficou na minha escrivaninha durante anos e então um dia eu peguei a medalha e coloquei na gaveta na sala de estar para não ter que olhar para ela. Não que eu chegasse a olhar para ela, mas ela estava ali. Harold não ganhou nenhuma medalha. Ele apenas voltou para casa numa caixa de madeira. E eu acho que não havia as mães da Gold Star na Primeira Guerra mas se houvesse tia Carolyn também não teria recebido uma delas porque ele não era seu filho natural. Mas ela devia ter recebido. Ela também nunca recebeu a pensão de guerra dele.

Seja como for. Eu voltei lá mais uma vez. Caminhei sobre aquele chão e havia muito pouco sinal de que alguma coisa tinha chegado a acontecer ali. Peguei um cartucho ou dois. Era praticamente tudo. Fiquei por lá durante um bom tempo e pensei nas coisas. Era um daqueles dias quentes que às vezes faz no inverno. Um pouco de vento. Ainda fico pensando que talvez seja alguma coisa com a terra. Mais ou menos como Ellis disse. Pensei na minha família e pensei nele lá com sua cadeira de rodas naquela velha casa e tudo o que me pareceu foi que esta terra tem uma história estranha e também um bocado sangrenta. Praticamente para onde quer que você se dê ao trabalho de olhar. Eu poderia me afastar um pouco e sorrir desses pensamentos mas mesmo assim eles ainda estão lá. Já não arranjo desculpas para o meu modo de pensar. Não mais. Falo com a minha filha. Ela estaria com trinta anos agora. Não faz mal. Não me importo com o que isso possa parecer. Gosto de falar com ela. Chame isso de superstição ou do que quiser. Sei que ao longo dos anos dei a ela o coração que sempre quis para mim e tudo *bem. É por isso que eu a escuto. Sei que ela vai sempre me dizer a melhor coisa. Não fico atrapalhado com a minha própria ignorância ou minha própria mesquinhez. Sei como isso soa e acho que deveria dizer que não me importo. Nunca sequer contei à minha mulher e não temos muitos segredos entre nós. Não acho que ela diria que estou doido, mas alguns diriam. Ed Tom? É, tiveram que mandar internar aquele muluco. Ouvi dizer que ele recebe comida por baixo da porta. Não faz mal. Gosto de ouvir o que ela diz e o que ela diz faz bastante sentido. Gostaria que ela falasse mais. Preciso de toda a ajuda que conseguir. Bem, já chega disso.*

Quando ele entrou em casa o telefone estava tocando. Xerife Bell, ele disse. Foi até o aparador e atendeu o telefone. Xerife Bell, ele disse.

Xerife aqui é o detetive Cook da polícia de Odessa.

Sim senhor.

Temos um relatório aqui que está marcado com o seu nome. Tem a ver com uma mulher chamada Carla Jean Moss que foi assassinada aqui em março.

Sim senhor. Obrigado por telefonar.

Pegaram a arma do crime do banco de dados de balística do FBI e rastrearam até um garoto aqui em Midland. O garoto diz que pegou a arma de uma picape num acidente. Apenas viu e pegou. E eu imagino que tenha sido isso. Conversei com ele. Ele vendeu a arma e ela acabou no roubo de uma loja de conveniência em Shreveport Louisiana. Acontece que o acidente onde ele arranjou a arma aconteceu no mesmo dia do assassinato. O homem que possuía a arma deixou-a na picape e desapareceu e desde então não se ouviu mais falar dele. Então pode ver onde isso vai chegar. Não temos muitos assassinatos não solucionados por aqui e pode apostar que não gostamos deles. Posso perguntar qual o seu interesse no caso, Xerife?

Bell contou a ele. Cook ficou escutando. Depois lhe deu um número. Era o investigador do acidente. Roger Catron. Deixa eu ligar para ele primeiro. Ele vai falar com o senhor.

Não precisa, Bell disse. Ele vai falar comigo. Conheço ele há anos.

Ele ligou para o número e Catron atendeu.

Como é que vai Ed Tom.

Não estou mal.

O que eu posso fazer por você.

Bell falou a ele sobre o acidente. Sim senhor, Catron disse. Claro que me lembro. Havia dois garotos mortos naquele acidente. Ainda não encontramos o motorista do outro veículo.

O que aconteceu?

Os garotos tinham andado fumando. Avançaram um sinal de parada e bateram numa picape Dodge novinha pelo lado. Perda total. O cara que estava no volante simplesmente saiu do carro e foi andando pela rua. Antes que a gente chegasse lá. A picape tinha sido comprada no México. Ilegal. Não tinha certificado da EPA* nem nada. Nenhum registro.

E quanto ao outro veículo.

Havia três garotos nele. Dezenove, vinte anos. Todos mexicanos. O único que sobreviveu foi o que estava no banco de trás. Pelo visto estavam fumando alguma coisa e passaram por esse cruzamento talvez a quase cem por hora e simplesmente bateram na lateral da picape. O que estava no banco do carona saiu pelo para-brisa de cabeça e atravessou a rua e foi cair na varanda de uma mulher. Ela estava fora de casa colocando correspondência na caixa e foi por pouco que ele não a acertou. Ela saiu pela rua de robe e de rolinhos no cabelo aos berros. Acho que ela ainda não está bem da cabeça.

O que vocês fizeram com o garoto que pegou a arma?

Soltamos.

Se eu fosse até aí acha que eu conseguiria falar com ele?

Eu diria que sim. Estou vendo o garoto na tela agora mesmo.

Qual é o nome dele?

David DeMarco.

Ele é mexicano?

Não. Os garotos no carro eram. Ele não.

Será que ele fala comigo?

Só tem um jeito de descobrir.

Estarei aí de manhã.

Vai ser bom te ver.

---

* Environmental Protection Agency, a entidade de proteção ambiental dos EUA. (N. T.)

Catron tinha ligado para o garoto e conversado com ele e quando o garoto entrou no café ele não parecia particularmente preocupado com nada. Se instalou à mesa e apoiou um dos pés sobre ela e puxou o ar entre os dentes e olhou para Bell.

Quer café?

Tá. Vou tomar um café.

Bell ergueu o dedo e a garçonete veio e anotou seu pedido. Ele olhou para o garoto.

O assunto sobre o qual eu queria falar com você é o homem que foi embora daquele acidente. Fiquei pensando se você não se lembra de alguma coisa dele. Qualquer coisa.

O garoto sacudiu a cabeça. Não, ele disse. Olhou para o salão ao redor.

Ele estava muito ferido?

Não sei. Parecia ter quebrado o braço.

O que mais.

Tinha um corte na cabeça. Não dava para dizer se ele estava muito ferido. Ele conseguia andar.

Bell o observava. Quantos anos você diria que ele tinha?

Caramba, Xerife. Não sei. Ele estava bem ensanguentado e tudo mais.

No relatório você disse que ele talvez tivesse uns trinta e muitos.

É. Por aí.

Com quem você estava.

O quê?

Com quem você estava.

Não estava com ninguém.

O vizinho que ligou para a polícia, no relatório ele disse que vocês eram dois.

Bom, ele está inventando.

É? Eu falei com ele hoje de manhã e ele me pareceu cem por cento honesto.

A garçonete trouxe o café. DeMarco colocou cerca de um quarto de xícara de açúcar no seu e ficou mexendo.

Você sabe que esse homem tinha acabado de matar uma mulher a dois quarteirões dali quando se envolveu naquele acidente.

É. Eu não sabia disso na época.

Sabe quantas pessoas ele matou?

Não sei nada sobre ele.

Qual você diria que era a altura dele?

Não era muito alto. Tipo médio.

Estava usando botas.

É. Acho que ele estava usando botas.

Que tipo de botas.

Acho que talvez fossem de avestruz.

Botas caras.

É.

Ele estava sangrando muito?

Não sei. Ele estava sangrando. Tinha um corte na cabeça.

O que ele disse?

Não disse nada.

O que você disse a ele?

Nada. Perguntei se ele estava bem.

Acha que ele pode ter morrido?

Não tenho a menor ideia.

Bell se recostou na cadeira. Deu meia-volta no saleiro sobre a mesa. Depois deu meia-volta outra vez.

Me diga com quem você estava.

Não estava com ninguém.

Bell estudou-o. O garoto puxou o ar por entre os dentes. Pegou a caneca de café e bebeu o café e colocou de novo sobre a mesa.

Você não vai me ajudar, vai?

Eu já disse tudo que eu sabia. O senhor leu o relatório. É tudo o que eu posso dizer.

Bell ficou sentado observando-o. Depois se levantou e colocou o chapéu e saiu.

Pela manhã foi à escola e conseguiu alguns nomes com a professora de DeMarco. O primeiro com quem ele falou quis saber como ele o tinha encontrado. Era um garoto grande e ficou sentado com as mãos entrelaçadas e olhando para os próprios tênis. Eram tamanho 47/48 e tinham Esquerda e Direita escritos na frente com tinta roxa.

Tem alguma coisa que você não está me dizendo.

O garoto sacudiu a cabeça.

Ele ameaçou vocês?

Não.

Como é que ele era? Era mexicano?

Acho que não. Era meio moreno só isso.

Vocês ficaram com medo dele?

Eu não estava até o senhor aparecer. Caramba, Xerife, eu sabia que nós não devíamos ter pegado aquela porcaria. Foi uma idiotice. Não vou ficar aqui e dizer que foi ideia de David mesmo que tenha sido. Sou crescido o suficiente para dizer não.

É mesmo.

É que foi tudo estranho. Os garotos no carro estavam mortos. Estou encrencado por causa disso?

O que mais ele disse a vocês.

O garoto olhou ao redor para o refeitório. Parecia estar quase irrompendo em lágrimas. Se eu tivesse que fazer de novo faria diferente. Sei disso.

O que ele disse.

Disse que nós não sabíamos como ele era. Deu para o David uma nota de cem dólares.

Cem dólares.

É. David deu a camisa para ele. Precisava fazer uma tipoia para o braço.

Bell fez que sim. Certo. Como é que ele era.

Tinha altura média. Tamanho médio. Parecia estar em forma. Trinta e poucos anos talvez. Cabelo escuro. Castanho-escuro, eu acho. Não sei, Xerife. Ele se parecia com qualquer um.

Com qualquer um.

O garoto olhou para os próprios sapatos. Ergueu os olhos para Bell. Ele não se parecia com qualquer um. Quero dizer não havia nada de incomum no jeito dele. Mas ele não era do tipo de gente com quem você gostaria de se meter. Quando ele dizia alguma coisa a gente com certeza escutava. Tinha um osso saindo pela pele do braço e ele não prestava a menor atenção nisso.

Certo.

Estou encrencado por causa disso?

Não.

Obrigado.

Nós não sabemos aonde é que as coisas vão nos levar, sabemos?

Não senhor, não sabemos. Acho que aprendi alguma coisa com isso. Se isso significa algo para o senhor.

Significa. Você acha que DeMarco aprendeu alguma coisa?

O garoto sacudiu a cabeça. Não sei, ele disse. Não posso falar pelo David.

XI

Coloquei Molly para localizar os parentes dele e finalmente encontramos seu pai em San Saba. Fui para lá numa noite de sexta-feira e me lembro de pensar comigo mesmo quando saí que era provavelmente mais uma coisa idiota que eu estava fazendo mas fui mesmo assim. Tinha falado com ele pelo telefone. Ele não parecia estar esperando para me ver ou não estar esperando mas disse venha e então eu fui. Me registrei num motel quando cheguei lá e fui até a casa dele de manhã.

A mulher dele tinha morrido alguns anos antes. Nós nos sentamos na varanda e tomamos chá gelado e acho que estaríamos sentados ali até agora se eu não tivesse dito alguma coisa. Ele era um pouco mais velho do que eu. Dez anos talvez. Eu disse a ele o que tinha ido dizer. Sobre seu filho. Contei os fatos. Ele só ficou sentado ali e fez que sim. Estava sentado numa cadeira de balanço e se balançava para a frente e para trás um pouco e segurava aquele copo de chá no colo. Eu não sabia mais o que dizer então simplesmente calei a boca e ficamos sentados ali por um bom tempo. E então ele disse, e não olhou para mim, ele simplesmente olhou para o quintal lá fora, e disse: Ele era o melhor atirador de rifle que eu já vi. Não perdia para ninguém. Eu não sabia o que dizer. Disse: Sim senhor.

Ele foi atirador de elite no Vietnã sabe.

Eu disse que não sabia disso.

Ele não estava metido com drogas.

Não senhor. Não estava.

Ele fez que sim. Não foi assim que ele foi educado, ele disse.

Sim senhor.

Você esteve na guerra?

Estive sim. Na Europa.

Ele fez que sim. Llewelyn quando voltou para casa foi visitar várias famílias de amigos seus que não tinham conseguido voltar. Ele desistiu.

Não sabia o que dizer a eles. Disse que podia ver as pessoas sentadas olhando para ele e desejando que estivesse morto. Você podia ver isso no seu rosto. No lugar daqueles que amavam, você entende.

Sim senhor. Eu entendo sim.

Eu também. Mas além disso todos eles tinham feito coisas que preferiam ter deixado por lá. Não tínhamos nada disso na guerra. Ou muito pouco. Ele deu uma surra em um ou dois hippies. Cuspiram nele. Chamando ele de assassino de bebês. Vários dos garotos que voltaram, eles ainda estão tendo problemas. Achei que era porque não tinham o apoio do país. Mas acho que talvez fosse ainda pior do que isso. O país que eles tinham estava em pedaços. Ainda está. Não foi culpa dos hippies. Também não foi culpa daqueles garotos que foram mandados para lá. Dezoito, dezenove anos de idade.

Ele se virou e olhou para mim. E então achei que ele pareceu bem mais velho. Seus olhos pareciam velhos. Ele disse: As pessoas vão te dizer que foi o Vietnã que colocou este país de joelhos. Mas eu nunca acreditei nisso. O Vietnã foi só a cobertura do bolo. Não tínhamos nada para dar a eles que eles pudessem levar para lá. Se tivéssemos mandado todos sem rifles não sei se teriam se saído muito pior. Não é possível ir para a guerra desse jeito. Não é possível ir para a guerra sem Deus. Não sei o que vai acontecer quando a próxima vier. Juro que não sei.

E isso foi praticamente tudo o que dissemos. Agradeci a ele pelo seu tempo. O dia seguinte seria o meu último dia no escritório e eu tinha muito em que pensar. Voltei à I-10 pelas estradas secundárias. Fui até Cherokee e peguei a 501. Tentei relativizar as coisas mas às vezes você está simplesmente perto demais. É trabalho para uma vida inteira ver a si mesmo como realmente é e mesmo nesse momento talvez você esteja errado. E isso é uma coisa sobre a qual não quero estar errado. Pensei sobre os motivos pelos quais quis ser um homem da lei. Havia sempre uma parte de mim que queria estar no comando. Insistia bastante nisso. Queria que as pessoas ouvissem o que eu tinha a dizer. Mas também havia uma parte de mim que só queria colocar todo mundo no bom caminho. Se tentei cultivar alguma coisa foi isso. Acho que todos nós estamos mal preparados para o que virá e não me importa a forma que assuma. E o que quer que venha minha opinião é a de que vai ter pouca força para nos sustentar. Esses velhos com quem eu falo, se você pudesse ter dito a eles que haveria gente nas ruas das nossas cidades do Texas com cabelo verde e ossos no nariz falando uma língua que eles nem conseguiriam entender, bem, eles simplesmente não teriam acreditado em você. Mas e se tivesse dito a eles que seriam seus próprios netos? Bem, tudo isso são sinais mas não te explicam como as coisas ficaram desse jeito. E também não te dizem nada sobre como vão ficar. Parte disso foi que eu sempre pensei que poderia pelo menos de algum modo endireitar as coisas e acho que já não sinto mais isso. Não sei como me sinto. Sinto-me como os velhos de quem falava. E isso também não vai melhorar. Estão me pedindo para representar algo em que já não tenho a mesma crença que tive outrora. Me pedindo para acreditar em algo que eu talvez não aceite do jeito que outrora aceitava. Esse é o problema. Falhei mesmo quando aceitava. Agora já enxerguei as coisas sob a luz. Já vi muitos crentes perderem a fé. Fui forçado a olhar para as coisas outra vez e fui forçado a olhar para mim mesmo. Para o bem ou para o mal não sei. Não sei nem se te aconselharia a embarcar comigo, e nunca tive esse tipo de dúvida antes. Se hoje sou mais sábio com relação aos caminhos do mundo isso tem um preço. Um preço bem alto aliás. Quando eu disse a ela que ia me demitir ela a princípio não achou que eu estivesse falando literalmente mas eu disse que era isso mesmo. Disse a ela que esperava que as pessoas neste condado tivessem suficiente bom senso para nem mesmo votar em mim. Disse a ela que não achava correto receber o dinheiro deles. Ela disse você não está falando sério e eu disse que estava sim cada palavra. Temos uma dívida de seis mil dólares por causa desse trabalho e também não sei o que vou fazer com relação a isso. Bem nós apenas ficamos sentados ali por um tempo. Não achei que fosse aborrecê-la do jeito que aborreceu. Por fim eu apenas disse: Loretta, não consigo mais fazer isso. E ela sorriu e disse: Você quer se demitir enquanto está por cima? E eu disse não senhora eu só quero me demitir. Não estou por cima nem por um suspiro que seja. Nunca estarei.

Mais uma coisa e eu calo a boca. Apenas gostaria que isso não tivesse sido revelado mas colocaram nos jornais. Fui até Ozona e falei com o promotor público de lá e eles disseram que eu podia falar com o advogado do mexicano se quisesse e talvez testemunhar no julgamento mas isso era tudo o que fariam. Ou seja não fariam nada. Então acabei fazendo isso e é claro que não deu em nada e o cara recebeu a pena de morte. Então fui até Huntsville vê-lo e eis o que aconteceu. Entrei lá e me sentei e é claro que ele sabia quem eu era porque tinha me visto no julgamento e tudo mais e ele disse: O que você trouxe para mim? E eu disse que não tinha levado nada e ele disse que achava que eu devia ter levado alguma coisa. Algum doce ou algo assim. Disse que achava que eu tinha um fraco por ele. Olhei para o guarda e o guarda desviou os olhos. Olhei para o homem. Mexicano, talvez trinta e cinco, quarenta anos de idade. Falava inglês bem. Eu disse a ele que não tinha ido até ali para ser insultado mas só queria que ele soubesse que eu tinha feito o possível por ele e que sentia muito porque achava que ele não era o culpado e ele apenas se inclinou para trás e riu e disse: Onde eles acharam alguém como você? Já te colocaram as fraldas? Atirei naquele filho da puta bem entre os olhos e arrastei ele de volta para o carro pelos cabelos e coloquei fogo no carro e queimei ele até virar banha.

Bom. Essas pessoas te decifram bastante bem. Se eu tivesse dado um soco na boca do sujeito aquele guarda não teria dito nada. E ele sabia disso. Ele sabia disso.

Vi o promotor público saindo de lá e eu o conhecia um pouco o suficiente para trocar umas palavras e nós paramos e batemos um papo. Eu não disse a ele o que tinha acontecido mas ele sabia que eu tinha tentado ajudar aquele homem e talvez tivesse somado dois e dois. Não sei. Ele não me perguntou nada sobre o sujeito. Não me perguntou o que eu fazia por lá nem nada. Há dois tipos de pessoas que não fazem muitas perguntas. Um tipo é burro demais e o outro não precisa fazer. Deixo que você adivinhe a qual dos dois grupos acho que ele pertencia. Ele simplesmente estava ali parado no corredor com sua pasta. Como se tivesse todo o tempo do mundo. Me disse que quando saiu da faculdade de direito tinha sido advogado de defesa por um tempo. Disse que tornou sua vida complicada demais. Não queria passar o resto da vida ouvindo mentiras diariamente como se fosse uma coisa normal. Eu contei a ele que um advogado certa vez me disse que na faculdade de direito eles tentam te ensinar a não se preocupar com o que é certo e o que é errado mas em simplesmente seguir a lei e eu disse que não tinha tanta certeza disso. Ele pensou no assunto e fez que sim e disse que realmente tinha que concordar com o que o advogado havia falado. Disse que se não seguir a lei o certo e o errado não vão te salvar. Acho que consigo ver sentido nisso. Mas não muda minha forma de pensar. Por fim perguntei a ele se ele sabia quem era Mammon. E ele disse: Mammon?

É. Mammon.

Quer dizer como em Deus e Mammon?

Sim senhor.

Bem, ele disse, não posso dizer que sei quem é. Sei que está na bíblia. É o diabo?

Não sei. Vou pesquisar. Tenho a sensação de que eu devia saber quem ele é.

Ele deu um meio-sorriso e disse: Pelo que você diz parece que ele está prestes a vir ocupar o quarto vago da sua casa.

Bem, eu disse, essa seria uma de minhas preocupações. De todo modo sinto que preciso me familiarizar com seus hábitos.

Ele fez que sim. Sorriu ligeiramente. Depois me fez uma pergunta. Ele disse: Esse homem misterioso que você acha que matou aquele guarda e queimou ele dentro do carro. O que sabe dele?

Não sei nada. Gostaria de saber. Ou acho que gostaria.

Sei.

Ele é quase um fantasma.

É quase ou é mesmo?

Não, ele está por aí. Gostaria que não estivesse. Mas está.

Ele fez que sim. Acho que se ele fosse um fantasma você não teria que se preocupar com ele.

Eu disse que era verdade, mas tenho pensado a respeito desde então e acho que a resposta para a pergunta dele é que quando você encontra certas coisas no mundo, a prova de certas coisas, se dá conta de que deparou com algo que talvez não seja páreo para você e acho que esta é uma dessas coisas. Quando você diz que é real e não está apenas na sua cabeça não tenho tanta certeza assim de que é isso o que está dizendo.

Loretta disse uma coisa. Falou algo no sentido de não ser minha culpa e eu disse que era. E também pensei sobre isso. Disse a ela que se você tem um cachorro bravo o suficiente no quintal as pessoas ficam longe dali. E não ficaram.

Quando ele chegou em casa ela não estava mas o carro sim. Foi até a estrebaria e o cavalo dela não estava. Ele começou a voltar para casa mas depois parou e pensou que talvez ela estivesse machucada e foi até o quarto dos arreios e pegou sua sela e levou-a até a baia e assoviou para o seu cavalo e observou sua cabeça aparecer por cima da porta do estábulo na outra ponta da estrebaria mexendo com as orelhas de um lado para o outro.

Ele saiu a cavalo com as rédeas numa das mãos, dando tapinhas afetuosos no animal. Falava com o cavalo enquanto ia. É bom estar aqui fora, não é. Sabe para onde eles foram? Tudo bem. Não se preocupe com isso. Vamos achá-los.

Quarenta minutos mais tarde ele a viu e se deteve e ficou parado em cima do cavalo olhando. Ela passava sobre uma crista de terra vermelha rumo ao sul com as mãos cruzadas sobre a parte mais alta da sela, olhando na direção dos últimos raios de sol, o cavalo caminhando pesadamente pela terra arenosa e fofa, a poeira avermelhada seguindo-os no ar parado. Aquilo ali é o meu coração, ele disse ao cavalo. Sempre foi.

Seguiram juntos até Warner's Well e desmontaram e se sentaram sob os choupos enquanto os cavalos pastavam. Pombos vindo para os tanques. O ano já está avançado para eles. Não vamos mais vê-los por muito tempo.

Ela sorriu. O ano já está avançado, ela disse.

Você detesta.

Ir embora daqui?

Ir embora daqui.

Estou bem.

Mas por minha causa, não é?

Ela sorriu. Bem, ela disse, depois de uma certa idade acho que não existem boas mudanças.

Acho que então estamos numa encrenca.

Vamos ficar bem. Acho que vou gostar de ter você em casa para o jantar.

Gosto de ficar em casa a qualquer hora.

Eu me lembro de que quando o papai se aposentou a mamãe disse a ele: Eu prometi na alegria e na tristeza mas não falei nada sobre o almoço.

Bell sorriu. Aposto que ela gostaria que ele pudesse ir para casa agora.

Também aposto. Aposto que eu gostaria, no que me diz respeito.

Eu não devia ter dito isso.

Você não disse nada de errado.

Você ia dizer isso de todo modo.

É o meu trabalho.

Bell sorriu. Você não me diria se eu estivesse fazendo a coisa errada?

Não.

E se eu quisesse que você dissesse?

Azar.

Ele ficou olhando os pequenos pombos malhados do deserto descendo sob a luz opaca e rosada. É verdade? ele disse.

Em grande parte. Não completamente.

É uma boa ideia?

Bem, ela disse. O que quer que tenha sido eu espero que você descubra sem minha ajuda. E se fosse alguma coisa sobre a qual nós discordássemos acho que eu superaria.

Enquanto eu talvez não superasse.

Ela sorriu e pôs a mão na mão dele. Deixa isso para lá. É bom estar aqui.

Sim senhora. De fato é.

XII

Eu acordo Loretta com o simples fato de estar eu próprio acordado. Fico deitado ali e ela diz o meu nome. Como se me perguntasse se eu estou ali. Às vezes vou até a cozinha e pego um pouco de jinjibirra para ela e ficamos sentados ali no escuro. Gostaria de ter a calma dela sobre as coisas. O mundo que vi não fez de mim uma pessoa espiritualizada. Não como ela. Além do mais, ela se preocupa comigo. Vejo isso. Acho que pensei que por eu ser mais velho e por ser o homem ela aprenderia comigo e em muitos aspectos aprendeu. Mas eu sei quem é que está em débito.

Acho que sei para onde estamos indo. Estamos sendo comprados com nosso próprio dinheiro. E não são só as drogas. Há fortunas sendo acumuladas por aí e ninguém sabe da existência delas. O que achamos que vai acontecer com esse dinheiro? Dinheiro que pode comprar países inteiros. Já comprou. Poderia comprar este? Acho que não. Mas vai te meter com pessoas com as quais você não deveria estar. Não é sequer um problema de segurança pública. Duvido que algum dia tenha sido. Sempre existiram narcóticos. Mas as pessoas não vão simplesmente e resolvem se drogar sem motivo nenhum. Aos milhões. Não tenho uma resposta para isso. Não tenho especificamente nenhuma resposta capaz de me levantar o ânimo. Disse a uma repórter aqui um tempo atrás – jovem, parecia uma boa pessoa. Ela só estava tentando ser repórter. Disse: Xerife como é que o senhor deixa o crime sair tanto do controle no seu condado? Parecia uma pergunta justa eu acho. Talvez fosse uma pergunta justa. Seja como for eu disse a ela, eu falei: Começa quando você passa por cima das boas maneiras. Quando começa a deixar de ouvir senhor e senhora já está bem à vista. Eu disse a ela, falei: Alcança todas as classes sociais. Já ouviu falar nisso não ouviu? Todas as classes sociais? Por fim você chega a essa espécie de colapso na ética mercantil que deixa as pessoas caídas por aí no deserto mortas nos seus veículos e a essa altura já é tarde demais.

Ela me olhou com uma expressão meio gozada. Então a última coisa que eu disse a ela, e talvez não devesse ter dito, eu disse a ela que não é possível haver tráfico de drogas sem gente que se droga. Boa parte deles é gente bem vestida e com trabalhos bem remunerados. Eu disse: Você mesma talvez conheça alguns.

A outra coisa são os velhos, e eu fico sempre voltando a eles. Eles olham para mim e há sempre uma pergunta. Anos atrás eu não me lembro que fosse assim. Não me lembro que fosse assim quando eu era xerife lá pelos anos cinquenta. Você os vê e eles não parecem nem mesmo confusos. Parecem simplesmente loucos. Isso me incomoda. É como se eles acordassem e não soubessem como chegaram onde estão. Bem, num certo sentido não sabem.

No jantar esta noite ela me disse que tinha andado lendo São João. O Livro das Revelações. Todas as vezes que eu começo a falar sobre como as coisas estão ela encontra algo na bíblia então perguntei a ela se o Livro das Revelações tinha algo a dizer sobre o rumo que as coisas estavam tomando e ela disse que ia me avisar se soubesse. Eu perguntei a ela se havia alguma coisa lá sobre cabelos verdes e ossos no nariz e ela disse não com essas mesmas palavras. Não sei se é um bom sinal ou não. Então ela passou por trás da minha cadeira e colocou os braços em volta do meu pescoço e me mordeu na orelha. Ela é uma mulher bem jovem em vários sentidos. Se eu não a tivesse não sei o que teria. Bem, sei sim. E também não seria necessária uma caixa para guardá-lo.

Era um dia frio e chuvoso quando ele saiu da sede do condado pela última vez. Alguns homens passam o braço em torno de uma mulher que chora mas isso nunca foi algo natural para ele. Ele desceu os degraus e saiu pela porta dos fundos e entrou na sua picape e ficou sentado ali. Não conseguia dar nome à sensação. Era tristeza mas também era algo mais. E esse algo mais era o que o mantinha parado ali em vez de ligar o motor. Tinha sentido isso antes mas fazia muito tempo que não sentia e quando ele disse isso soube o que era. Era derrota. Era ser vencido. Mais amargo para ele do que a morte. Você precisa superar isso, ele disse. E então ligou o motor da picape.

XIII

Quando você saía pela porta dos fundos daquela casa havia um cocho d'água de pedra no meio do mato ao lado da casa. Um cano galvanizado saía do teto e o cocho ficava bem cheio e eu me lembro de ter certa vez parado ali e me agachado e ter ficado olhando e começado a pensar sobre ele. Não sei quanto tempo fazia que estava ali. Cem anos. Duzentos. Dava para ver as marcas do cinzel na pedra. Tinha sido escavado na pedra bruta e tinha quase uns dois metros de comprimento e talvez uns cinquenta centímetros de largura e a mesma profundidade. Simplesmente escavado na pedra com um cinzel. E eu comecei a pensar no homem que tinha feito aquilo. Aquele país não tinha tido um período muito longo de paz em momento algum que eu soubesse. Li um pouco da sua história desde então e não tenho certeza de que tenha tido. Mas esse homem havia se sentado com um martelo e um cinzel e escavado um cocho d'água capaz de durar dez mil anos. Por que isso? No que ele tinha fé? Não era que nada fosse mudar. O que talvez você possa pensar, acho. Ele com certeza não era tão ingênuo. Pensei um bocado nisso. Pensei nisso depois que saí de lá com aquela casa destroçada. Sou capaz de dizer que aquele cocho ainda está lá. Não teria sido fácil tirá-lo dali, vou te dizer. Então penso nele sentado ali com seu martelo e seu cinzel, talvez uma hora ou duas depois do jantar, não sei. E devo dizer que a única coisa que consigo pensar é que havia alguma espécie de promessa em seu coração. E eu não tenho a menor intenção de escavar um cocho d'água na pedra. Mas gostaria de ser capaz de fazer esse tipo de promessa. Acho que é a coisa de que mais gostaria acima de tudo.

A outra coisa é que não falei muito sobre o meu pai e sei que não lhe fiz justiça. Hoje sou quase vinte anos mais velho do que ele jamais chegou a ser e num certo sentido estou diante de um homem mais novo. Ele saía pela estrada negociando cavalos quando não era muito mais do que um menino. Me disse que das primeiras vezes passaram ele para trás mas ele aprendeu. Disse que um negociante uma vez colocou o braço em volta dele e lhe disse: Filho, vou fazer negócio com você como se você nem mesmo tivesse um cavalo. A questão aqui é que as pessoas às vezes te dizem o que pretendem fazer contigo e quando dizem você talvez queira escutar. Isso ficou na minha cabeça. Ele entendia de cavalos e era bom com eles. Eu o vi amansar alguns e ele sabia o que estava fazendo. Tratava o cavalo com muita calma. Falava com eles um bocado. Nunca domou nada em mim e devo a ele mais do que eu teria pensado. Aos olhos do mundo talvez fosse eu o melhor homem. Por mais que isso pareça ruim de se dizer. Por mais que isso seja ruim de se dizer. Deve ter sido difícil viver com isso. Para não falar no pai dele. Ele nunca teria sido um homem da lei. Foi à faculdade acho que por uns dois anos mas nunca terminou. Pensei nele bem menos do que deveria e sei que isso também não está certo. Tive dois sonhos com ele depois que ele morreu. Não me lembro do primeiro muito bem mas era alguma coisa sobre encontrá-lo na cidade em algum lugar e ele me dava um dinheiro e acho que eu perdia. Mas o segundo era como se estivéssemos os dois de volta a tempos antigos e eu estava a cavalo atravessando as montanhas à noite. Cruzando esse passo nas montanhas. Estava frio e havia neve no chão e ele passou por mim a cavalo e continuou em frente. Não chegou a dizer nada. Apenas seguiu em frente e tinha um cobertor em volta do corpo e sua cabeça estava baixa e quando ele passou por mim eu vi que ele estava levando fogo dentro de um chifre do jeito como as pessoas costumavam fazer e eu podia ver o chifre pela luz de dentro dele. Tinha mais ou menos a cor da lua. E no sonho eu sabia que ele estava indo na frente e que ele ia fazer uma fogueira em algum lugar no meio de toda aquela escuridão e de todo aquele frio e eu sabia que quando chegasse lá ele estaria lá. E então eu acordei.

1ª EDIÇÃO [2006] 1 reimpressão
2ª EDIÇÃO [2023] 3 reimpressões

ESTA OBRA FOI COMPOSTA POR ANASTHA MACHADO EM ADOBE GARAMOND
E IMPRESSA EM OFSETE PELA GRÁFICA PAYM SOBRE PAPEL PÓLEN DA
SUZANO S.A. PARA A EDITORA SCHWARCZ EM MARÇO DE 2025

A marca FSC® é a garantia de que a madeira utilizada na fabricação do papel deste livro provém de florestas que foram gerenciadas de maneira ambientalmente correta, socialmente justa e economicamente viável, além de outras fontes de origem controlada.